Simone Gélin

Le journal de Julia

Du Noir au Sud
est une collection des Éditions Cairn
dirigée par G.D. Noguès

Du Noir au Sud est une collection de polars qui nous transporte dans le Sud, ses villes, ses villages, à la découverte des habitants, de leurs traditions, leurs secrets.
Son ambition : dessiner, au fil des ouvrages, un portrait d'ensemble de la région, noirci à coups de plumes tantôt historiques, ou humanistes, parfois teintées d'humour, mais où crimes et intrigues ont toujours le rôle principal.

Illustration de la couverture : © Djebel
Photos : 123RF - Photo Dan Buster's, modèles Sandy et Xavier.

Les éditions Cairn bénéficient du soutien de la DRAC
et de la Région Nouvelle-Aquitaine
ISBN : 978-2-35068-910-4/ISSN : 2275-2331

Simone Gélin

Le journal de Julia

cairn

Que voulez-vous enseigner avec votre exemple ?
Qu'il ne faut pas tuer ?
Et comment enseignez-vous qu'il ne faut pas tuer ?
En tuant !
Victor Hugo
Discours de 1848

Partie 1

Le complot

EMILIO
PAYS BASQUE, OCTOBRE 2002

Emilio grimpait. Une fois par semaine, il accomplissait l'exploit de gravir ce versant.

Il s'arrêtait de temps en temps, dans la montée, se retournait, regardait au loin : d'un côté des montagnes à perte de vue, et de l'autre, la côte déchiquetée, et l'océan Atlantique qui fermait le ciel.

Il soulevait alors son béret, l'agitait pour chasser deux ou trois mouches, et en profitait pour éponger son crâne, lustré comme un savon usé.

Il faisait trop chaud pour un mois d'octobre.

— Et quatre-vingt-deux, mon colon, ça commence à peser !

Il parviendrait quand même à hisser sa vieille carcasse jusqu'au sommet.

Il reprit son ascension.

De l'autre côté, *el País* !

Enfin, il s'assit sur la frontière. Du haut de son promontoire, pris par le vertige, il sillonnait l'Espagne, survolait la chaîne, les cimes, les roches acérées, il s'enfonçait dans les vallons verdoyants et les forêts. Sous les rayons de l'après-midi, l'automne chatoyait. Grenats, jaunes safranés, pourpres, vermeils, ocres ensoleillés trouaient d'or, de cuivre et de sang la masse vert sombre des sapins. Mais le flanc des montagnes, aspergé de lumière, morcelé par la palette de couleurs, pouvait bien essayer de rivaliser avec une toile impressionniste, Emilio ne se donnait pas la peine de monter jusqu'ici pour contempler le paysage. Il venait seulement nourrir sa mémoire, au cas où la camarde s'amènerait un soir, sans lui avoir envoyé de préavis. Il voulait partir en se souvenant de la patrie, et aussi de tous ceux qu'il avait vus tomber de ce côté des Pyrénées. Il voulait pouvoir jusqu'au bout se rappeler les visages de ces hommes qui avaient accepté, le sourire aux lèvres, de faire le sacrifice de leur vie. Ne jamais oublier leur courage incommensurable.

Son cœur tambourinait. Un tel effort n'était plus de son âge.

Mais non, ce n'était pas de grimper, il le savait bien.

Aujourd'hui le pèlerinage était encore plus cruel que d'habitude.

Saleté de vie ! Elle ne cesserait donc jamais de charrier ses malheurs et ses crimes, avide de sang et de larmes, irrassasiable ! Vorace, elle réclamait encore sa part, comme si elle n'avait pas eu son content.

Tapie dans l'ombre, elle avait manigancé un dernier mauvais coup. Pour le narguer, ou comme pour lui rappeler, avant de le réduire en poussière, que c'était toujours elle qui l'emportait, la faux à portée de main.

Il se mit debout et lança le poing vers le ciel :

— *Hijo de puta !*

Il lui fallait maudire.

Et il ne savait par qui commencer.

Le tyran ? Dieu ? Le destin ?

Tous ?

N'importe.

La révolte toujours chevillée au corps, ce feu qui couvait dans son âme depuis soixante-dix ans, il continuait à lever le poing, comme il avait appris à treize ans à le dresser contre ces porcs de nationalistes.

Il serrait les dents et levait son poing, noueux comme un cep de vigne.

Les bombes, la mitraille, le poignard, le garrot ou la guillotine, Emilio avait vu tuer de toutes les manières. Soldats, traîtres à la patrie, criminels, juges assassins, les tueries, il en connaissait un rayon sur le sujet, il avait été expert en la matière et faisait aujourd'hui, entre toutes ces recettes pour verser le sang, de moins en moins de distinguos. Quand les hommes tuent, ce ne sont jamais que des bourreaux ou des chiens, revenus à l'état sauvage.

Bon, allez, il fallait redescendre, le brouillard s'en venait d'Espagne.

En passant devant chez Nino, Emilio s'y arrêta. Cela faisait plusieurs jours qu'il n'avait pas vu son petit-fils.

Il cogna aux volets de la maison.

— Hé ! Nino ! Vas-tu répondre, nom de Dieu ? Allez ! Ouvre !

Pas de réponse. Posant la main sur la poignée pour constater que la porte était ouverte, il la poussa doucement, les tripes nouées. Il avança prudemment dans la cuisine déserte.

— Qu'est-ce qu'il fout ? dit-il à voix haute – habitué à vivre en solitaire depuis si longtemps, il parlait toujours tout seul.

Il vit sur la table, le cahier jauni, ouvert à la dernière page, comme si l'on venait de le feuilleter.

Il sursauta au bruit des pas frottés sur le paillasson, derrière lui. Il fit rapidement volte-face.

— Ah ! tu m'as fait peur ! *Mierda !* c'est plus de mon âge, ces émotions !

Emilio se laissa tomber sur une chaise.

— D'où tu viens ?

— Du cimetière, répondit Nino en détournant les yeux.

— Ah !

Puis :

— Pourquoi tu t'es enfermé comme ça pendant tous ces jours ? Tu ne sais pas que tu m'as foutu la trouille ?

— J'avais besoin d'être seul, pépé, j'avais besoin.

— Je comprends, fit Emilio simplement, t'as pas quelque chose à boire ? J'arrive de là-haut, ça cognait.

Nino ouvrit le frigo.

— Tu veux de l'eau ?

— Si t'as rien d'autre…

Il servit deux verres d'eau fraîche et s'assit en face de son grand-père :

— J'avais besoin de réfléchir, répéta Nino.

— Eh bé pardi ! Je m'en doute ! À quoi t'as réfléchi ?

— Tu sais bien à quoi ! À toute cette horreur. C'est trop dur.

— Ça, c'est vrai, mon petit, acquiesça. Emilio, l'air accablé.

Sous le poids des paroles, le vieil homme s'était voûté, comme si le malheur venait de lui tomber sur les épaules. D'un revers de manche rageur, il écrasa une larme, puis il se reprit :

— T'as pas bouffé correctement depuis combien de lustres, hein ? et t'as rien dans ton frigo, tu vois bien, que de l'eau. J'ai fait de la morue pour *dos* ! Allez, tu t'amènes d'ici une heure ou je reviens te chercher à coups de trique ?

Nino se força à sourire.

— Cette fois, tu ne me raconteras pas ta guerre, dit-il en relevant la tête et en regardant son grand-père dans les yeux, il ajouta : c'est plutôt moi qui vais te parler de la mienne.

— Ouh la la ! de quelle guerre tu veux me parler ?

Nino hocha tristement la tête.

— Il y a des crimes qui ne peuvent pas rester impunis, c'est toi qui me l'as appris… comment veux-tu que je continue à vivre avec ce poids ? Sans rien faire ?

Emilio soupira. Il ne trouvait rien à rétorquer, les chiens ne font pas des chats, se dit-il.

— Dans une heure, *coche* ! On causera. Ne va pas te mettre martel en tête, on en causera ! C'est peut-être pas tout perdu, je ne baisse pas encore les bras. Pas encore ! Moi aussi je réfléchis, figure-toi !

Il se retourna, sans attendre de réponse.

L'aïeul habitait à trois cents mètres. Entre les deux maisons, un mince ruisseau serpentait entre des prés, et un petit sentier zigzaguait le long d'un versant boisé.

Emilio se parlait à lui-même, en montant chez lui, il s'exhortait, haut et fort :

— Tu vas pouvoir t'accrocher aux branches, il a encore besoin de toi, le petit, tu vas pas pouvoir lâcher ! va falloir tenir ! vieux ! va falloir tenir !

Ah ! Fi de putain ! En avait-il pourtant marre lui aussi !

Le lendemain, Emilio se leva, déterminé. Après une nuit sans sommeil, il savait ce qu'il avait à faire.

Il ouvrit en grand la porte de la grange. Elle recelait son bien le plus précieux. Une pièce de collection. Il l'avait toujours entretenue avec dévotion, la maintenant en parfait état de marche. Il la bichonnait, la sortait de temps en temps et faisait fuir en les menaçant avec son fusil tous ces cons de collectionneurs qui osaient venir l'emmerder. Contre une fortune même, il ne la leur aurait pas cédée. Il faudrait lui passer dessus pour la lui prendre, disait-il.

Il souleva la couverture qui la protégeait de la poussière, lava le pare-brise, vérifia les niveaux et la sortit du garage. Toujours aussi belle, elle rutilait au soleil.

Nino ne tarda pas à s'amener, avec son sac de voyage sous le bras. C'était son idée, de vouloir faire ce voyage dans la vieille Alfa. Une sorte de pèlerinage, en somme. Emilio avait cédé. Il s'aperçut très vite que Nino la conduisait d'instinct. Un as du volant, comme son père, sourit-il intérieurement.

Ils se dirigèrent vers l'autoroute, en direction de Pau.

— Ça te dérange pas, si je me repose un peu? dit l'aïeul, il faut que je récupère de ma nuit blanche.

— Vas-y, repose-toi, tu veux que j'éteigne la radio?

— Surtout pas, la musique, ça fait fuir les cauchemars.

Ce n'était pas vrai, il avait les cauchemars tenaces, le vieux. Dès qu'il fermait les paupières, ils affluaient. Et c'était toujours la même histoire qui tournait en boucle, un vrai diaporama. Mais son cinéma était en noir et blanc !

En dormant, Emilio laissa échapper un petit gémissement.

— Ça va? dit Nino, inquiet.

— Oui, ça va ! je rêvais.

— À qui tu rêvais?

— À ma mère. Une belle Espagnole, tu sais, c'était une très belle femme.

L'image du visage de Pilar surgissait de sa mémoire.

Pilar
Mieres, 1934

Pilar relève ses cheveux, les rassemble en un chignon serré, retenu par un peigne en écaille. Elle se regarde dans le petit morceau de miroir tout piqué, suspendu au mur par un clou.

C'est vrai, Pilar fait se retourner tous les hommes au village. Impressionnés, ils la dévorent des yeux en silence. Sa beauté leur coupe la voix. Les compliments leur restent dans la gorge. Les femmes aussi la regardent passer, derrière leurs portes entrebâillées, nostalgiques, ou crevant de jalousie.

Elle saisit son panier, le hisse sur sa tête et descend vers le lavoir, une main sur la hanche, d'une démarche légère qui fait voler sa jupe. Sur le chemin, elle croise la soutane noire. Elle lui barre la route.

— Il faut venir répéter les cantiques, Pilar, ou tu ne seras pas prête pour la messe de dimanche.

— Oui, oui, monsieur le curé.

— Ce soir, je compte sur toi !

Pilar soupire. Juan sera furieux. Il n'aime pas qu'elle fréquente l'église et les curés.

— Les bondieuseries, c'est des âneries pour tromper le peuple, il dit.

— Je m'en fiche des bondieuseries, je vais à l'église rien que pour chanter.

Juan hausse les épaules. Il n'ose pas interdire. Il respecte sa femme.

Quelquefois, ils vont à Mieres. Sur la place, il y a un café. Ils s'assoient, boivent du cidre bien frais et ils écoutent la radio. Pilar retient les chansons à la mode. Parfois même, ils dansent.

Sous le prétexte de porter le panier, Emilio suit sa mère jusqu'au lavoir. Avec la chaleur, il aime bien l'accompagner au bord de l'eau, à presque quatorze ans, il ne se prive pas de lorgner les femmes et les jeunes filles un peu dévêtues.

Pilar vide son panier. Dolores vient l'embrasser.

— *Canta*, Pilar.

Pilar ne se fait pas prier. La voix de cristal s'élève sous le porche du lavoir et les femmes cessent leurs bavardages. Elle s'arrête un moment, pour essorer un drap et reprendre son souffle. Dolores se met debout, se dirige vers elle et lui ôte son linge des mains. Elle saisit Pilar par le bras, pour la conduire sur la marche la plus haute, au-dessus des lavandières.

— *Canta Pilar, canta para nosotros y nosotros laveremos tu ropa*[1].

---

1 Chante Pilar, chante pour nous et nous laverons ton linge

Pilar reprend son répertoire. Les cantiques d'abord, puis les chansons entendues au café et même les chants des ouvriers.

Pilar ne s'intéresse pas à la politique. Juan lui décrit pourtant ce qui se passe à la mine, il lui fait part de ses idées, lui raconte les réunions avec les syndicats et les partis, elle écoute, hoche la tête, mais refuse de s'en mêler. Ce sont des affaires d'hommes, qui l'effraient, et puis, elle ne veut pas se faire mal voir du curé.

Pourtant Emilio l'a remarqué, ce ne sont pas les cantiques qu'elle chante le mieux. Ce sont les couplets des mineurs, les appels à la lutte ou à la grève, ou les mélopées de la faim.

Elle sait mieux parler de la misère que du Bon Dieu, sa mère.

C'est normal, Dieu, elle ne l'a jamais vu, ni entendu, elle ne le connaît pas, dit Juan.

Elle entonne ces refrains qui évoquent la fraternité et ouvrent l'espérance pour les pauvres comme elle, comme eux tous. L'espérance d'une autre vie qu'ils auraient et qu'elle ne peut même pas imaginer. Ces phrases qui expriment la souffrance des hommes, leur révolte, qui décrivent les combats d'hier et ceux à venir, font vibrer en elle quelque chose d'infiniment profond, dont elle n'a pas idée. Ces mots remuent des émotions qu'elle-même ne reconnaît pas.

Qui la dépassent.

Sa voix cristalline prend alors des accents rauques.

On dirait des sanglots se mêlant à une cascade d'eau fraîche comme le ruisseau où les femmes trempent leur linge.

Elle fait trembler Emilio et sourire Juan.

Pilar ne se rend pas compte qu'elle fait de la politique quand elle chante.

Journal de Julia
On dirait le sud

Mai 1975.

J'étais assise à mon bureau, je corrigeais mes cahiers, je regardais machinalement par la fenêtre quand j'ai vu la petite Amélie jouer avec son ballon. Il rebondissait sur le trottoir, puis je l'ai vu rouler dans le caniveau. En un éclair, j'ai compris ce qui allait arriver et je me suis précipitée dans la rue. Il s'est produit ce que je craignais, le ballon traversait la chaussée. J'ai coupé la route à Amélie pour l'empêcher de s'élancer. J'ai cueilli le ballon, au milieu de la route, une seconde avant de voir un bolide jaillir du virage : un cabriolet Alfa Romeo, rouge. Je me suis jetée en arrière. Trop tard ! J'ai entendu le crissement des pneus, je ne sais trop ce qui s'est passé, la voiture s'est immobilisée dans un grand dérapage, et moi, je me suis retrouvée à terre.

Le temps s'est arrêté. Les secondes bourdonnaient à mes oreilles. Un tambour scandait dans ma poitrine et une chanson s'échappait de la radio : *On dirait le su-u-ud* susurrait Nino Ferrer.

La capote était baissée, le conducteur s'est extirpé de l'habitacle en sautant par-dessus la portière. Il s'est précipité vers moi, il s'est agenouillé pour s'assurer que j'étais indemne.

J'ai fait un vague signe de la tête, pour lui signifier que je n'étais pas blessée.

L'aile du véhicule m'avait à peine effleurée. Je m'étais stupidement étalée sur le macadam.

Il m'a tendu la main pour m'aider à me relever. Il s'est encore inquiété de savoir si j'avais mal quelque part.

Je n'avais rien du tout.

J'étais seulement choquée et je voyais tournoyer des étoiles.

Amélie hurlait comme si c'était elle qui était tombée. Il s'est tourné vers elle, l'a prise dans ses bras et l'a fait valser, en riant, puis il lui a collé un baiser sonore sur la joue avant de la reposer à terre – il semblait tellement soulagé.

Il est allé ensuite couper la radio.

Des gens sont arrivés, alertés par le bruit, le patron du bistrot, puis Mariette, la mère d'Amélie. Celle-là, je lui aurais volontiers passé un savon, si je n'avais pas été aphasique. C'est Amélie qui s'est ramassée une fessée et elle a recommencé à hurler.

L'inconnu m'a regardée et nous nous sommes souri. Je tenais toujours ce fichu ballon dans les mains, je n'avais pas encore ouvert la bouche, et je devais être pâle, car il a dit, en montrant la terrasse du café :

— Venez vous asseoir, je vous offre un verre pour vous remettre.

Voilà, c'est ainsi que tout a commencé.

Il est entré dans ma vie, ce jour-là.

Je l'ai suivi, oubliant ce pauvre Moa, sans doute toujours en train de mariner dans ma classe – il faudra, plus tard, que je te parle de Moa.

Nous nous sommes installés dehors. J'ai demandé un Perrier menthe et lui une bière. Jo, le patron, s'est montré content de nous servir, il avait tremblé pour moi. Il s'est assis pour trinquer avec nous – c'est qu'il en avait besoin pour se remettre, lui aussi, et il ne laissait jamais passer une occasion.

— Vous rouliez trop vite, il a balancé à Lucio qui n'a pas contesté.

— Il faut dire aussi que cet endroit est vachement dangereux. Ce virage à la con, à l'entrée du village, il surprend tout le monde, a rajouté Jo pour tempérer ses reproches.

Peu à peu, je me suis calmée et ils ont prétendu tous les deux que j'avais repris des couleurs.

— Cette Mariette ! Elle ne peut pas surveiller sa mioche ? Non ? a commenté encore Jo, en se levant pour retourner à son comptoir. Un de ces quatre, il va lui en arriver une belle ! Puis il a jeté son torchon sur son épaule avant d'ajouter :

— Bon, ça va mieux Julia ? Et il a tourné les talons, sans attendre la réponse.

Nous sommes restés tous les deux assis, sans parler pendant quelques minutes, juste à nous regarder. Ses yeux immenses, deux lacs profonds et ténébreux, capturaient les miens.

— Julia ? il a chuchoté, c'est une belle coïncidence, j'adore ce prénom. Moi, c'est Lucio.

Il souriait.

Lucio.

J'ai senti quelque chose fondre dans ma poitrine.

Il passait ses doigts dans ses cheveux ébouriffés par le vent, pour essayer de les dompter – ce qui me parut une utopie.

Il avait aussi une allure de vagabond qui me plaisait.

La collision de nos regards me renversait une nouvelle fois. J'étais fauchée par un deuxième télescopage.

Il avait également l'air saisi par ce coup du sort. Nous étions tous les deux pris dans un guet-apens.

Étonnés, chavirés, nous subissions cela en silence. Des fils invisibles se tissaient entre nous. Une intimité s'instaurait, nous isolant des autres, et rendant presque indécente leur présence. Ensuite, je ne me souviens plus de ce que nous nous sommes dit, j'étais très intimidée, je lui ai laissé l'initiative de la conversation. Je me suis contentée de répondre en essayant de ne pas bafouiller. J'avais peur de le décevoir.

Déjà, j'avais peur de le perdre. Cela ne faisait que commencer.

J'aurais voulu que ces instants se prolongent et je ne pensais à rien d'autre et toujours pas à Moa.

Félix est arrivé avec lui, nous les avons vus traverser la rue et s'avancer dans notre direction, ils avaient été alertés eux aussi par l'incident. J'ai lu l'inquiétude dans le regard de Félix, son visage s'est assombri, j'ai simplement cru qu'il avait eu rétrospectivement peur pour moi.

C'était plus compliqué.

Félix prétendit, plus tard, avoir tout compris du premier coup d'œil, à cet instant-là. Il me confirmerait avoir pressenti le malheur, sans savoir pourquoi. Était-ce prémonitoire ? Je ne crois pas, il ne pouvait pas, bien sûr, deviner tout ce qui allait advenir. Non. Il est toujours aisé, *a posteriori*, d'interpréter les souvenirs, de leur accorder du sens. La mémoire manque souvent d'objectivité. Il me semble plutôt, qu'à l'époque, cette prémonition n'en était pas une, elle n'était que la manifestation d'une jalousie naissante. Depuis un an, Félix et moi avions tissé des liens amicaux. Mais notre relation était sûrement plus ambigüe que je ne le pensais.

Enfin, je ne sais pas, la rationalité n'explique pas tout, il se peut après tout que Félix ait ressenti un mauvais présage.

Pour que tu comprennes mieux ce qui est survenu par la suite, je dois remonter bien avant ce jour-là, je dois te parler de Moa et de Félix.

L'école

1974

Il faut revenir une année en arrière. J'avais débarqué dans ce petit village des environs d'Aix-en-Provence, trois jours avant la rentrée scolaire de 1974. Félix, lui, était arrivé un an avant moi. Une deuxième classe venait d'être ouverte et j'avais été nommée sur ce nouveau poste.

J'avais fait les kilomètres depuis Aix avec ma 4L, sur cette route sinueuse, et en pleine chaleur. Quand j'ai poussé le portail, je me suis sentie émue. Mon premier poste !

Je suis entrée dans la cour de l'école, jonchée de feuilles de platanes. Il régnait cette torpeur si particulière de fin d'été. Le calme. Dans ce silence, on percevait comme une sorte d'attente, celle de la rentrée, j'ai imaginé les cris d'enfants qui bientôt allaient investir ces lieux et les réveiller. J'étais heureuse.

Félix, assis derrière son bureau, m'a aperçue par la fenêtre ouverte. Il est venu à ma rencontre et m'a souhaité la bienvenue. Ensuite, il m'a fait visiter les locaux. Nos classes d'abord, qui communiquaient. Elles sentaient bon la cire. Félix se montrait prévenant, promettant de m'aider à m'organiser. Puis il m'a invitée à visiter les logements de fonction. Les logements en question ne faisaient qu'un, d'ailleurs. En effet, nous devions partager un espace commun, composé de la cuisine et de la salle de bains, au-dessus du préau. À gauche, se trouvait la chambre de Félix, au-dessus de sa classe et de l'autre côté la mienne – si j'en voulais, dit Félix –, au-dessus de l'autre classe. Toutes les pièces étaient vétustes, les murs s'écaillaient, ils auraient eu besoin d'un bon coup de peinture. Mais c'était tout ce qui m'était proposé, sinon je devais me débrouiller toute seule pour trouver un appartement.

Après la visite, nous sommes allés faire un tour à la mairie, Félix m'a présenté Pierre Mandez, le maire – un sacré dragueur celui-là. Nous sommes passés à l'épicerie, j'ai fait la connaissance de Mariette et d'Amélie, ma première petite élève – me souvenir d'elle est encore aujourd'hui tellement douloureux !

Félix a acheté des boissons et de quoi préparer le dîner, il a dit qu'il m'invitait. Moi, j'ai acheté des produits d'entretien, balai, serpillière, etc., pour nettoyer ma chambre. Ce soir-là, nous avons mangé tous les deux dans notre vaste cuisine, puis je suis allée dormir chez Mariette, au-dessus de la supérette. Son père et elle m'avaient spontanément offert l'hospitalité.

Dès le lendemain, Félix m'a pris sous son aile. Il a emprunté une camionnette et nous sommes allés acheter un sommier et un matelas à Aix, ainsi que quelques bricoles nécessaires à mon installation. Le confort était rudimentaire et nous devions vivre dans une certaine promiscuité. Nous ne nous en étonnions même pas, à l'époque, nous savions nous contenter de peu. Nous avions la vie devant nous, cette bohème nous amusait, et nous pensions que nous avions bien le temps de nous embourgeoiser.

Il y eut mon premier jour de classe. Tous ces petits visages tournés vers moi. Je les regardai intensément. Je devais choisir mes premiers mots. Je désirais tellement. J'avais tant d'ambition pour eux. Je voulais tout leur enseigner, et pas seulement l'écriture et le calcul. J'aspirais à leur faire aimer les livres et la poésie aussi, bien sûr, mais avant tout, si je me souviens bien, je rêvais d'ouvrir leurs esprits. J'étais si jeune et si débordante d'enthousiasme. Je voulais qu'ils s'épanouissent, qu'ils s'intéressent aux hommes, qu'ils soient curieux du monde, et qu'ils n'appréhendent pas leurs émotions ni leur avenir.

Je consacrai les premiers jours à apprendre à les connaître et à les surprendre, pour capter leur attention et les habituer à m'écouter. Pour créer ce lien de confiance, préalable, me semblait-il, à toute pédagogie. Je les emmenais parfois à l'extérieur de l'école, pour profiter des ultimes beaux jours dans la nature, des couleurs de l'automne. Mes méthodes étonnaient un peu Félix et surtout quelques parents qui ne se gênaient pas pour me critiquer, mais j'avais déjà conquis mes élèves et c'était tout ce qui m'importait. Et puis, dans la région, tu sais, tout le monde vénérait Marcel Pagnol, l'enfant du pays. Sa mort, en avril dernier, avait ravivé son prestige, et la considération des gens pour son œuvre. Dans les villages de Provence, cette figure illustre marquait beaucoup les esprits. Grâce à lui, et à *La gloire de mon père*, nous autres, enseignants, couronnés de ce panache, étions devenus, en quelque sorte, des personnages romanesques, et nous étions aimés.

Le premier trimestre a passé très vite.

Un jour, j'ai rencontré Moa. Il avait dix-sept ans. Tout le monde l'appelait Moa. Pourquoi ? C'est lui qui s'était baptisé ainsi, quand il avait commencé à parler : « Moi » prononcé « Moa » parce que son vrai prénom, Dominique, était trop difficile à articuler pour le petit garçon trisomique qu'il était. Nous nous sommes aimés immédiatement. De toute manière, Moa décidait tout de suite qui il aimait ou pas et il n'y avait plus à y revenir. Entre lui et moi, ce fut un coup de foudre.

Entre Lucio et Moa, ce fut la même chose.

Nous étions assis tous les quatre à la terrasse du café, Lucio, Félix, Moa et moi. Moa n'avait d'yeux que pour Lucio. La bouche entrouverte, deux petites perles de salive à chaque commissure, il le regardait béatement comme s'il voyait en lui un extraterrestre ou un dieu.

En retour, Lucio lui manifestait beaucoup de bienveillance. Il s'adressait à lui avec indulgence. Moa buvait ses paroles. Et moi, j'étais émue par cette complicité spontanée.

Lucio lui demanda :

— Tu pourrais me conduire jusqu'au garage, Moa ?

Moa rougit jusqu'aux oreilles, peu habitué à ce qu'on lui confère des responsabilités. Lucio était déjà debout, Moa le badait sans réagir.

— On y va ? insista Lucio.

Moa se leva brusquement, et renversa sa chaise – ce qui lui arrivait souvent. Lucio rit, lui tapa sur l'épaule et ramassa le siège.

Ils partirent ensemble. Sans se retourner.

Comme si c'était normal.

Lucio ne dit rien à personne.

Ni même au revoir, à aucun de nous.

Je croyais ne jamais le revoir.

Félix m'a observée d'une étrange façon.

Il avait dû lire la déception sur ma figure.

Et peut-être pensait-il à l'avenir.

L'année de la femme

Quelques heures après avoir failli m'écraser, il est revenu, seul. Je ne sais comment il avait fait pour se débarrasser de Moa. J'étais retournée dans ma classe. Assise à mon bureau, plongée dans mon travail, j'ai senti un regard posé sur moi. Depuis combien de temps m'épiait-il ainsi, depuis la fenêtre ouverte ?

— Vous savez que c'est l'année de la femme ?

Je l'ai dévisagé, étonnée. Il était planté là, en plein soleil, un sourire espiègle au coin des lèvres. Une myriade d'étincelles dansait en orbite autour de ses pupilles.

— Qu'en pensez-vous ? il a continué.

— Ce que j'en pense ? (j'étais un peu déstabilisée par ces questions insolites).

— Oui, de l'année de la femme, qu'en pensez-vous ?

— Je dirais que c'est prometteur, mais que le chemin sera long !

— Vous avez raison. C'est une bonne réponse. Venez, c'est un sujet intéressant. Il faut qu'on en discute !

Je n'ai pas demandé où. Je l'ai suivi sans chercher à savoir, j'étais hypnotisée. Je n'avais pas besoin de justification. Année de la femme ou pas, je m'en fichais. L'instant était simple et délicieux. J'obéissais à la vie. Elle s'imposait à nous comme une évidence. Nous étions comme deux sujets soumis par une force inébranlable qui nous poussait l'un vers l'autre.

Je suis montée dans le cabriolet. Jo nous a vus et il s'est approché. Toujours à vouloir faire un commentaire sur tout, celui-là.

— Vous allez attraper la mort dans cette bagnole !

— On n'attrape pas la mort, a répondu Lucio en rigolant, c'est toujours elle qui nous attrape !

J'ai frémi. Plus tard, je me suis souvenue de ces mots, ils se sont plantés dans mon cœur et je n'ai jamais pu les en arracher.

Nous avons pris la route dans la décapotable, cheveux au vent. Il a mis une cassette dans l'autoradio. Nicole Croisille chantait : *Femme, une femme, avec toi...* Il m'a jeté un coup d'œil taquin. J'ai rougi.

Il m'a demandé de lui indiquer la direction des Baux. Il voulait visiter ce village, j'en ai déduit qu'il n'était pas d'ici.

— C'est loin, j'ai dit.

— Tant mieux, alors ! a-t-il répondu en riant.

J'ai réalisé que je suivais cet homme alors que je ne savais rien de lui. Déjà, j'étais prête à le suivre n'importe où. Nous sommes montés dans le village, lentement, à petits pas, sur la pointe du cœur. Sur le chemin, il a pris ma main, mine de rien, sans chercher à croiser mon regard. Et moi, je l'ai laissé faire sans broncher et sans le regarder non plus.

Quand nous sommes passés devant l'église, nos doigts étaient entrelacés. Je lui ai demandé s'il voulait la visiter.

— Non ! Je suis un mécréant ! a-t-il dit en riant.

Il ne rentrait pas dans les églises. En le revendiquant, il avait l'air de me tester. Il observait ma réaction. Sur le moment, je n'ai pas compris. Je ne pouvais pas deviner à quoi il faisait allusion. J'ai senti que c'était un sujet sensible, et grave, parce que la légèreté s'était brusquement effacée de son visage.

Je n'ai pas éprouvé le besoin de relever. Mécréant, ça me convenait. Je l'étais aussi.

Plus tard, j'ai compris pourquoi c'était si important pour lui. J'ai su pourquoi il n'aimait pas les églises ni les curés, le jour où j'ai rencontré son père.

En haut, nous nous sommes assis sur un rocher, pour souffler. Sous nos yeux, la vallée, quadrillée d'un camaïeu de verdure, au loin la silhouette bleutée des Alpilles et sur mes lèvres, inoubliable, son premier baiser.

Nous avons évité Marseille et nous sommes arrivés à Cassis pour le coucher du soleil. Nous avons longé les façades du port et pris la direction des calanques, sans nous arrêter.

La lumière ocre des derniers rayons balayait les falaises mordorées. Le soleil émiettait ses feux sur la mer. Une pluie de copeaux d'argent. Je ne l'avais jamais vue si belle, la Méditerranée. Ruisselante, ce soir-là, elle était magnifique.

Nous sommes descendus plage de l'Arène. Elle était déserte.

Mon cœur détraqué battait la breloque. J'avais peur. Je savais ce qui allait nous arriver.

Je devinais que je ne pourrais plus jamais vivre comme avant.

J'avais peur et je le voulais.

Lucio a pris mon visage dans ses mains. J'ai fermé les yeux.

En amour, j'étais analphabète, je n'en connaissais pas le b.a. ba. Lucio déchiffrait pour moi ce langage. Ses lèvres plaquées sur les miennes, il décodait. Il était expert et je ne demandais qu'à progresser, j'étais une élève zélée. Je m'appliquais. J'apprenais vite.

Le bruit de la mer n'a pas couvert pas le toc-toc de mon cœur quand il m'a déshabillée. Après…

Nous nous sommes baignés et nous nous sommes aimés.

Non non, nous nous sommes aimés d'abord. Longtemps. Plusieurs fois. Ensuite nous avons couru vers la mer et nous avons joué dans l'eau comme des gosses.

Plus tard, bien plus tard, la fraîcheur de la nuit nous a surpris, à moitié assoupis, nus, sur la plage, gorgés d'amour et le corps constellé de grains de sable. Lucio m'a essuyé le dos, les seins, le ventre, me faisant frémir sous la caresse de ses doigts.

Nous sommes allés à Cassis, pour essayer de trouver un bistrot ouvert, une brasserie, nous avions faim, l'amour avait creusé nos appétits. En cette saison, tout était fermé. Nous sommes rentrés, l'estomac vide, le cœur bouillonnant comme l'Etna en éruption.

Lucio roulait très vite.

— Tu n'as pas peur ?

J'ai souri. J'étais bien. J'avais envie de fredonner la chanson de Nicole Croisille.

— Si tu as peur, dis-le, a-t-il insisté, je lèverai le pied.

J'ai secoué la tête en riant. Non, je n'avais pas peur. Je ne savais pas à quelle allure nous roulions, je m'en fichais.

J'ai aimé me laisser griser par la vitesse.

J'ai adoré cette sensation de remettre ma vie entre ses mains.

Plus tard, je n'en finirais pas de m'en souvenir comme d'un signe ironique du destin

Marseille
Octobre 2002

Nino conduisait. La vieille Alfa avalait bravement les kilomètres. Emilio somnolait, bercé par le ronronnement du moteur.

Le vieil homme devait rassembler tout son courage pour retourner là-bas, remuer le passé. Oh ! ça ne bouleverserait pas ses habitudes, il était rodé, il n'avait fait que ça, remâcher des souvenirs, durant toute sa vie. Les mauvais plus souvent que les bons – faut dire qu'ils étaient plus nombreux.

Ils arrivèrent au petit matin à Marseille. Pas de GPS dans la voiture ancienne, ils durent s'arrêter trois ou quatre fois pour se repérer dans la ville et se renseigner sur l'adresse de leur rendez-vous.

Ils se retrouvèrent devant la façade cossue d'un immeuble proche du Vieux Port.

Dans la salle d'attente, Emilio rappela la consigne :

— Tu n'as pas besoin de te vanter d'être mon petit-fils, et si on te pose la question, tu n'as qu'à répondre que tu es un cousin éloigné, ça suffit, hein ? Tu ne feras pas de gaffe ?

— Pépé, tu me l'as déjà dit cent fois et je ne suis pas d'accord avec toi. Je ne vois pas pourquoi tu m'imposes ce mensonge, je me sens parfaitement capable d'assumer la situation, je te jure.

— Oui oui, je sais, je rabâche, mais j'ai mes raisons, crois-moi ! c'est assez dur comme ça ! Et puis, ta mère et moi, on était du même avis, personne ne devait savoir qui tu étais. Elle ne voulait pas que tu traînes ce fardeau et ton père non plus. Ils voulaient tous les deux que ce soit comme ça, les pauvres, tu comprends ? Alors, une promesse est une promesse ! respecte-la, toi aussi, je te prie.

Le ton était sec. Emilio pouvait parfois s'exprimer avec intransigeance. Ils n'échangèrent plus la moindre parole. Dix minutes à se ronger l'esprit en silence. La porte s'ouvrit d'un coup. L'homme chercha à soutenir leurs regards, sans grande conviction, puis son sourire s'éteignit rapidement.

L'avocat les reçut brièvement pour leur expliquer, avec une mine de circonstance et un enrobage de belles phrases, pourquoi la demande de révision avait été rejetée.

Alors, la nouvelle loi, à quoi servait-elle ? rétorqua Emilio, elle disait bien qu'il suffisait *d'un fait ou un élément inconnu au jour du procès de nature à faire naître un doute sur la culpabilité du condamné*, n'était-ce pas le cas ? L'avocat secouait la tête pendant qu'Emilio parlait. Il répondit que non, l'élément qui aurait pu faire basculer la décision n'avait pas été pris en considération, jugé trop peu fiable, ce n'était tout au plus qu'un ouï-dire, il eut fallu un témoignage direct. Hélas, il n'y avait plus rien à faire. L'homme qui aurait pu témoigner réellement, le seul vrai témoin s'était suicidé. C'était terminé.

— Terminé ? rugit Emilio.

C'était inconcevable. Révoltant. Non non non, il devait y avoir un moyen, ils ne pouvaient pas abandonner.

L'homme de loi secouait toujours négativement la tête d'un air triste et vaguement ennuyé.

Emilio éleva le ton. Selon lui, la véritable raison était que la vérité leur faisait peur, aux juges, ils ne voulaient pas rouvrir cette affaire. Tout n'était que mensonge et mauvaise foi.

L'avocat soupirait, haussait les épaules, fronçait les sourcils en tapotant des doigts sur le bureau. Il pinçait les lèvres, dodelinait la tête en signe d'impuissance, bref, faisant tout un tas de mimiques, en regardant sa montre. Le cinéma habituel. Il avait hâte d'en finir. De bâcler cette pénible démarche.

C'était injuste, oui, il en convenait. Il tentait de les réconforter comme il pouvait, arguant que c'était peut-être mieux ainsi, remuer le passé n'était pas toujours de bon aloi.

En voulant les convaincre de tourner la page, il eut un mot malheureux ; il voulut mettre en avant l'aspect positif de leur tentative, qui leur permettait, selon lui, de renforcer leur intime conviction, de balayer le dernier doute.

Emilio se leva d'un coup, piqué au plus profond de sa douleur.

Le doute ? Quel doute ? C'en était trop !

Il fit un signe à Nino : ils n'avaient plus rien à faire ici.

Ils avaient fait ce voyage pour rien.

Ils sortirent de là, la rage au ventre.

Ils ne pouvaient pas repartir ainsi, rentrer chez eux bredouilles, floués, malheureux à en crever. Emilio décida de passer la nuit à l'hôtel, quelque part dans la région, pour se laisser le temps d'encaisser le coup, disait-il, et pour voir…

Nino songea que son grand-père avait une idée derrière la tête. Ils allèrent flâner sur le port. Nino découvrait cette ville où il n'était jamais venu. C'était comme s'il levait, ici, un pan de voile sur sa vie. Fasciné, il plongeait dans le théâtre d'un drame qui le concernait. Il ne voulait pas se dérober, il acceptait ce rendez-vous, il irait même jusqu'aux Baumettes, s'il le fallait. Emilio réprima un haut-le-cœur, ça non, c'était trop dur, il ne pouvait pas.

— Va, va ! Si tu as le courage ! je t'attendrai là, il désignait la terrasse d'un café, je vais mettre le temps à profit pour m'éclaircir les idées.

— Les idées et le gosier aussi, non ?

Nino, méfiant, faisait allusion au penchant du grand-père pour la boisson, surtout en certaines occasions de mélancolie et celle-là en était une fameuse.

— Pff ! je n'aime pas le jaune et ici ils ne connaissent que ça ! Ne t'en fais pas, va ! Je tiendrai debout, allez va !

Il regarda Nino s'éloigner, puis héla le serveur et commanda un verre de rosé. Le chagrin lui bouffait le cœur. C'était inévitable, ce voyage, cette visite, exhumaient le passé, il revenait en force.

Il se souvenait de tout. Depuis le début.

Sa vie avait avancé comme un engin creusant son sillon de malheur. Un tank. Mais le pire de tout était ce sentiment persistant d'avoir distribué le malheur à ceux qu'il aimait le plus. Quelques fois, il s'était cru maudit.

La guerre, il avait même souvent regretté de ne pas y avoir laissé sa peau.

Il commanda un autre verre.

La silhouette du Caudillo se profilait une fois de plus sous ses yeux. La haine lui faisait bouillir le sang. Il ressentait comme un acharnement du dictateur, à détruire sa vie. Il lui avait tout pris, sa mère, son père et pour finir, même la chair de sa chair.

Tout avait commencé avec cet homme.

Emilio avait quatorze ans.

Il avait entendu prononcer ce nom pour la première fois.

Les Asturies étaient alors à feu et à sang.

Il s'aperçut qu'il pleurait encore. Avec l'âge, cela non plus ne s'arrangeait pas. Il commanda un troisième verre.

Emilio
Mieres, 1934

— Jusqu'à quel âge il va rester dans les jupons de sa mère, celui-là ?

Juan, anarchiste passionné, veut que son fils participe à la vie politique.

À quatorze ans, il est temps de devenir un homme.

Selon lui, tout le monde doit prendre parti, dans le pays, même les enfants. Il l'explique doucement à Pilar.

— Il s'agit de leur avenir et de celui de l'Espagne.

Les beaux yeux de Pilar se remplissent d'encre.

Les idées, bien sûr, elle n'est pas contre, elle les respecte, mais ces affrontements ont fait des morts, elle le sait, et il y en aura d'autres. Alors, n'est-ce pas assez d'un dans la famille, à prendre le risque ?

— C'est à lui de décider, dit Juan.

Emilio ne veut ni inquiéter sa mère, ni décevoir son père.

— C'est qu'une réunion, maman.

Pilar obligée d'abdiquer, continue à écosser ses haricots en silence.

Elle sait se taire, mais ses yeux noirs lancent des éclats et disent toute la réprobation du monde.

Elle la connaît, cette maladie des réunions, et elle se méfie de la contagion.

Pour la première fois, Emilio assiste à un meeting. L'assemblée devait avoir lieu en plein air, mais le ciel est à l'orage, comme si c'était prémonitoire, une averse diluvienne les oblige à se réfugier en courant dans une salle.

Venus en nombre, ils doivent se serrer les uns contre les autres, dans cette pièce trop petite pour eux. Ils se tiennent debout, dans leurs simples habits de mineurs, leur odeur de sueur et de révolte. Ils se hissent à tour de rôle sur une chaise pour prendre la parole. Ces hommes, ignorant jusque-là, qu'ils avaient tous ces mots dans la bouche, s'en délient maintenant. Ils les jettent contre l'oppression. Montés sur ce piédestal, ils foulent à leurs pieds des siècles de soumission. Le visage illuminé par leur idéal. Ils sont un bloc compact, indestructible.

Emilio remué par cette fougue, ne comprend pas tout, mais il découvre que s'unir, c'est mieux que de se battre pour une poignée de haricots ou un morceau de pain. Et pour la première fois, il a l'occasion de ressentir – physiquement, charnellement – l'humanité.

Ils n'ont rien à perdre, hormis leur vie, et ils sont prêts à en faire le sacrifice. Même leur pauvreté est un atout, le plus brillant, celui qui fait leur supériorité.

Leur dénuement fait leur force, une force invincible qui se prépare à renverser l'ordre du monde.

Emilio s'abreuve de leur discours.

De retour à la maison, il n'est plus le même. Quand il embrasse sa mère, il a beau détourner son regard, il se sent transpercé. Elle a deviné qu'il a déjà attrapé leur fièvre. Les paroles sont superflues, elle sait comment sont les hommes.

À présent, Emilio voit le monde différemment. Il regarde autour de lui. Jusque-là, sa condition lui semblait une fatalité, désormais il ressent la faim, les privations, la misère, comme jamais.

Il ne veut plus se laisser assujettir au sort injuste qui leur est concédé.

En écoutant les mineurs il a découvert des idées qui l'ont transformé.

Il continue à accompagner Juan aux réunions. Il se laisse emporter par cet élan de fraternité qui les soude les uns aux autres. Cette flamme lui fait voir de haut son existence insignifiante. Ils proposent l'espérance, à la place de la résignation. Ils incitent à se relever, à s'insurger contre le pouvoir. Ils montrent le chemin, celui qu'Emilio veut prendre maintenant ; ils parlent d'un monde nouveau qu'ils vont bâtir tous ensemble, avec toutes leurs thèses visionnaires.

Emilio s'imbibe de leur pensée révolutionnaire. Toutes ces belles phrases tournent jour et nuit dans sa tête.

Son père va participer aux combats. Emilio suit leurs préparatifs et contaminé par leur exaltation, il est prêt à faire comme eux, il veut y aller lui aussi.

Mais sa mère s'y oppose.

— Tu es trop jeune pour prendre un fusil, confirme son père.

Emilio enragé, les regarde partir, le cœur au ventre.

Au début des hostilités, ces hommes passionnés parviennent à vaincre deux compagnies d'assaut et une de l'armée.

Emilio, témoin de leur courage insensé, se figure désormais que rien n'est impossible aux hommes. Hélas, il n'a encore rien vu.

La victoire est de courte durée. Les troupes nationalistes soutenues par l'armée d'Afrique, particulièrement féroce, sont envoyées pour mâter leur révolution.

Leur beau soulèvement populaire est écrasé au mois d'octobre. L'insurrection se termine dans un bain de sang. Meurtres, emprisonnements, tortures.

La cruauté de la répression leur donne un avant-goût de ce que seront, deux ans plus tard, les atrocités de la guerre civile.

Emilio entend accuser pour la première fois ce général qui n'en finira pas de faire parler de lui en Espagne.

Francisco Franco. Emilio n'est pas près d'oublier son nom.

Marseille
Octobre 2002

Nino était revenu la mine triste et grise.

Il fallait s'en douter, tu parles d'un pèlerinage, commenta Emilio, le cœur serré.

Voir son petit-fils aussi bouleversé réveillait les instincts belliqueux du grand-père. — Nino, puisque c'est comme ça, on va aller à Aubagne.

Brusquement, il y eut de la gravité dans l'air.

Mais Nino demeurait silencieux, apathique. L'horreur lui était tombée dessus comme un coup de tonnerre, il y avait quelques mois à peine – le chagrin ayant fini par tuer sa mère, il avait reçu, ce secret foudroyant, en guise d'héritage.

Emilio lui avait téléphoné un jour, au lycée de Bayonne où il enseignait. Nino avait foncé jusqu'à l'hôpital. Sa mère était mourante. Le cœur – la vie n'avait pas ménagé son cœur, fragile depuis toujours. Il était resté toute la nuit auprès d'elle, à lui tenir la main. Au petit matin,

Julia était morte. Nino était là, au pied du lit, assommé de douleur et épouvanté par ce qu'il commençait à entrevoir. Sa mère n'avait cessé d'évoquer dans son délire des faits dont il n'avait jamais eu connaissance. Elle parlait de Lucio, de prison et d'un cahier. Ces divagations avaient éveillé ses soupçons. Il n'avait pas mis longtemps à découvrir la vérité. Il avait fait des recherches sur cette vieille affaire qui semblait les concerner, puis cuisiné le grand-père qui avait dû cracher le morceau et lui donner le fameux cahier. Il partageait désormais avec lui cet abominable passé qui les unissait davantage. De toute manière, il n'avait plus que lui et c'était réciproque.

Emilio avait des envies de meurtre. Si la justice ne faisait pas son travail, il ne restait plus qu'une alternative : le faire à sa place.

Avait-il un autre choix, avant de mourir ? Il ne pouvait envisager de partir sans avoir redressé cette injustice et il entrevoyait une manière radicale d'y parvenir. C'était ce qu'il maronnait. Nino semblait sonné et ne réagissait pas. Il se laissa guider jusqu'à Aubagne sans poser de questions.

Ils s'installèrent dans un hôtel modeste. Le soir, ils allèrent souper dans une petite pension de famille.

À table, Emilio commença à expliquer son intention de trouver un point de chute où loger provisoirement pour *ce qu'ils avaient à faire*.

Nino écoutait distraitement son grand-père. Les yeux baissés, il suivait son chemin intérieur en lissant de l'index les circonvolutions vertes et orange de la toile cirée. Il ne parvenait pas à chasser de son esprit le tableau morbide de la prison des Baumettes. Ces images nourrissaient son imaginaire. Elles illustraient avec un réalisme brutal tout ce qu'il avait pu lire à ce sujet. Il avait voulu se rendre dans ce quartier de Marseille, malgré les avertissements d'Emilio, déterminé à se confronter au pire, mais il avait sous-estimé la cruauté de l'épreuve. Le coup avait été plus rude qu'escompté. Il était revenu paralysé par l'épouvante.

Le grand-père parlait, parlait, comme s'il voulait faire fuir cette peur et le sortir de sa léthargie.

— À seize ans, tu sais, ils m'ont formé aux méthodes d'espionnage, je m'infiltrais dans les lignes ennemies, et j'ai très vite été capable de maîtriser un gaillard bien plus fort que moi. Surprendre, c'était ça la tactique, observer et surprendre, et j'étais doué pour ça.

Emilio revenait à la guerre pour capter l'attention de Nino.

Cela eut pour effet de le faire réagir :

— Tu vas pas recommencer, pépé ! c'est pas le moment, arrête un peu avec la guerre, je suis fatigué ! Et d'abord, qu'est-ce qu'on est venu foutre, ici, à Aubagne, hein ? Pourquoi tu m'as emmené ici ?

— J'y viens, j'y viens, et si je te raconte tout ça, c'est pas pour rien, cette fois. Ça pourrait bien nous servir, figure-toi, tout ce qu'ils m'ont appris, les rouges et même après, les résistants eux aussi, pendant la guerre de 40. J'y ai pensé toute la journée. J'ai mon plan. Et à Aubagne, j'ai des amitiés, tu comprends ?

— Tu veux monter un commando ou quoi ? Et contre qui ?

— C'est un peu ça, ouais, un commando. Contre qui ? c'est toi qui me poses cette question ? *Madre de Dios !* contre les assassins, Nino ! *asesinos* !

— Tu dérailles !

— Hé ! respecte un peu tes ancêtres, morveux ! je ne déraille pas encore, et puis dis donc, c'était pas toi qui me parlais de guerre, l'autre jour ?

Nino leva les épaules, agacé.

— J'ai dit *guerre,* comme ça, parce que c'est toi qui parles toujours de guerre, j'ai repris le mot pour te plagier, c'était juste une image, pour dire que je voulais me battre, seulement, j'espérais qu'on aurait la loi avec nous. Ce que je voulais, c'était obtenir la révision.

— Ouais, moi aussi, mon petit, moi aussi, j'aurais préféré la loi, mais quand la loi est du côté des criminels, qu'est-ce qu'il faut faire, hein ? Tu as bien vu que c'est foutu, il n'y aura pas de révision, mets-toi ça dans le crâne !

Sa voix vibrait de colère, il reprit, plus virulent encore :

— Ah ! pas de révision ? Fumiers ! je ne laisserai pas leur crime impuni, je te le dis, je te le jure Nino, tu m'entends ? Ça fait deux fois ! Cette fois, je ne les laisserai pas faire. J'ai trop souffert. Une souffrance pareille, je te le dis, c'est inhumain, je me demande pourquoi je ne suis pas mort. Oui, comment j'ai pu survivre à ça, hein ? Enfin, bon, je le sais bien pourquoi, va, et tu t'en doutes aussi. Maintenant, je te jure, avant de crever, je vais régler mes comptes avec la justice, crois-moi, quitte à y laisser ma peau… Trop c'est trop ! Et il ajouta :

— Pour moi, c'est pas grave, ça n'a pas d'importance à présent ! Mais toi, il ne faut pas qu'on t'emmerde, j'y ai bien pensé, et je sais comment faire. C'est pour ça que personne ne doit savoir qui tu es. Tu t'appelles Nino Chevalier. Tu n'as rien à voir avec les Aguirre ! Et qui aurait l'idée d'aller te chercher dans ton lycée de Bayonne ? Bon, bref, comme je te le disais, tout à l'heure, moi, je sais tuer, j'ai appris quand j'étais jeunot et c'est comme le vélo, ça se perd pas. À quatre-vingts balais, j'en suis encore capable.

— Putain, tu as bu trop de rosé, pépé !

Emilio secoua tristement la tête et dit plus gravement :

— Ne crois pas ça fiston ! j'ai les idées claires, va ! le rosé, au contraire, ça me déblaye les méninges. D'abord, écoute-moi. Je vais tout t'expliquer.

Les paroles du grand-père pesaient des tonnes.

Il parlait de justice avec des relents d'alcool. Nino rétorquait que justice n'est pas vengeance. Il voulait une réhabilitation. Le grand-père, lui, disait qu'il voulait leur peau. Ils bataillaient, chacun sur son terrain, le feu aux joues, les yeux brillants.

En rentrant à l'hôtel, ils ne dirent plus un mot de tout le trajet.

Nino se retourna toute la nuit dans son lit. L'esprit dans un étau. Piégé entre la soif d'équité et le besoin d'une réparation. Il revenait toujours à cette certitude qu'il lui serait impossible de vivre en traînant ce boulet. Peut-on exiger d'un homme qu'il endosse pareille injustice ? Qu'il se taise et bâtisse sa vie par-dessus ? C'était inconcevable. Il ne se sentait pas capable d'étouffer le passé, mais il était dans une impasse. Les discours du grand-père le choquaient d'un côté, mais l'ébranlaient de l'autre. Il commençait même à partager sa folie. À force d'y penser, elle lui parut légitime. Il se laissa aller lui aussi, à caresser doucement des idées de meurtre et ne s'étonna plus ni ne s'offusqua du plaisir qu'il y prenait. Enfin apaisé, il s'endormit.

Au matin, Emilio retrouva son petit-fils dans la salle à manger de l'hôtel. Nino l'attendait, assis devant une tasse de café, des croissants auxquels il ne touchait pas et le cahier posé à côté de lui, comme un témoin. Il sourit dès qu'il aperçut son grand-père. Il était pressé de lui faire part de ses réflexions : leur conversation de la veille lui avait suggéré des idées qu'il avait mûries, pendant la nuit.

Emilio écoutait attentivement. Nino semblait s'être décidé à agir, il n'allait pas le contredire.

Il réfléchissait en même temps.

— Mange ! dit-il, pour gagner du temps, il faut manger, ça n'empêche pas, et il faut des forces.

Nino commanda un autre café. Emilio, de plus en plus excité, avalait les croissants. Les paroles de son petit-fils lui plaisaient beaucoup.

Ah ! c'était bien du sang des Aguirre qui coulait dans ses veines.

Journal de Julia
On the road again

Mai 1975.

Lucio s'était arrêté dans notre village après avoir failli me renverser. Il avait traîné quelques jours dans le coin, et avait fini par se faire embaucher au garage.

Il m'avait raconté son tour de France, une sorte de compagnonnage, qui l'avait conduit jusqu'à moi, prétendait-il.

Gérard, le patron, était tombé amoureux de Lucio, comme nous tous, d'ailleurs. Il charmait tous ceux qui le rencontraient, que veux-tu !

Il existe des êtres ainsi, lumineux, attractifs, qui ont un fluide, un très fort pouvoir d'envoûtement. Lucio était de ceux-là.

Au garage, la clientèle ne voulait plus avoir à faire qu'à lui, il avait l'air très calé en mécanique. Il réglait les problèmes, dépannait tout le monde, il était toujours gai et plaisantait avec les gens. Gérard prétendait qu'il ne saurait plus se passer de lui. Un jour, je lui ai demandé où il avait appris la mécanique et ce qu'il avait comme formation. Il a éclaté de rire.

— Histoire géo !

— Quoi ?

— Histoire géo, je te dis, j'ai fait des études d'histoire géo.

Je suis tombée des nues.

— Et la mécanique alors ?

— Ça, c'est ma passion, j'ai appris tout seul, comme la musique.

— Et l'histoire géo, tu en fais quoi ?

— Ben, je vais retenter le CAPES, je l'ai raté l'an dernier. C'est la raison pour laquelle j'avais besoin de prendre l'air, et puis tu sais, j'ai toujours eu envie de partir seul sur la route. Je me suis accordé une année sabbatique. J'ai entrepris ce tour de France comme une aventure, je bosse ici ou là, j'accepte tout ce qui se présente comme travail, n'importe quoi. J'ai déchargé des camions, bossé dans des champs, lavé la vaisselle dans une cantine, une fois. Ici, tu vois, c'est mon premier boulot dans un garage, une chance ! c'est vraiment là que je devais m'arrêter, en disant cela, il m'a embrassée dans le cou, comme pour sceller ces paroles.

Dire que je l'ai cru !

Dire que j'ai fait confiance au bonheur.

De toutes mes forces, je voudrais crier, aujourd'hui :

Ici ? Ah ! Non ! Non !

Tu n'aurais jamais dû t'arrêter ici.

N'importe où, Lucio !

Mais surtout pas ici !

Je me souviens, notre amour balbutiait.

Coluche venait d'enfiler sa fameuse salopette pour dénoncer avec une verve originale tous les travers de la bonne société. Nous aimions ses histoires, celle d'un mec, celle de la lessive avec des nœuds ; il nous faisait nous plier de rire.

Mon Dieu ! Comme c'était bon de rire avec Lucio !

Tu vois, ces instants minuscules, insaisissables, épicent ma mémoire. Ces souvenirs me réveillent le cœur, me restituent la saveur de l'amour et m'en remettent l'eau à la bouche.

La vie coulait, passionnante.

Les semaines passaient. Le printemps était beau.

Félix boudait un peu. J'avais vu juste, il était jaloux.

Moa nous suivait partout. Lucio le traitait comme s'il était parfaitement normal, lui accordant des responsabilités qui le remplissaient de fierté. Nous étions devenus ses meilleurs amis, en fait, nous étions tout pour lui.

Moa vivait avec Joseph, son oncle, qui l'avait recueilli quand sa mère s'était enfuie. Enceinte à dix-sept ans des œuvres d'un saisonnier, qui s'était empressé de déguerpir sans laisser d'adresse et sans chercher à connaître le fruit de ses ardeurs, la pauvre fille n'avait pas pu assumer la naissance de cet enfant handicapé. Il lui faisait peur. Un matin, elle était partie sans rien dire. Moa avait alors neuf mois, sa déficience mentale était déjà évidente. Tout le monde avait compris et Joseph s'était occupé de Moa. C'était un homme bon, mais bourru, Moa manquait d'affection, ce qui ne l'avait pas aidé à se développer.

Ce jour-là, il se trouvait dans ma classe, comme tous les mercredis – je lui donnais des leçons, une fois par semaine. Je m'escrimais à vouloir lui faire déchiffrer des sons qu'il ne parvenait pas à mémoriser. Je m'énervais un peu sur son dos, je l'avoue. Il renâclait.

— Sais plus, Julia !

— Concentre-toi, allez, regarde bien, fais un effort, cette lettre-là, avec trois ponts, elle se prononce…

— Moa sait plus !

Il s'impatientait lui aussi, au bord des larmes. Et moi, ça me fendait le cœur de ne pouvoir réussir à faire entrer quelques rudiments dans son crâne. J'aurais tellement voulu percer le mystère de son esprit ! Hélas, c'était une muraille de Chine, infranchissable.

Lucio a passé la tête par la fenêtre pour nous surprendre, comme d'habitude.

— *Il dit non avec sa tête, il dit oui avec son cœur*[2].

Il avait souvent un mot ou une chanson de Prévert à la bouche, Lucio.

— Si on allait à la mer ?

— Oui ! oui ! criait Moa en bavant tant qu'il pouvait.

Ils étaient comme deux complices. Lucio, c'était la récré, la joie de vivre, et il trouvait toujours le moyen de nous contaminer, Moa et moi.

Nous voilà partis sur la côte, tous les trois serrés comme des anchois dans le petit cabriolet.

2 Jacques Prévert : *Le cancre*.

Il faisait très chaud, Lucio s'est jeté à l'eau en arrivant et je l'ai aussitôt suivi. Moa nous regardait depuis le bord, il avait de l'eau jusqu'aux genoux et n'osait pas s'avancer. Il ne savait pas nager, bien sûr, et il avait peur de l'eau.

Ce jour-là, il nous a épatés.

La pente était importante, à cet endroit, il suffisait de franchir deux ou trois mètres sur les galets pour perdre pied. D'un coup, Moa s'est lancé en avant, la tête la première, prêt à tout pour nous faire plaisir, pour être pareil, pour être avec nous. Il nageait comme un petit chien, tapant des pieds et des mains. Il buvait la tasse, il coulait. Lucio est allé vers lui, il l'a soutenu, l'a calmé.

Peu à peu, ses mouvements se sont coordonnés. Il flottait. Il riait, il riait, il était fou de joie.

Après la baignade, il nous a embrassés, serrés dans ses bras.

— Amis pour toujours ! a-t-il dit, en crachant par terre.

— Faut cracher, a-t-il ajouté.

— À la vie, à la mort ! a encore dit Moa.

Lucio m'a regardée : il nous en bouchait un coin, où avait-il appris ça ?

— Non, Moa ! à la vie, à l'amour ! a-t-il dit.

— Alors, tous les trois, on a juré : « à la vie, à l'amour ! »

Et on a craché.

Je suis comme je suis, je suis faite comme ça...

Je suis entrée dans la supérette à sept heures du soir, la cloche a tinté pour signaler l'arrivée d'un client. Il n'y avait personne, je le savais, j'avais choisi exprès ce moment pour parler tranquillement à Mariette. La petite Amélie m'inquiétait. Ou plutôt, je me tracassais déjà pour elle en prévision de l'année scolaire prochaine. Je pressentais des difficultés probables dans l'apprentissage de la lecture, si elle ne s'assagissait pas. Elle était turbulente, instable, inattentive.

Mariette n'était pas là, son père était seul pour tenir la boutique, cet après-midi. Après tout, c'était peut-être mieux ainsi, j'aimais bien cet homme, je lui parlerais plus facilement qu'à Mariette, toujours un peu excitée et à fleur de peau.

— Bonjour Bastien.

— Salut Juju !

J'ai commencé par remplir mon caddie pour me donner une contenance. J'aborderais le sujet, en passant à la caisse. Je n'en eus pas le temps. Bastien me fixait de son regard bleu clair qui en disait long, il avait déjà compris le vrai motif de ma venue. Il m'a coupé l'herbe sous les pieds.

— Ah ! ma pauvre Julia ! qu'est-ce que tu veux que j'y fasse ! je ne suis pas le père, moi ! tu vois, là, aujourd'hui, je ne sais même pas où elle est encore allée courir, Mariette, ni avec qui ! et la petite est toute seule, là-haut. Ce n'est pas à moi de l'élever cette gosse !

— Je sais, je sais Bastien ! Vous n'êtes pas responsable. C'est à Mariette que je suis venue parler. Je veux essayer de lui faire comprendre qu'il faut qu'elle s'occupe davantage d'Amélie, sinon la petite aura des difficultés pour apprendre à lire et c'est maintenant qu'il faut agir, avant qu'il ne soit trop tard. Je reviendrai une autre fois ?

— Quand tu veux, Julia.

Il n'avait pas terminé sa phrase que Mariette est entrée, les joues rosées, les prunelles brillantes, ses jolies frisettes mouillées, éparpillées comme des tire-bouchons dorés au-dessus des yeux, elle pétillait. D'où arrivait-elle ainsi, toute fringante ? Elle m'a embrassée gentiment.

— Vous discutez tous les deux ?

— Julia est ici pour nous parler d'Amélie.

Il avait dit ça sur un ton sévère, si bien que Mariette a deviné où il voulait en venir.

— Il y a un problème ?

Elle s'est tournée vers moi, elle attendait, la bouche ouverte, le front nerveux. D'un mouvement du menton, Bastien m'a encouragée à prendre la parole.

Je lui ai dit que je me faisais un peu de souci pour Amélie, j'ai vu son visage changer, se crisper, et j'ai compris que je faisais fausse route. Ce n'était pas de cette manière que je pourrais les aider, et c'était bien mon intention, vouloir les aider. Trop tard, j'avais déclenché l'animosité de Mariette. Elle avait pris dix ans d'un coup sur la figure, son regard s'est durci.

— Ah ! cette gamine ! je ne sais pas ce qu'elle a dans la peau ! je ne sais plus quoi faire moi ! Elle est insupportable ! je le sais, je le sais !

Je n'osais pas lui dire que tout ce qu'elle avait à faire c'était de s'occuper de sa fille. Amélie cherchait à attirer son attention, en l'agaçant, en faisant des bêtises, seuls moyens qu'elle avait trouvés pour intéresser sa mère.

Bastien s'est esquivé. J'ai pris mon courage à deux mains :

— Il n'y a rien de bien grave, tu sais, il faut juste l'aider un peu.

— L'aider ? Mais elle n'arrête pas de faire des conneries, cette gosse ! qu'est-ce que je dois faire, hein ? Dis-moi, toi, puisque tu es si forte avec les gamins. L'aider ? et comment ? dis-le-moi, parce que moi, je ne sais plus ! Et je n'en peux plus ! Tu sais que c'est coton d'élever un enfant toute seule, tu comprends ?

J'ai pris un air indulgent, pour la calmer, mais à vrai dire, j'ai dû me retenir de lui donner mon avis. Elle aurait pu y réfléchir avant, puisqu'elle ne songeait qu'à s'amuser. J'ai pensé que la pilule, ce n'était pas fait pour les chiens. Mais ce n'est pas ce que je lui ai dit.

— Veux-tu que je t'aide ? On peut essayer ensemble, si tu veux ?

— Oui oui, bien sûr, elle disait cela d'un ton détaché, comme si elle était un peu ailleurs, puis elle a pris son air coquin pour me balancer :

— Ça gaze avec Lucio ?

J'ai rougi. C'était sa manière de remettre la pendule à l'heure, de me faire remarquer que moi non plus, je n'étais pas une sainte.

— Je ne suis pas venue pour te parler de Lucio, mais d'Amélie, lui ai-je répondu, un peu vertement.

— Oh ! c'est bon ! pour Amélie, ça va, j'ai compris, je ne suis pas si gourde quand même ! et je me doute bien que mon père t'a parlé, va ! il t'a dit que je n'étais jamais là, hein ? C'est ça ? C'est que j'ai besoin de m'aérer, moi, mets-toi à ma place ! J'étouffe dans ce trou, qu'est-ce qu'il y a de mal ? De toute façon, ça risque de changer dans quelque temps, je ne t'ai rien dit, hein ? Tu ne caftes pas, mais il y a du nouveau en perspective pour moi. Bon, en attendant, c'est OK, pour la petite, je vais faire gaffe, je vais faire gaffe ! Allez, tu montes boire l'apéro ?

— Non merci, une autre fois, il faut que j'y aille.

— Il t'attend ?

Elle avait encore son sourire malicieux, elle ne pensait qu'à ça, Mariette !

Je me demandai bien ce qu'elle avait voulu dire avec son histoire de changement, un nouvel amoureux sans doute. Pourvu qu'elle ne s'en fasse pas faire un autre, gosse !

Et dire que c'est par là que le malheur est arrivé !

Enfin, beaucoup plus tard. Nous n'en sommes pas là. Bien d'autres événements importants se sont déroulés avant.

En ce temps-là, la vie était plus belle

Un samedi soir, nous sommes allés nous balader à Aix et écouter de la musique dans un bar. Je m'en souviendrai toujours. Lucio sympathisait avec tout le monde si facilement !

Nous étions installés à côté de l'estrade où jouait l'orchestre. Leur répertoire, c'était les Rolling Stones, les Beatles, Elvis, The Doors, Mike Brant, etc. Pendant la pause, Lucio a engagé la conversation avec les musiciens, ils sont venus s'asseoir à notre table. De fil en aiguille, Lucio a fini au piano. Je ne savais même pas qu'il en jouait aussi bien. Plus tard, quand il n'y a plus eu qu'un petit cercle d'intimes dans la salle, il s'est mis à chanter et nous a entraînés avec lui. J'avais déjà entendu sa voix, il chantait souvent en conduisant ou sous la douche, mais cette fois, c'était vraiment autre chose, il révélait tout son talent. Il connaissait tous les tubes de l'époque : *Je suis malade*, *Qui c'est celui-là*, *So far away*. Il nous a tous épatés avec *On ira tous au paradis* et son imitation de Polnareff.

Et bien sûr, il a chanté sa préférée : *Les feuilles mortes* de Prévert.

Rien que pour moi.

À me faire pleurer.

Les semaines passaient. Notre amour était comme un petit enfant qui fait ses premiers pas dans la vie et apprend chaque jour à grandir et moi, j'apprenais à connaître Lucio.

Secrètement, je me sentais rassurée depuis qu'il m'avait dit vouloir tenter le CAPES, l'année suivante. Ce projet pouvait indiquer qu'il n'avait pas l'intention de passer sa vie sur les routes – son côté *on the road again*, dans le vent, à l'époque, me faisait redouter qu'il reparte un jour – et laissait présager que j'avais une place dans son existence. Le cœur toujours sur la défensive, j'y voyais tout de même un signe constructif pour l'avenir.

J'avais eu peur qu'il ne soit qu'un passager dans ma vie. Mais, au fil des jours, il s'est confié un peu plus à moi, comme s'il voulait me donner peu à peu des clés pour entrer dans son esprit. Par exemple, le 25 mai, il m'a apporté un bouquet d'œillets. Il m'a annoncé que le Portugal célébrait la victoire du parti socialiste aux élections législatives. Il souhaitait que l'Espagne puisse rapidement, elle aussi, accéder à la démocratie. Franco était malade, son règne allait bientôt prendre fin. Nous avons arrosé cet événement chez Jo, et à cette occasion, j'en ai appris un peu plus sur lui. Je crois que ce n'était qu'un prétexte pour me parler de son père et de la guerre d'Espagne, dont les récits l'avaient marqué. Il m'a donné envie de rencontrer cet homme, tellement il avait l'air de l'admirer. Il m'a raconté son enfance, il n'avait pas connu sa mère, morte peu de temps après sa naissance. Il ajouta que son père l'avait élevé comme une mère.

Nous avons aussitôt décidé d'aller cet été au Pays basque. Il me présenterait Emilio. Cela semblait très important pour lui.

Je tremblais de bonheur à l'idée de passer les vacances avec lui. Le Pays basque m'apparut comme un paradis.

De toute façon, il aurait pu me demander d'aller n'importe où, aux antipodes ou ailleurs, je l'aurais suivi les yeux fermés.

Je serais partie au bout de la terre, avec Lucio.

Aubagne
Octobre 2002

En montant dans la voiture, Emilio évoqua les liens d'amitié qu'il avait entretenus pendant ces décennies avec Manuel et Joaquim, fils d'émigrés espagnols révolutionnaires comme lui.

Nino commençait à comprendre que son grand-père ne l'avait pas amené à Aubagne par hasard. Il acquiesça, curieux de faire leur connaissance.

Emilio se souvenait parfaitement de l'adresse de Manuel, il guida Nino jusqu'à la sortie de la ville et retrouva sans mal le village, la rue, puis la maison.

Dans le jardin, une femme accroupie était occupée à gratter l'herbe dans un massif de fleurs, elle leva la tête et regarda l'Alfa s'arrêter devant chez elle. Elle se mit debout, plaçant son avant-bras au-dessus de ses yeux, en guise de visière, pour les observer. Puis elle s'avança vers eux en s'essuyant les mains au tablier, qu'elle défaisait en même temps. Nino évalua son âge, elle devait friser la cinquantaine et il remarqua qu'elle avait l'air intriguée par la voiture ancienne. Emilio n'eut pas besoin de se présenter.

— Je sais qui vous êtes, monsieur, Manuel m'a souvent parlé de vous, il sera content de vous voir.

Manuel était à Marseille. Il ne rentrerait que dans l'après-midi. Elle les invita à l'attendre ou bien à revenir pour dîner, vers dix-neuf heures.

Ils choisirent de repasser le soir.

— On va faire un tour dans le coin, dit Emilio.

Nino demanda à son grand-père, puisqu'ils avaient du temps à meubler, de l'emmener visiter le petit village dans lequel s'étaient connus ses parents.

Emilio hésitait.

— Pff! ce n'est pas facile pour moi de retourner là-bas!

— Oui, je comprends, mais moi, je dois y aller. Si tu ne veux pas venir, j'irai sans toi. Dis-moi seulement où ça se trouve.

Emilio ne savait pas lui résister.

— Bon, allez, démarre! on y va. Direction Aix, d'abord!

En arrivant, Nino eut l'impression de tout reconnaître: d'abord le fameux virage qui existait toujours, puis la cour d'école, juste en face, et le café, qui était toujours là. Tout était exactement comme sa mère l'avait décrit.

Emilio n'était pas d'accord:

— Non non, par là aussi, ça a changé, c'était pas comme ça, l'école était toute petite, il n'y avait que deux classes, regarde, ils ont construit, tu vois, ce bâtiment n'existait pas.

Pour Nino, cela n'avait pas d'importance. Il retrouvait le cadre que sa mère décrivait dans son cahier. Il aurait pu s'attendre à la voir sortir de l'école de sa démarche souple, de son allure libre, très « année de la femme », Lucio à ses côtés. Il regardait intensément le petit portail pour ne pas les rater, sûr de les voir apparaître. Il se demandait comment elle serait coiffée. Les cheveux sur les épaules ? ou un chignon ? C'était la mode, à l'époque. Il s'attendait à les voir s'avancer vers lui, Moa les accompagnerait peut-être. Il les vit réellement, et non comme dans une hallucination, traverser la route, avec leurs vingt ans, et aller s'asseoir en riant à la terrasse du café.

Se représenter cette scène le remuait jusqu'aux larmes.

Il songea qu'aujourd'hui, l'Alfa devait être stationnée à la place où elle avait dû souvent être garée autrefois. Cette étrangeté du destin lui donnait le vertige.

Emilio se taisait, bras croisés, tassé sur son siège, chaviré par ces lieux. Nino descendit et fit quelques pas dans la rue. Quand il remonta dans la voiture, il dit :

— Tu crois qu'il y a des gens qui se souviennent encore de ce qui s'est passé ?

— Mais non ! Sûrement plus beaucoup, à présent. Tu penses ! Ils sont morts. Ou partis ailleurs. Allez fiston, on va pas s'attarder. C'est que des mauvais souvenirs qui traînent par ici.

Le pire d'entre eux lui revenait, ici, dans ce maudit patelin : c'était le 20 novembre 1975.

Emilio venait d'apprendre la mort de Franco. Ce jour-là, ce chien avait frappé encore plus fort !

Chez lui, au Pays basque, Emilio avait fêté la délivrance de l'Espagne avec des copains. Ivres de joie, ils avaient chanté : *no pasarán* et s'étaient soulés de leurs histoires, de leurs paroles, jusqu'au bout de la nuit, jusqu'à plus soif. Le gosier imbibé, la voix éraillée, ils avaient inscrit cette date dans leur cœur, dans leur tête, à ne jamais oublier.

Lucio avait fait de même, ici, dans cette région de Provence, seulement pour lui, les choses allaient mal tourner, dès le lendemain.

Emilio se souviendrait toujours de ce jour maudit, le jour le plus noir de sa vie, et non plus comme les autres, d'un jour de fête.

— Allez ! Démarre, je te dis !

Ils occupèrent le reste de la journée à sillonner les routes. Nino ne se lassait pas de visiter la région.

— C'est le pays de ma mère ! Comme c'est beau ! disait-il à son grand-père que les kilomètres fatiguaient. C'est drôle qu'elle ne m'ait jamais emmené ici, en Provence, quand même !

— Elle n'a pas voulu y remettre les pieds. Il faut croire que c'était trop dur pour elle.

Manuel s'impatientait sur le pas de la porte. Il ouvrit largement ses bras et les referma sur Emilio.

— Mon vieil Emilio ! tu te portes comme un trentenaire ! Bon Dieu, ça fait un bail ! Alors, tu t'es enfin décidé à venir me voir ?

Il recula sans attendre la réponse et dévisagea Nino.

— C'est le portrait de son père, celui-là !

Il le serra contre lui en lui tapant amicalement le dos.

— Tu sais que je t'ai vu naître, toi ? Je suis bien content que vous soyez venus ! Allez, venez vous asseoir dehors.

Nino songea en frissonnant que cet homme avait l'âge qu'aurait son père aujourd'hui, la cinquantaine, alors que l'image qu'il en avait était celle d'un jeune homme de vingt-deux ans. C'était encore un morceau du passé qui se décrochait pour lui tomber dessus, comme une tuile qui dégringole du toit sur la tête du promeneur malchanceux. Manuel les conduisit de l'autre côté de la maison. Sous la véranda, une table était mise et vers le fond du jardin, sur un fourneau à gaz, cuisait une paella dont l'odeur leur parvenait par petites bouffées, avec les caprices du vent.

— On va manger sous la véranda, il fait encore assez beau, qu'est-ce que tu en dis Emilio ? Tu n'auras pas froid ? Ou si tu préfères, on s'installe dedans.

— Non, ça ira, on est bien ici, c'est sympa chez toi. Depuis la dernière fois, ça a changé.

Manuel éclata de rire.

— Ça fait plus de vingt ans !

Tout en continuant à parler, il servit des apéritifs. Il semblait un peu gêné, car en présence de Nino, il n'osait pas évoquer franchement le passé. Pourtant, tout lui revenait en force, surtout en le voyant si ressemblant à son père.

Emilio s'aperçut de son embarras et prit les devants. Il dressa un tableau de la situation. Il détailla longuement ces nouveaux éléments, qui avaient motivé leur démarche à Marseille et leur échec.

Manuel se dressa d'un bond, interloqué par ce qu'il apprenait. Le choc était rude, il cherchait des mots qui ne venaient pas. Les années se dévidaient dans sa tête comme les cartons perforés d'un orgue de Barbarie. Il tournait en rond devant les autres qui attendaient de le voir sortir de son hébétude, puis il laissa exploser son indignation :

— Nom de Dieu de nom de Dieu, on aurait dû s'en douter !

Il se laissa retomber, impuissant, sur sa chaise, répétant qu'il n'en revenait pas. Il balançait le torse d'avant en arrière, pour calmer sa fureur, rongeant un cure-dents sans s'en apercevoir. Nino ne bronchait pas. Lucie se leva en s'essuyant les yeux d'un coin de tablier et retourna s'occuper de sa cuisine, au fond du jardin.

— Qu'est-ce que vous voulez faire ? finit par lâcher Manuel.

Emilio haussa les épaules pour signifier son désarroi. L'émotion lui avait obstrué la gorge.

— Vous n'allez pas abandonner quand même ?

— Qu'est-ce que tu veux qu'on fasse, hein ? j'en sais rien, moi, ce qu'on peut faire à présent, répliqua Emilio.

— Tu as vu Gérard ?

— Non, on n'a pas eu le temps de passer chez lui et il ne connaît pas encore le résultat de notre démarche, on avait l'intention de s'y rendre demain.

— Alors on ira tous ensemble, demain. Il faut le mettre au courant. Bon, vous allez rester dormir à la maison ? Lucie ! on va les garder ce soir.

Cela ne souffrait pas de discussion. Emilio sourit, c'était un bon début. Il faisait confiance à Manuel. Il devait, comme eux, ruminer cette nouvelle injustice. À eux tous, ils y verraient plus clair.

Ils parlèrent de Julia, Manuel semblait profondément ému par sa mort.

— Tu n'as pas une photo de ta mère, Nino ? Pour faire voir à Lucie, elle ne l'a pas connue, mais je lui en ai tellement parlé !

Nino sortit son portefeuille et montra la photo.

— Elle était vraiment très belle, c'est ce que m'avait dit Manuel, je vois qu'il n'a pas menti, dit Lucie.

— Ah, ça, tu peux le dire ! et pas seulement belle ! tellement courageuse aussi, n'est-ce pas Emilio ?

Le lendemain ils s'étreignirent en arrivant à Gemenos où Gérard s'était retiré après avoir vendu le garage. Ils ne s'étaient pas retrouvés tous les quatre depuis des années.

Emilio relata une nouvelle fois leur entrevue avec l'avocat marseillais. Gérard ne put s'empêcher de chialer ! La vieillesse lui faisait couler les larmes comme une source intarissable. Il ne cessait de s'essuyer les yeux d'un revers de manche et de se racler la gorge.

— Bon, vous allez rester manger ?

— On n'a pas le temps, il faut qu'on passe voir Joaquim. Lui aussi doit être mis au courant, dit Manuel.

— Qu'est-ce que vous manigancez ?

— Pour le moment, rien, dit Emilio en souriant.

— On attend tes suggestions, ajouta Manuel en faisant un clin d'œil.

— Bon, ça va, j'ai compris. Et si je l'appelais, le Joaquim, hein ? Qu'est-ce que vous en dites ?

— Il a le téléphone ?

— Oui, il l'a fait mettre parce qu'il est isolé là-bas. Il habite plus loin, par là, de ce côté (il montrait la direction avec son bras). Il a hérité d'une maison, oh ! rien qu'une vieille ferme qui était à ses grands-parents, du côté de sa mère bien sûr. Il a retapé la baraque et il vit tout seul là-bas. Il n'y a plus rien de ce côté, dès qu'on passe quelques kilomètres, c'est fini, c'est que la montagne, et l'hiver il est bloqué, des fois, dans sa bicoque, quand il y a de la neige. La route est sinueuse, il faut un bon moment pour venir, surtout avec sa guimbarde ! On a le temps avant qu'il arrive.

Emilio avait suivi l'explication avec beaucoup d'intérêt, il semblait frappé par un détail, ou inspiré par une idée. Il réfléchissait, le regard figé, porté au loin, peut-être sur le destin.

Joaquim rappliqua environ deux heures après. Quand il ouvrit la porte, une volée de feuilles mortes entra avec lui dans la maison.

— Le mistral s'est relevé, ça décoiffe ! dit-il, en refermant rapidement derrière lui.

Nino observait sans rien dire ces hommes qui s'étreignaient, submergés par l'émotion.

Emilio et Manuel se mirent à éplucher des patates. Nino lava la salade du jardin. Gérard ouvrit des conserves de gibier et déboucha du vin.

Ils préparaient de quoi fêter leurs retrouvailles. Et mener à bien leur conciliabule.

Au cours du repas, Emilio les laissa s'exprimer. Chacun donnait son avis autour de la table, indignés par cette deuxième injustice, ils étaient tous d'accord sur un point : il fallait faire quelque chose.

Cette décision produisait sur eux l'effet d'une piqûre de rappel, réveillant la colère d'autrefois, soulevant un accès de rage qui leur dictait des paroles insensées.

Ils remplissaient leurs verres et de plus belle, ranimaient la haine.

Emilio les laissa tempêter, fulminer et dépenser toute leur salive en injures et invectives. Il attendit l'accalmie pour mettre sur la table les suggestions de Nino. Parce que l'intelligence est collective, mais ne s'exprime pas dans l'emportement, leur dit-il.

— Vas-y, Nino, explique-leur…

Nino décrivit son projet en long et en large.

Les quatre hommes autour de lui buvaient ses paroles comme du petit-lait.

— Nom de Dieu qu'il est intelligent, dit Joaquim.

— Gérard, amène la tisane, dit Manuel à la fin – et ce n'était pas de la camomille qu'il demandait.

Gérard apporta la bouteille d'eau-de-vie de prunes et des petits verres.

Ils passèrent le reste de la nuit à échafauder le plan d'action.

À l'aube, ils avaient élaboré les grandes lignes, il ne restait plus qu'à régler les détails et à coordonner les entreprises.

Fichtre, quelle équipée, à mon âge ! se dit Emilio avec un regain de lucidité. Ils allaient s'embarquer pour une drôle d'expédition, ils étaient un peu cinglés tous les cinq, c'était certain.

Mais comment faire autrement ?

Des aventures, Emilio en avait bravé, celle-là serait sûrement la dernière, il n'allait pas la rater. Le pire aurait été la résignation.

Journal de Julia
Plus vous souriez, plus vous souffrez

Juin 1975.

Le mois de juin n'en finissait pas, le temps était instable : un jour beau, les autres pluvieux. Même le mistral ne respectait plus la coutume ; inconséquent, il se levait pour quelques heures ou pour huit jours de rang, vous ne saviez jamais à quoi vous en tenir.

Enfin, ce sont seulement mes souvenirs. Il est vrai que depuis quelques jours, j'étais nerveuse et tracassée. Mon cœur aussi semblait indécis, ballotant. Comme le vent.

D'abord, Lucio ne me parlait plus des vacances, ni du Pays basque, c'était comme si j'avais rêvé, comme si nous n'avions jamais envisagé ce projet ensemble. Je m'attendais à le voir repartir, oubliant sa promesse d'un soir. Je crevais de peur de le perdre. Je n'osais pas aborder franchement le sujet. Je tremblais en silence.

Et puis, il y avait aussi Félix. Il n'était plus le même. Il m'évitait, il me battait froid. Enfin, c'était ce que je croyais, mais un soir, il est entré dans ma classe.

— Je souhaiterais te parler, Julia, tu veux bien venir dîner avec moi ?

J'acceptai, bien que déçue d'être empêchée de rejoindre Lucio – je comptais les soirées qui nous restaient. Félix avait été si gentil avec moi, depuis mon arrivée dans l'école, que je me sentais redevable. Je désirais sauvegarder notre amitié et je préférais crever l'abcès plutôt que de continuer à nous côtoyer dans ce climat malsain. J'espérais pouvoir rejoindre Lucio après le souper.

En entrant, j'ai vite remarqué que Félix avait fait les choses en grand. Il avait mis une nappe et de beaux couverts. Il avait débouché une bouteille de vin. Le repas s'est déroulé normalement. Nous avons parlé de boulot, de nos élèves, de l'année qui s'achevait. Nous avons échangé des mots d'enfant, évoqué des situations cocasses vécues pendant l'année, nous avons beaucoup ri, de petits riens, de bêtises. Il avait un don pour se moquer gentiment de certains élèves. J'étais contente de partager cela avec lui, personne d'autre que nous n'aurait pu comprendre et s'amuser de ces petits incidents comme nous le faisions ensemble.

Nous avons lavé la vaisselle, toujours dans la bonne humeur. Félix a préparé du café et nous sommes allés nous installer dehors, avec nos tasses, car l'air était étouffant dans la cuisine. Descendu de la montagne, un léger vent frais soufflait sur nos esprits échauffés par le vin et l'amitié. Là, il m'a parlé franchement.

— Je sais que tu sors avec Lucio, alors, même si ce que j'ai à te dire peut te sembler bizarre, et même si cela ne sert à rien, j'ai bien réfléchi, il faut que je t'en parle.

— Félix... je dis timidement.

Je sentais venir des mots embarrassants pour nous deux.

Il posa son index sur sa bouche et sourit.

— Écoute, ce que j'ai à te dire, ce n'est pas très compliqué... et je n'ai pas envie de t'importuner, je vois bien que... enfin bref, ne t'inquiète pas, j'ai bien compris que Lucio et toi... (il s'arrêta de parler et rit, histoire de dédramatiser ses paroles) c'est dingue, hein ? ben c'est comme ça, j'ai beau me raisonner, je n'y arrive pas. En fait, ce que je voulais te dire, c'est que je serai toujours là à la rentrée prochaine et que je t'attendrai. Quand tu reviendras, après les vacances, peut-être que tu auras changé d'avis, eh bien, moi, je serai là pour toi (il s'interrompit encore). Je suis un peu barjo, hein ? (il rit beaucoup. Beaucoup trop).

Il s'est tu et nous avons laissé un peu de silence se poser entre nous. J'ai regardé Félix, son visage n'avait pas un seul défaut, des traits réguliers, de beaux yeux clairs, intelligents, un nez parfait, toute la bonté de la terre flottait sur son sourire. Je me suis demandé pourquoi ce n'était pas lui que j'aimais, avec toutes les qualités que je lui connaissais, en plus. Cela aurait été tellement plus simple. J'ai songé que la vie pourrait être facile et douce avec Félix et elle m'est apparue, sans raison à ce moment-là, infiniment plus hasardeuse avec Lucio. J'ai eu un pincement. J'ai eu peur.

J'ai vu Lucio, son visage anguleux, taillé au scalpel, son nez un peu cassé, l'eau noire et profonde de ses prunelles, pailletées de braises, sa bouche trop grande, une bouche à avaler le monde, ses mains de pianiste mécanicien, toujours à batailler dans ses cheveux fous. Beau comme un dieu.

Une bouffée de désir m'a fait rougir. Pourquoi lui ? Et pas un autre ? Qu'est-ce qui m'attirait donc chez cet homme ? À me rendre malade, folle, à m'oublier, à ne vouloir que ça.

J'ai dit :

— Merci Félix.

On est restés à regarder la nuit. C'était un beau moment. La noblesse de ses sentiments m'avait tellement émue que pour un peu, si j'avais pu, je me serais mise aussi à l'aimer.

Mais c'était un autre amour qui me tordait le cœur.

Zinzin

Un soir, Lucio est venu me chercher après la classe. Moa était planté devant l'école, comme souvent, à quatre heures. Il faisait chaud, Lucio a proposé d'aller boire un verre chez Jo. Je savais que c'était pour faire plaisir à Moa.

Nous nous sommes installés à la terrasse.

— Ça va Moa ? a dit Lucio.

— Ouais ! « cha » va.

Il était toujours flatté quand Lucio s'adressait à lui de cette manière. Ils faisaient comme s'ils parlaient entre hommes.

Puis il s'est exclamé avec fierté, les yeux brillants :

— Moa zinzin !

— Qu'est-ce que tu dis ? on a lancé ensemble.

— Zinzin, Moa zinzin.

— Tu sais ce que tu dis ?

Il ne répondit pas. Il avait l'air déçu de notre réaction, il croyait nous épater avec son « zinzin ».

— Il ne comprend pas, me dit Lucio.

— Qui t'a dit ça ?

— Mélie, Mélie a dit, Moa zinzin.

— Amélie ? c'est elle qui t'a dit ça ?

Il hocha la tête en souriant. Zinzin, le mot lui plaisait. Il trouvait ça joli. Nous nous sommes regardés, furieux.

— Tu ne dois pas répéter ça, zinzin c'est méchant, tu n'es pas zinzin.

— Ah ?

Il ne comprenait pas. Il était déconcerté et attristé de nous avoir mis en colère. Nous l'avons rassuré. Nous avons précisé que c'était Amélie que nous allions gronder pour ses paroles et non lui.

On n'en a plus parlé. Le lendemain, pendant la récréation, j'ai retenu Amélie dans ma classe et je lui ai fait la leçon.

— C'est maman qui me l'a dit, a-t-elle pleurniché.

Le soir, en faisant mes commissions à l'épicerie, j'en ai profité pour le raconter à sa mère, et là, je suis tombée de haut. Mariette s'est énervée :

— Oh ! tu ne vas pas t'y mettre toi aussi ! non ? Je suis allée au garage, cet après-midi, et ton Lucio m'a déjà fait la morale ! ça suffit avec ça ! Vous n'allez pas en faire un plat ! Oui, oui, oui, c'est moi qui ai dit ça ! zinzin ! et la petite l'a répété. Ce n'est pas méchant, et puis, c'est que la vérité, non ? c'est pas vrai qu'il est zinzin ? toctoc, maboul, comme vous voulez quoi ! il est dingo ! il a un grain ! Ah ! zut ! vous faites suer tous les deux avec votre Moa !

J'ai tourné le dos à Mariette, sans rien dire. J'étais furax. Je suis allée chercher Lucio au garage. Il m'a raconté qu'il s'était engueulé avec Mariette, lui aussi. Cela semblait le contrarier un peu, mais il a vite changé de figure, car il voulait me reparler des vacances.

Il venait d'écrire une lettre à son père pour lui annoncer notre arrivée, au début du mois de juillet et il voulait la poster. Il me demanda d'inscrire l'adresse sur l'enveloppe, car il prétendait que son écriture était illisible. Il me taquinait souvent à propos de mon « écriture de maîtresse », comme il disait. Je me suis appliquée donc, pour faire plaisir à Lucio et bonne impression à Emilio. Je ne pensais qu'à une chose : nous allions partir ensemble. J'ai compris que pour Lucio, la décision de m'emmener au Pays basque avait été prise une fois pour toutes et il n'avait pas éprouvé le besoin de me le répéter. Il était comme ça, tellement simple et entier, que, quelquefois, il me déconcertait. Je me suis sentie stupide d'avoir douté de lui et de m'être inquiétée pour rien. Cela venait sans doute de mon enfance, cette anxiété et cette peur incorrigible d'être abandonnée. D'ailleurs, Lucio a deviné et il a profité de l'occasion pour me poser, pour la première fois, une question, au sujet de ma famille.

— Tu n'as personne à voir de tout l'été ? Tu n'as vraiment plus aucune famille ?

— Je n'en ai jamais eu.

C'était difficile à exprimer. Pourquoi avais-je toujours du mal à en parler ? Comme si j'avais honte. Lucio attendait que je continue, ses yeux tranquilles avaient des reflets moirés, ils m'incitaient à me libérer de ces paroles.

— Je suis née sous x, je suis de l'Assistance. Je n'ai personne.

Il a hoché la tête et souri pour balayer la tristesse :

« Tu m'as, maintenant, il a dit simplement, comme une conclusion. »

C'était la plus belle déclaration du monde.

Partie 2

Les disparitions

Marcel Pastorelli
Marseille, juillet 2003

Six heures du matin. Le soleil se levait sur Marseille. Marcel Pastorelli descendait vers le port de la pointe rouge. La journée s'annonçait bien. Il faisait beau, le mistral s'était calmé cette nuit, après avoir soufflé six jours de rang. La mer serait tranquille. À soixante-trois ans, c'était tout ce qu'il demandait, Marcel, des journées comme celle qui s'annonçait et une bonne partie de pêche.

Son bateau, amarré au port, un zodiac de six mètres, équipé d'un moteur de cent cinquante chevaux, lui permettait d'affronter une mer formée et de naviguer au large. La pêche était son occupation favorite et, au fil des ans, il était devenu un expert. Au retour, comme d'habitude, ses amis l'attendraient. Sous leurs regards admiratifs, un peu envieux, il se gargariserait du récit de ses exploits tout en distribuant généreusement son butin. Il n'aimait pas le poisson, Marcel.

Il s'arrêta acheter du pain.

— Tu pars en bateau, Marcel ? tu vas avoir beau temps, dit la boulangère. On en avait marre de ce mistral cette fois, hein ?

— Ouais, je crois que ça va être une belle journée. Si je *fais* du loup, tu veux que je t'en garde un ?

— Oh ! oui, je veux bien, merci Marcel.

Quel brave type, ce Marcel !

Il se dirigea allègrement vers la traque où était amarrée son embarcation. Du quai, il jeta son sac sur le siège, logea sur l'avant la glacière et tout son attirail, puis monta à bord. Il rangea son matériel dans les coffres, posa les cannes à pêche dans leurs supports, puis il démarra le moteur et se dégagea de l'appontement. Une fois sorti du port, il ne se pressait jamais, il prenait toujours un temps pour savourer le plaisir d'être en mer. Le moteur tournait au ralenti et Marcel se prélassait. Bercé par le clapotis, il contemplait le lever du soleil sur Marseille. Tiens, il n'était pas le premier sur l'eau. Un autre pêcheur plus matinal que lui l'avait devancé. Mais non, l'embarcation avait tout l'air d'être un bateau de location et les hommes à bord n'étaient visiblement pas des pêcheurs. Il leur fit un petit salut au passage. Il était bien trop tôt pour des touristes. Il se demanda ce que ces gens venaient foutre sur l'eau, à une heure aussi matinale, si ce n'était pour pêcher. Mais il ne se méfiait pas, Marcel, dès qu'il était en mer, l'air salé et la musique de l'eau et du vent avaient sur lui un effet euphorisant.

Il mit les gaz pour les dépasser, le sourire aux lèvres. Debout à la barre, grisé par la vitesse et le sentiment de liberté, il savourait le plaisir de la glisse. Il inspirait à pleine poitrine. Il scruta l'horizon et mit les gaz. Le pneumatique se cabra d'abord, avant de planer sur une mer d'huile. Il irait pêcher du côté de l'archipel du Frioul. Il mit le cap sur l'île de Pomègues.

Il entendit le bruit d'un autre moteur. En se retournant, il reconnut le bateau qu'il avait remarqué à la sortie du port. L'embarcation fonçait droit sur lui et semblait vouloir le rattraper. Ces touristes venaient prendre quelques renseignements, réfléchit Marcel. Il n'était pas avare de commentaires, ni de conseils et il aimait assez la mer pour la partager. Il ramena vers lui la manette des gaz, son bateau s'immobilisa sur quelques mètres. L'autre s'approchait, ralentissant pour l'aborder. Occupé à l'avant, à défaire le *bout*, pour faciliter l'accostage, Marcel ne vit pas ce qui se tramait dans son dos et n'eut pas le temps de comprendre ce qui lui arrivait.

En fin de journée, sur le port, les conversations s'éternisèrent. Marcel n'était pas rentré. Ici, tous connaissaient Marcel Pastorelli – il avait été facteur dans le quartier pendant trente ans. Vers dix-neuf heures, la discussion s'anima. Chacun donnait son avis.

— Il n'est pas de retour le facteur ?

— C'est pas normal !

Ses amis songèrent qu'il avait dû *tomber sur un bon coup* et qu'il reviendrait un peu plus tard, avec du poisson pour tout le monde. Quelques-uns restèrent à l'attendre. Le soir, ils finirent par s'inquiéter vraiment et allèrent prévenir la capitainerie du port. Ce retard n'était pas conforme aux habitudes de Marcel. Il revenait toujours avant la nuit. Les secours furent appelés. Le bateau des sauveteurs appareilla dans la demi-heure qui suivit.

Le lendemain, au lever du jour, on découvrit l'embarcation vide, échouée sur une plage. Toutes les affaires de Marcel étaient à bord. Le matériel de pêche n'avait pas été utilisé, les cannes étaient restées à leur place. Dans le coffre, on trouva la glacière du pique-nique intacte, il n'avait pas touché à la nourriture. C'était donc que l'accident – il fallait bien envisager de qualifier ainsi ce qui était advenu – s'était produit en début de journée. Cela diminuait fortement les chances de retrouver Marcel vivant.

L'enquête dura quelques jours, pour la forme, et conclut rapidement à une noyade. Pastorelli avait dû faire une mauvaise manœuvre qui l'avait éjecté du bateau, ou alors il avait été victime d'un malaise. Et comme il ne portait jamais de gilet… dirent ses amis.

Personne ne s'étonna vraiment, depuis le temps qu'on le lui rabâchait que partir tout seul sur la mer, c'était dangereux, à son âge !

La mer rendrait le corps dans quelques jours, quelques semaines, des mois, ou jamais.

La route longeait la mer. Après être sorti de la ville, Nino stoppa le fourgon sur un parking. Il jeta un regard inquisiteur vers son grand-père. Emilio fit un geste d'acquiescement auquel Nino répondit de la même façon, d'un petit mouvement vertical de la tête. Emilio compris que le jeune homme avait besoin de se délasser. Ils étaient secoués tous les trois. Ils ne pourraient plus revenir en arrière. Le coup d'envoi donné, il faudrait, désormais, aller jusqu'au bout de leur équipée.

Il faisait chaud dans l'habitacle. Manuel dit :

— C'est une année à canicule.

— En 1976 aussi, on a eu la canicule, dit Emilio et il ajouta en hochant la tête : avec ta mère, on s'en fichait de la chaleur et du temps qu'il pouvait faire ! On nous le rabâchait en boucle, à la radio, la télé, les journaux, la chaleur, la sécheresse, et les gens qui n'arrêtaient pas de se plaindre d'avoir chaud, tu parles ! on ne risquait pas de se payer ce luxe, nous autres. On avait des malheurs bien plus graves, pour se lamenter, pas vrai Manuel ?

Emilio rameutait adroitement le passé pour les aider à alléger leurs consciences, manière de leur rappeler pourquoi ils étaient là, dans ce fourgon et de justifier ce qu'ils venaient d'accomplir.

Manuel approuva silencieusement, en hochant tristement la tête.

Nino descendit faire quelques pas. Il s'avança au bord de la corniche et demeura un moment debout, à contempler la mer. Puis il remonta s'asseoir à côté de son grand-père.

— Parle-moi de mon père.

Emilio soupira.

— Qu'est-ce que tu veux que je t'en dise encore ? Je t'ai déjà tout dit. Il était beau. Comme toi. Tu lui ressembles beaucoup. Ta mère aussi, elle était belle ! Cet été 1975 ! De les regarder tous les deux, si tu savais comme ils donnaient envie. À tout le monde, ils donnaient envie. Ton père, il ne me ressemblait pas, non. Tu sais à qui il ressemblait ? À ma mère, Pilar, c'est vrai, c'est d'elle qu'il tenait sa beauté.

En parlant, Emilio s'était éloigné d'eux, il n'était plus là, dans ce fourgon sur une route de Provence. Il était parti en Espagne, près de sa mère.

Il revoyait la scène. Elle ne voulait pas qu'il suive son père. Elle avait fait tout une scène.

Mais ils étaient restés imperturbables, fiers comme les vrais combattants qu'ils rêvaient d'être.

Il la voyait tendre les bras, debout devant la maison, il entendait le son de sa voix suppliante. Elle l'appelait encore et encore.

No te vayas ! Por favor, Emilio, no te vayas ! quedate ! quedate con migo[3] !

Même l'odeur des eucalyptus sur le chemin lui revenait.

Mais ils s'en étaient allés sans se retourner.

1936

Dans la région de Mieres, la situation ne s'est guère améliorée depuis les émeutes de 1934. Les prisons sont bourrées de pauvres gens qui n'ont pas grand-chose à se reprocher. La colère gronde toujours en sourdine, beaucoup de familles restent meurtries par la violence des représailles qui se sont exercées à l'aveugle.

---

3 Ne t'en va pas, s'il te plaît, Emilio, reste, reste avec moi !

Et la misère est la même partout.

L'Espagne est malade, profondément malade.

Emilio a seize ans, au printemps 1936. Quand éclate la victoire du Front populaire, c'est comme une brèche qui s'ouvre. Une déchirure dans laquelle s'engouffre, avec la force d'un torrent de montagne à la fin de l'hiver, leur immense espérance.

Emilio se sent né pour vivre cet avènement.

On boit, on s'embrasse, on chante, en Espagne.

Et Pilar a enfin cessé de trembler pour eux.

Le peuple va reprendre ses droits, dit Emilio à sa mère.

Grâce à eux, la vie des gens va changer. Il rapporte le journal à la maison et le lui fait lire. Il lui détaille toutes les réformes en train de s'établir dans le pays. Et les nouvelles lois promulguées. Les femmes vont pouvoir voter, alors, il veut tenir sa mère informée de toutes ces belles transformations.

Et il voit plus loin, Emilio. Ses espérances s'étendent au-delà des frontières. Il pense que leurs idées ne tarderont pas à se répandre, en Europe. Déjà, comme l'Espagne, la France a voté pour le Front populaire.

Il en est sûr.

Le monde va changer.

Pilar voudrait bien croire à ces promesses de distribution du bonheur, mais elle voit bien que tous ne partagent pas cet enthousiasme.

Au village, le curé a réuni un cercle d'opposants. Il raconte qu'il y a eu des massacres de religieux, à Barcelone. Les querelles entre les partisans de deux camps deviennent de plus en plus fréquentes et virulentes. Des bagarres explosent dans la rue.

Alors les gens rentrent d'abord leurs chaises et finissent par fermer leurs portes et fenêtres.

Les échos leur parviennent d'affrontements dans le Sud, à Tolède, de fusillades à Madrid. On parle à nouveau de cette armée d'Afrique qui a laissé ici tant de mauvais souvenirs.

Peu à peu, Emilio comprend que leurs belles idées progressistes font peur à certains. Au sein du pays, la grogne s'installe. L'Espagne se crispe, se divise.

De l'autre côté des frontières, les démocraties restent de marbre.

Les pays voisins ont la trouille de la contagion, dit Juan.

Pendant ce temps, le fascisme fait son lit en Europe.

On n'attend plus qu'une étincelle pour entrer dans la guerre fratricide. L'assassinat de José Calvo Sotelo, tué par des socialistes pour venger l'un des leurs, est le prétexte que saisissent les adversaires de la République.

À la maison, les repas sont animés. Emilio et son père ne parlent plus que de politique, de la situation dans le pays et de la guerre imminente.

Ils sont impatients de s'engager. Ils veulent les massacrer, ces opposants à la démocratie, ces ennemis du peuple !

Ils vont leur faire bouffer leurs tripes.

Pilar recommence à s'alarmer.

Elle a raison, les évènements s'enchaînent sans que personne ne puisse plus rien pour éviter le pire. L'Espagne se déchire.

Emilio passe ses journées au café, pendu à la radio qui diffuse les nouvelles, il veut savoir, jour après jour, ce qui arrive à Madrid et partout dans le pays.

Le 19 juillet, en compagnie de son père, dans un café bourré de monde, il écoute le discours de Dolores Ibárruri, la *Pasionaria*, prononcé du balcon du ministère de l'Intérieur. Cette femme courageuse exhorte le peuple à se lever pour défendre le Front populaire.

Tous debout ! « *No pasarán ! Antes morir de pie que vivir de rodillas.* »[4]

Ils sont galvanisés par ces paroles. Ils se lèvent dans le café, applaudissent, se prennent dans les bras, s'essuient les yeux.

En rentrant à la maison, Juan annonce qu'il va rejoindre les troupes de la République. L'appel est irrésistible.

— Moi aussi, dit Emilio.

Juan secoue la tête.

— Et ta mère ?

Toute la nuit, il les a entendus se disputer. Pilar ne veut pas qu'ils partent. Pas tous les deux.

— Qui lui a mis cette idée dans le cœur ? reproche-t-elle.

— Je ne l'ai pas encouragé.

— Qui lui donne l'exemple ?

— Ce n'est pas de ma faute, dit Juan, on fait ce qu'on doit faire.

---

4 Ils ne passeront pas ! Plutôt mourir debout que vivre à genoux !

Pour l'empêcher de pleurer, Juan caresse les beaux cheveux de Pilar, son visage, ses épaules, son ventre. Il l'embrasse et la serre contre lui pour lui faire oublier le départ et peut-être aussi parce qu'au fond, il ne sait pas s'ils se reverront un jour.

Il lui souffle des mots doux, pleins d'amour et d'espoir.

Ils ne seront pas absents très longtemps.

Quelques semaines, c'est tout. Et encore !

Ils vont vite en faire de la chair pour les corbeaux et les renards, des franquistes.

Et ils seront de retour.

Le lendemain, sur le pas de la porte, les bras croisés, Pilar les regarde partir, le cœur crevé. Et eux s'en vont sans se retourner, jusqu'au tournant du chemin.

Journal de Julia
À pied, à cheval, en voiture et en bateau à voiles…

Juillet 1975.

Nous partons.

Nous prenons le chemin des écoliers, le chemin de la liberté.

Dans la voiture, Lucio chante la chanson de Prévert :

En sortant de l'école,
Nous avons rencontré,
Un grand chemin de fer,
Qui nous a emmenés
Tout autour de la terre,
Dans un wagon doré…

Nous commençons par la Camargue, des baignades à n'en plus finir. Nous sommes seuls sur la plage avec quelques flamants roses, qui nous regardent comme des intrus. Nous tentons toutes les stratégies, pour les approcher, ils sont plus malins que nous. Ils ne s'envolent pas, ils reculent seulement de deux ou trois mètres pour conserver une distance minimum de sécurité. Lucio mime la corrida pour me faire rire. Tantôt il fait le toréador, tantôt le taureau. De leur côté, les flamants font des sauts comme pour l'imiter.

Le lendemain, nous déambulons, bras dessus, bras dessous dans les ruelles étroites et colorées de Collioure. Nous dégustons des anchois dans un bistrot du port et du vin du pays. L'amour pétille.

Après une courte nuit dans une petite auberge, à Vernet-les-Bains, Lucio loue un 4x4 pour faire une excursion. Du sommet du Canigou, nous contemplons la Méditerranée et la Catalogne.

Nous traversons les Pyrénées d'est en ouest. Tous les grands cols. Dans la montée du Soulor, nous nous arrêtons pour assister à un repas de vautours, acharnés autour d'une carcasse de mouton et je fais des photos.

Mais par-dessus tout, ce que je préfère, c'est la chambre d'hôtel, le soir. Notre impatience, les « je t'aime » sous les draps, le bonheur qui nous réveille au milieu de la nuit.

Je m'étais souvent demandé à quoi on pouvait reconnaître un grand amour. À présent, je savais. Et cela me paraissait tellement simple : ne plus avoir besoin de rien, sentir que la vie vous a tout donné. C'était exactement ça.

Le cœur repu.

Le Pays basque, je l'ai adoré immédiatement. Pas seulement parce que c'était le pays de Lucio, mais pour son charme, pour ses couleurs et ses contrastes. Il possède des atouts nuancés, un aspect tranquille, rassurant, et en même temps un fort tempérament. Ses villages blancs et sages, aux volets verts ou rouges, accrochés aux versants, et les Pyrénées, déchiquetées par l'océan qui rugit et crache son écume jusque sur ses pieds.

Enfin, j'ai rencontré le fameux Emilio.

— Elle est bien jolie, cette Julia…

Il a prononcé ces paroles sur un ton de bienvenue, en souriant, mais j'ai bien reçu la subtilité de son message. Il ne m'adressait qu'une moitié de compliment – et encore, c'était plutôt un avertissement –, enfin, une manière polie de me faire comprendre que l'apparence ne suffirait pas pour gagner son estime : je devrais faire mes preuves.

J'avais le trac. Je le ressentais comme un véritable examen de passage.

En plus, leur complicité était telle que je devais m'efforcer de m'immiscer entre eux deux sans la troubler.

Emilio me pistait en permanence. Je surprenais ses regards en douce. Il tendait l'oreille quand je parlais à Lucio. Il suspendait ses gestes pour mieux me scruter lorsque je lui adressais la parole. Il me jaugeait.

Mais cela n'avait rien d'offusquant. Je comprenais que son amour pour son fils était immense et il cherchait à savoir si j'étais pour lui la bonne personne.

Et puis, il faisait cela avec bienveillance, je ne ressentais pas la moindre pointe de défiance ou de misogynie.

Je m'efforçais donc d'être à la hauteur, tout en restant naturelle.

Il n'aimait que la sincérité et il aurait été vain d'essayer de le berner.

Au bout de deux ou trois jours, j'ai compris que j'avais vaincu toutes les réticences d'Emilio.

Un matin, comme ça, d'un seul coup.

J'ai senti sa tendresse.

Je l'ai sentie se poser sur moi, en entrant dans la cuisine.

J'ai su qu'il m'avait adoptée.

Cet après-midi-là, Lucio m'a emmenée visiter Saint-Jean-de-Luz. En flânant sur le port, je lui ai dit :

— Je crois que ton père m'aime bien, non ?

Il a ri :

— Tu t'es fait du souci ? Tu en as douté ?

— Un peu, oui.

— Et bien, moi, pas du tout !

Il m'a caressé la joue en se moquant.

À partir de là, Emilio a cessé de m'observer.

Et bien sûr, j'ai eu droit, tous les soirs, à la guerre d'Espagne. Et à celle de quarante.

— Tu l'ennuies, disait Lucio lorsque ces récits se prolongeaient jusque tard dans la nuit.

— Mais non, au contraire !

Captivée, j'écoutais passionnément. Je n'avais encore jamais eu l'occasion d'entendre de pareils témoignages. Quand il m'a décrit le bombardement de

Guernica, j'ai eu l'impression d'entendre le bruit des avions au-dessus de nos têtes. En plein centre de la ville, l'arbre de la liberté, ce symbole de l'autonomie basque, était resté debout. Lui seul, intact, au milieu du désastre. Franco avait par la suite essayé de se dédouaner de ce massacre, afin d'éviter de passer pour un traître, capable d'assassiner son propre peuple. Mais il avait bien fait partie des commanditaires, disait Emilio. Avec Mussolini et surtout Hitler qui en avait profité pour faire de l'Espagne, son terrain d'entraînement. La preuve : Himmler avait accueilli la légion Condor, de retour d'Espagne, avec cette phrase : « Notre flotte aérienne était obligée d'incendier pour montrer au monde de quoi elle était capable ».

C'était de l'histoire vivante avec Emilio. Il me régalait. Et il me faisait frissonner.

Un jour, il nous a emmenés à Iraty.

Dans cette forêt majestueuse, qui me parut comme sortie d'un livre de contes de Perrault, il avait, pendant la guerre, participé à des actes de résistance. Il y avait eu là, dans une scierie, le repaire d'un réseau d'évasions, organisé par un médecin belge et sa femme. Dans l'ombre imposante des hêtres immenses, j'imaginai sans peine les embuscades et les complots, et ce qu'avait dû être leur exaltation, la peur et l'héroïsme.

Une autre fois, nous sommes allés à Mauléon, Emilio y avait des amis. Ils nous ont reçus comme des enfants. À quatre heures de l'après-midi, ils nous ont servi du jambon et du fromage, arrosés d'un vin du pays. Et pas question de se défiler. Au fil des discussions, j'ai compris qu'ils avaient été eux aussi des résistants.

Emilio m'a encore épatée, il parlait basque également. Cet homme, qui prétendait n'avoir aucune instruction, me paraissait chaque jour un peu plus cultivé, éclairé, plein de sagesse et tellement riche !

Et il en savait plus sur les hommes que n'importe qui.

Un concentré d'humanité.

Lucio et moi sommes allés nous promener en ville, je me suis acheté des espadrilles, elles étaient magnifiques, en toile rouge, avec des semelles épaisses, cousues à la main, et de longs lacets pour les lier.

Lucio me les a noués autour des chevilles, et il en a profité pour me caresser les jambes et embrasser mes genoux, dans le dos de la vendeuse.

J'en ai acheté également une paire, plus simple, mais de belle qualité, pour Félix.

Tu vois, le bonheur coulait à flots chez Emilio.

Un vrai torrent.

J'aurais voulu faire des barrages pour le contenir, j'avais peur qu'il nous entraîne je ne sais où.

Alain Lebrun
Avignon, juillet 2003

À soixante ans passés, Alain Lebrun se retrouverait prochainement à la rue. Il considérait cela comme une insupportable injustice. Un mauvais coup que lui jouait la société.

Il ouvrit le rideau de fer à sept heures, comme tous les jours. Tant qu'il pourrait, il le ferait. C'était sa vie, ce café. Il s'était sacrifié pour l'acheter, il avait connu une époque faste et puis, les choses avaient changé. Les habitudes aussi. Les gens n'avaient plus eu le temps de s'arrêter le matin avant de partir à l'usine ou au bureau, toujours à la bourre. Ni le soir, en débauchant. Ils rentraient voir la télévision ou engueuler leurs mioches. Quant à la jeunesse, elle avait déserté son établissement, elle n'avait plus besoin d'aller dans les cafés pour se rencontrer, elle se retrouvait sur Internet. Le temps des jukebox était révolu ! Petit à petit, la clientèle n'était plus venue, elle avait vieilli aussi et les plus âgés étaient morts.

Alain ne pouvait plus compter que sur le passage. Or, pour être obligé de passer dans ce quartier, minable aujourd'hui, il fallait vraiment ne pas avoir de bol dans l'existence. Autrement dit, le bar était désormais désert à longueur de journée. Il avait tout tenté, modernisé, rénové, acheté des jeux. Il n'avait réussi qu'à aggraver son endettement.

Il ouvrait comme tous les matins et ne s'attendait pas à voir un seul client jusqu'à midi.

Au mieux, pouvait-il espérer la visite de quelque alcoolique désœuvré, en fin de matinée.

Il ne connaissait pas l'individu qui poussa la porte. Il se demanda ce que pouvait bien venir foutre dans le coin, à cette heure matinale, ce drôle de pèlerin. L'homme s'assit à la table du fond.

— Vous désirez, monsieur ?

— Un café, s'il vous plaît.

Alain s'empressa de le servir. Il essaya d'engager la conversation.

— Il va encore faire chaud aujourd'hui, n'est-ce pas ?

Renfrogné, l'autre ignora la question. Comme s'il n'avait pas entendu.

Alain restait planté devant la table. La froideur du quidam l'impressionnait et lui donnait à cogiter. L'Urssaf? Le fisc ? Non, il rejeta ces éventualités. L'homme n'était pas en tenue de ville, mais habillé plutôt sport.

De plus, ce regard noir comme du charbon lui disait vaguement quelque chose.

Il tourna les talons tout en se demandant où il avait vu ce visage. Il était sur le point de passer derrière le comptoir lorsqu'il fut ceinturé par-derrière, un bras lui enserrant la poitrine et un autre lui étranglant le cou.

Tout le monde pensa qu'Alain Lebrun s'était envolé vers des horizons plus propices. Ici, il était marqué à l'encre rouge, il devait de l'argent partout, aux impôts, aux assurances, aux banques. On supposa qu'il était parti refaire sa vie à l'étranger pour fuir les créanciers. Le temps que ceux-ci réagissent et le poursuivent, il aurait fait du chemin et on aurait perdu sa trace.

Ils dépassèrent Gemenos et prirent la direction de la montagne. Le fourgon filait sur la petite route sinueuse comme s'il connaissait à présent sa destination.

Nino s'estimait satisfait de leur entreprise qui se déroulait sans anicroche. Au bout de quelques kilomètres, l'excitation retombant peu à peu, il commença à bâiller et à cligner des yeux, la fatigue occasionnée par le manque de sommeil et la tension de la journée se faisait sentir. Le silence dans le véhicule, le bruit du moteur, incitaient à l'endormissement.

— Parle-moi, s'il te plaît, je m'endors.

— Arrête-toi, repose-toi un peu. On a encore de la route, et c'est pas la plus facile, dit Emilio.

— Non, parle-moi seulement.

— De quoi veux-tu qu'on parle ? j'ai pas envie de te mettre la tête à l'envers pendant que tu conduis. Parle-lui, toi, Manuel.

Manuel sursauta, il s'était assoupi.

— Non, toi, Emilio, parle-nous de ta jeunesse comme hier. J'ai l'impression d'entendre mon père, tu comprends ?

Emilio
Espagne 1936

Après deux jours de marche dans la montagne, Emilio et son père rejoignent une troupe de Républicains. Miguel, un garçon du village, est avec eux. Il a seize ans, comme Emilio, mais il le dépasse d'une tête, il a de la moustache et il est plus costaud. D'autres les ont suivis, arrivés des environs et de partout. Des hommes à qui ils n'avaient jamais parlé, ils se tutoient maintenant, dorment côte à côte comme s'ils étaient de la même famille et partagent leur manger.

Ils vont devenir des soldats, mais pour l'heure, ils ne sont encore que des paysans, des ouvriers, des pauvres.

L'armement est rudimentaire, insuffisant, mais leur courage est démesuré. Ils ne reçoivent pas d'uniformes, il n'y en a pas à leur donner, qu'importe, l'abnégation leur servira d'habit.

On leur enseigne des rudiments de stratégie, le maniement des armes, ainsi que l'obéissance et la discipline. Emilio découvre que la guerre s'apprend, surtout celle-là. Sans ligne de front, insidieuse, fourbe, trompeuse, elle est partout. L'ennemi est à l'intérieur.

Il faut savoir marcher, crapahuter dans la montagne, il faut se déplacer sans cesse, supporter la faim, la soif, le manque de sommeil et bientôt le froid qui glace les membres.

Emilio, motivé, apprend vite. La guérilla, la ruse, la vélocité, la bravoure, l'audace pour pallier le manque de moyens, il assimile rapidement.

Les semaines passent. Emilio et Miguel grandissent au milieu de ces hommes qui semblent ignorer la peur. Ces résistants à qui rien ne paraît impossible. Les deux adolescents s'élèvent avec cet exemple de dépassement humain sous les yeux.

Sevré de l'affection maternelle, mais nourri à l'héroïsme, Emilio devient un homme.

Leur régiment est envoyé en renfort vers le nord du pays. La bataille fait rage là-bas, en Navarre et au Pays basque. Le général Mola s'est attaqué à cette région pour couper cette poche de Républicains du nord de l'Espagne du ravitaillement en hommes, en armes et en vivres qui transite par la frontière avec la France.

Des mineurs des Asturies sont appelés au Pays basque pour leur expérience des « *bombas de mano* » utilisées pendant la révolution de 1934.

Ils ont accompli une journée épuisante de marche en altitude, avec des points de vue sur la côte accidentée et l'océan vert et marine au loin, à leur couper le souffle.

Emilio a pu ramasser quelques amendes sur le chemin, il les partage avec Miguel. Ils se désaltèrent au pis de brebis, en passant devant un troupeau, car ils n'ont pas bu ni mangé depuis vingt-quatre heures. À la tombée de la nuit, le régiment établit son campement dans une vallée, à l'abri du vent.

Le lendemain matin, à peine réveillés ils entendent le ronron d'un avion. C'est un biplan, un avion d'observation. Il vole tellement bas, en rase-mottes, qu'ils peuvent distinguer la cocarde italienne.

Ils savent ce qu'ils ont à faire, dans ces cas-là, il faut fuir le campement le plus vite possible s'en éloigner, courir dans n'importe quelle direction, comme des lapins. Pendant qu'Emilio et Miguel tentent de gagner des rochers, l'aviation passe au-dessus de leurs têtes. Les avions lâchent leurs bombes sur le camp et tout autour. Nous allons tous mourir, pense Emilio. Aplati à terre, la tête dans les bras, il sent une pluie de poussière lui fouetter le dos. Ce n'est pas tombé loin cette fois !

Puis l'artillerie nationaliste entre en action, les canarde de toutes parts. Ils sont coincés dans un cul-de-sac.

Jusque-là, Emilio n'a rien vu !

Il n'a pas encore eu l'occasion de regarder l'ennemi de si près.

Il va découvrir ce qu'est réellement la guerre.

Il entend, pour la première fois, ces exaltés, en face, pousser leur cri de ralliement : *Viva el cristo rey !*

— Ma parole, Miguel ! ils partent pour une croisade !

— Remarque, pour eux aussi, c'est une sorte de croisade, mais pour la liberté et pour que les hommes puissent vivre mieux.

Impossible de s'échapper. Le piège s'est refermé sur eux. Perdus pour perdus, ils reçoivent l'ordre de se préparer pour un ultime assaut. Avec l'énergie du désespoir, ils se jettent contre des soldats qui ne s'attendaient plus à une riposte, les surprenant par leur vaillance. Séparés en plusieurs vagues, après avoir escaladé des rochers escarpés, les plus agiles prennent l'ennemi à revers. Ils forcent le passage, mais ça tire dans tous les sens. Ils ont même peur de se faire descendre par les leurs, tellement la confusion est grande.

Il faut zigzaguer, courir, se coucher à terre, viser, tirer, repartir. Les fusils, les mitraillettes remplissent leur office d'abattoir, à tout va.

Miguel se précipite sur Emilio et gueule :

— *Ten cuidado ! à la izquierda !*

Il a repéré qu'Emilio est dans la ligne de tir d'un chien de franquiste, posté à quelques mètres seulement.

Main dans la main, ils courent se mettre à l'abri derrière un talus. Ils n'ont pas le temps d'arriver. Miguel, stoppé net dans son élan, prend la charge en plein milieu du dos.

Emilio le voit tomber à genoux, d'abord, puis s'écrouler, face contre terre.

Épouvanté, il regarde mourir son camarade, puis l'instinct de survie le fait réagir.

L'autre, celui du camp d'en face s'apprête à faire coup double, en le dégommant à son tour, mais il n'est pas assez rapide pour recharger son fusil. Emilio le regarde dans les yeux et tire avant lui.

C'est son premier mort. Un vrai dépucelage.

D'ailleurs il tremble comme une jeune mariée.

Et il se pisse dessus.

Il ne sait même plus lequel des deux lui fait cet effet, si c'est Miguel ou si c'est « son mort ». Les deux sûrement.

Tenaillé par la peur de le reconnaître, il fait un pas vers le corps.

Parce qu'en plus, la guerre civile leur impose cette cruauté, ils peuvent mettre en joue sans le savoir, leur voisin, un cousin même, ou un ami, qui n'a pas choisi le même camp, embrigadé, comme beaucoup, par la grand-messe du carlisme. Emilio le sait.

La trouille au ventre, il s'approche encore.

Non, Dieu merci, il ne le connaît pas. Alors tant qu'à faire, il prend le temps de lui faucher ses bottes. Ses souliers sont tellement minables qu'il les perd à chaque pas. Il se demande même pourquoi il s'obstine, depuis plusieurs jours, à les porter aux pieds. Par principe, sans doute, parce qu'ils lui compliquent plutôt la marche.

S'il faut courir, ces bottes lui sauveront la vie. Et ce pauvre bougre, à terre, n'en a plus vraiment besoin. S'il avait une minute, il lui faucherait bien aussi son pantalon, qui lui fait envie, pour remplacer le sien, sale et tout déchiré, mais il vaut mieux éviter de tenter le diable, et décamper de là, avant de se faire trouer la peau, à son tour.

Des avions des forces républicaines surviennent pour protéger leur fuite. C'est rare, parce que leur aviation est plutôt maigre, pour ne pas dire inexistante. Mais, ce jour-là, ils ont cette veine. La bataille a lieu dans le ciel, jusqu'à la nuit, et leur donne un peu d'espace pour déguerpir.

Il n'est pas question d'enterrer les morts, ils doivent même abandonner des blessés derrière eux. Une poignée d'hommes parvient à en réchapper, les plus agiles, ceux qui ont l'habitude de crapahuter dans la montagne.

Emilio ne sait par quel miracle son père est toujours vivant, à ses côtés. Ils repartent rejoindre le bataillon prévu. Le soir enfin, ils les ont trouvés, mais Emilio pleure toute la nuit, la disparition de Miguel et l'absence de sa mère.

JOURNAL DE JULIA
ELLE, ELLE S'EN FOUT LA TERRE !
ELLE TOURNE...

Automne 1975.

Les jours s'échappaient, nous filaient entre les doigts.

Les vacances chez Emilio passaient tellement vite, trop vite !

Je savais tout d'eux à présent.

Je devais les quitter le lendemain. J'avais le cafard. Lucio aussi, me semblait-il. Pourtant l'après-midi, il s'absenta, sans me donner d'explications. Il me laissa seule avec Emilio, ce qui m'avait un peu étonnée et même déçue, pour un dernier jour.

Emilio essayait de me distraire, il me demanda si j'avais aimé le voyage en Espagne. Lucio et moi nous étions partis quatre jours et rentrés dans la nuit.

San Sebastian, j'avais adoré. La vieille ville, les bars à tapas, les jambons suspendus, et les civelles dégustées au comptoir. Nous avions suivi la côte, jusqu'aux falaises découpées de La Corogne, les promenades du soir, le long des paseos bordés de palmiers, les places ombragées, les balcons fleuris, vitrés pour protéger des vents et des pluies, les belles églises romanes. Les petits ports nichés dans les anses minuscules. Dans un village de montagne, nous avions rencontré une fête, animée par un orchestre folklorique jouant sous un kiosque à musique. Nous avions pu entendre ces fameuses gaïtas qui ressemblent aux binious bretons. Nous étions allés à Bilbao, puis sur les lieux chargés d'histoire et de drames dont Emilio nous avait parlé, comme si nous étions en pérégrinations.

J'avais trouvé les *guardias civiles* vraiment conformes à la description qu'il m'en avait faite. J'avais été impressionnée par ces hommes sévères, inflexibles comme le régime de leur pays. Ils étaient partout, sanglés dans leur uniforme kaki, rigides sous leur drôle de képi noir, surmonté d'un étrange plateau à bicorne. Emilio a éclaté de rire et m'a donné une petite tape sur la main.

— Pourquoi n'êtes-vous pas venu avec nous ? C'est vrai que vous n'êtes jamais retourné en Espagne ?

Il secouait la tête.

— Non non, mon petit, j'attends que Franco soit crevé, pas avant ! Bon ! enfin, s'il crève avant moi ! il a ajouté en rigolant :

— J'espère bien, qu'il crèvera avant moi. Saleté !

Je suis allée faire de la citronnade et quand je suis revenue avec le pichet, il m'a regardée d'une drôle de façon.

— Ne t'en fais pas comme ça, Julia, il a dit.

— De quoi ? j'ai fait semblant de demander.

Il a souri.

— Tu te manges l'esprit. Tu ne devrais pas. Il faut faire confiance.

Je n'avais pas l'habitude de la confiance ni du bonheur, non plus.

Le quotidien ici, la vie de tous les jours, était avec eux comme un cocon douillet, tissé de liens serrés, tressé de connivence et de toute leur affection. Je n'avais jamais connu ça, auparavant.

J'ai rougi. Emilio avait raison. Ils étaient ma famille. Il fallait que je croie en Lucio. Nous nous retrouverions.

Plus tard, Emilio et moi, assis devant la maison, attendions tranquillement de voir le soleil se poser sur le sommet de la montagne, comme un ballon sur le nez d'une otarie, quand nous avons entendu le moteur de l'Alfa.

Lucio a bondi de la voiture décapotée sans ouvrir la portière, sautant par-dessus, comme il faisait souvent, et il s'est précipité sur le coffre. Il en a sorti des paquets, des paquets. Emilio, souriant, semblait tout savoir. Lucio est passé devant moi sans m'embrasser et sans rien dire, avec un air énigmatique. J'étais de plus en plus perplexe. Emilio l'a suivi, en portant quelques sacs. J'ai suivi aussi. Lucio a posé du champagne et tout un tas d'ingrédients sur la table. Il était toujours silencieux. Emilio ne disait pas un mot non plus. Ils échangeaient des coups d'œil complices et malicieux. Ils ont manifesté le désir de s'enfermer tous les deux dans la cuisine. Lucio m'a prise doucement par les bras et m'a poussée dehors sans me laisser le choix. Je suis allée marcher sur le chemin qui monte derrière la maison. Le lendemain, j'allais retrouver la Provence. Je n'avais éprouvé, jusque-là, aucune nostalgie de mon pays natal, au contraire, et je regrettais déjà les montagnes pyrénéennes. C'était ici que je voulais vivre. Ils m'avaient tous les deux, attachée à cet endroit, en même temps qu'à eux.

Quand je suis revenue, ils avaient mis le couvert sur la terrasse. La table était dressée sur la nappe du dimanche, blanche, quadrillée de vert et rouge, comme les assiettes, et comme le Pays basque. Ils avaient préparé tout ce que j'aimais. Les *piquillos* farcis, les calamars à l'encre et pour finir un gâteau basque.

Tard dans la nuit, chavirés par le champagne et la sangria qui ne faisaient pas bon ménage, nous étions si bien tous les trois.

— Allez, les jeunes, fichez-moi le camp ! c'est moi qui débarrasse ce soir.

Lucio et moi, sommes partis faire un tour à pied et nous asseoir au-dessus de la maison d'où l'on pouvait contempler le ciel tout entier. Il a sorti un petit paquet de sa poche. Il a chuchoté à mon oreille :

— Dire que j'ai failli t'écraser !

Quand il était ému, il s'en sortait toujours avec des chansons, Lucio. Il s'est mis à chanter :

Que sera sera
Demain n'est jamais bien loin
Laissons l'avenir venir
Que sera sera...

Pendant ce temps, j'ouvrais mon cadeau : c'était une bague, celle que tu connais, celle que je porte encore aujourd'hui.

Septembre

Le voyage en train fut long, avec tous ces changements et la canicule. Félix m'attendait à la gare d'Aix. Nous sommes allés nous rafraîchir dans le premier café. Félix a repéré ma bague et il a sûrement fait des déductions. J'ai d'abord pensé que de cette façon, les choses seraient plus claires.

Puis, j'ai eu envie de lui dire la vérité, ce cadeau de Lucio n'était qu'une promesse, celle de se revoir, il n'était pas question de fiançailles, mais je l'ai laissé dans le doute. Après tout, une bague ne signifiait rien.

Je lui ai demandé ce qu'il avait fait de ses vacances. Il m'a raconté ses courses dans les Alpes. Il pratiquait l'alpinisme avec passion.

Nous avons évité de parler de Lucio, il était suffisamment présent entre nous.

Je lui ai donné ses espadrilles. Il était heureux de constater que j'avais pensé à lui.

Nous avons retrouvé nos habitudes : l'école, l'appartement partagé. Félix semblait attendre une explication de ma part. Comme un éclaircissement d'une situation ambiguë. Il attendait de savoir si Lucio allait revenir. Le silence se faisait de plus en plus pesant. Un jour, le sujet brûlant entre nous est survenu naturellement. Il le fallait bien. Un soir, j'ai dit :

— Lucio reprend ses études, il va préparer le CAPES. Il s'est inscrit à la fac de Marseille.

Félix est devenu livide.

Son désarroi me serrait le cœur.

Moa a recommencé ses allées et venues. Il était sans cesse dans mes jambes. Mais il attendait surtout le retour de Lucio. Il n'avait que ça en tête. Il rabâchait :

— C'est demain, il arrive Lucio ?

Et le lendemain la même question :

— Jourd'hui, c'est demain ?

Il raisonnait comme un enfant de quatre ans, le temps demeurait pour lui un mystère insaisissable, qui lui échappait chaque jour – encore plus qu'à n'importe quel être humain.

Lucio aurait dit qu'il le mesurait avec son cœur, – ce qui n'est pas donné à tout le monde – et c'était vrai.

Nous ressentions tous deux la même chose.

Moi aussi, j'étais en manque de Lucio.

J'ai retrouvé la supérette, Amélie et Mariette. Elles allaient bien toutes les deux. Amélie s'est pendue à mon cou et ne m'a pas lâchée. Je me suis aperçue qu'elle s'était attachée à moi. Elle m'accompagnait dans les rayons, sautillant comme une petite grenouille, tout en remplissant mon panier avec les articles que je lui indiquais.

Mariette nous suivait en papotant, elle parlait du temps, des vacances, de tout, mais de rien. En fait, elle piaffait d'impatience, affichant un air mystérieux, retenant une cachotterie et mourant d'envie de la révéler. Elle ne l'a pas muselée longtemps. Me mettre dans la confidence la démangeait tellement qu'elle a expédié Amélie au fin-fond de l'arrière-boutique sous le prétexte d'aller y chercher quelque chose, pour me parler dans le creux de l'oreille. Elle me dévoila son secret : elle avait un nouvel amoureux.

— Cette fois, c'est du sérieux.

Je l'ai félicitée, puis je lui ai demandé comment Amélie le prenait.

— Elle est super contente. Faudrait qu'elle soit difficile ! Il n'arrête pas de la gâter. Tu sais, Julia, je crois qu'on va se marier !

— Je suis heureuse pour vous deux.

Elle m'a serrée contre elle, m'a embrassée dans le cou en chuchotant :

— Et toi ? Avec Lucio ? Ça gaze ?

J'ai eu une réaction spontanée, je n'ai pas pu m'en empêcher, pourtant je savais bien que c'était une pipelette et que la nouvelle ferait le tour du village !

J'ai tendu ma main pour lui montrer ma bague.

Elle a émis un sifflement d'admiration et dit :

— À la fin de l'année, on est mariées toutes les deux !

Alors, en étalant mes achats devant la caisse, je lui ai répondu que le mariage, on s'en fichait, Lucio et moi.

J'ai appris, par la radio, qu'en Espagne, les cinq autonomistes basques ont été exécutés. Franco est pourtant gravement malade, affaibli. Il n'en finira donc jamais d'exercer sa férocité, ce paranoïaque ! Moribond, et, jusqu'au bout, adepte de la répression, assénée avec tant de brutalité ! Malgré toutes les voix de protestation qui se sont élevées, il n'a pas cédé. Nous sommes en 1975 ! et il continue à appliquer sa loi fasciste comme pendant la guerre. Cinq jeunes ! Pourquoi ?

Emilio doit encore être éprouvé. Chaque fois que l'Espagne pleure ou saigne, il pleure et saigne aussi.

Je comprends mieux aujourd'hui le sens de ses paroles de cet été : sa hâte d'apprendre la mort du dictateur est davantage motivée par son impatience de voir cesser les crimes que par le ressentiment et la haine.

Enfin, octobre est là.

Je compte les jours.

Lucio va arriver.

Je suis de plus en plus impatiente.

Samedi après-midi, il vient me chercher.

Nous partons aussitôt à Marseille. Il lui tarde de me faire visiter le studio qu'il a loué.

Nous montons quatre à quatre les étages. Je découvre cet endroit qui sera notre nid. Je me penche à la fenêtre. On peut apercevoir la mer, enfin, juste un petit carré bleu marine entre des immeubles, comme accroché au ciel, mais c'est déjà ça. C'est joli.

Lucio est partisan d'étrenner immédiatement son appartement. Je ne me fais pas prier. Nous sommes séparés depuis plus d'un mois que, alors bien sûr, les retrouvailles, je suis pour aussi. Je le laisse me déshabiller. Nos doigts s'impatientent. Ma pudeur s'effondre dans les oubliettes. Lucio me soulève et nous chavire sur le lit en riant. Nous roulons, enlacés, enchevêtrés. Notre amour jubile.

La fenêtre est ouverte, nous sommes étendus côte à côte, foudroyés. Immobile, apaisée, je regarde le ciel. Lucio s'est endormi. J'accorde ma respiration sur la sienne.

Je me sens chez moi, chez lui.

Lucio avait trouvé un poste de pion dans un collège. Il me dit qu'on se retrouverait tous les week-ends, ici, ou chez moi, n'importe, et parfois il viendrait me rejoindre le mercredi.

Il ne voulait pas qu'on perde une miette de bonheur.

Il disait que c'était de l'or. J'étais aussi d'accord avec lui.

D'ailleurs, Lucio avait un tel goût de la vie, qu'il était incroyablement contagieux.

Tout allait si bien !

Michel Camoin
Avignon, juillet 2003

Michel Camoin, cinquante-sept ans, retraité de la SNCF, veuf depuis quatre ans et sain d'esprit jusqu'ici, tenta vainement, ce soir-là, de se persuader qu'il ne croyait pas aux fantômes ni aux revenants.

Par la fenêtre de la cuisine, il avait aperçu une ombre, puis un visage dont il avait gardé le souvenir, et il avait failli en tomber à la renverse.

Il était sorti précipitamment. Personne. Il avait fait le tour de la maison. Rien.

Il s'était alors demandé s'il n'était pas en train de devenir fou.

Puis il avait essayé d'être pragmatique. S'il n'avait pas eu la berlue, si ses yeux ne l'avaient pas trompé, cela signifiait que quelqu'un s'intéressait à cette vieille histoire et n'avait pas peur de déterrer les morts.

Il restait donc une page à écrire.

Mais laquelle ?

Michel Camoin était curieux de nature. Et malin. À vrai dire, il n'était pas très étonné de voir surgir un rebondissement. Il n'avait jamais oublié cette affaire. Il gardait un poids, au fond de sa conscience.

Il ne savait quand, ni comment, ni quelle sorte d'événement allait advenir, mais il en était certain, il aurait lieu.

Cela se produisit au petit matin.

Il n'offrit guère de résistance.

De toute façon, sa curiosité l'emportait sur la peur.

La première chose que fit Suzon à huit heures du matin fut d'ouvrir ses volets. Elle regarda machinalement vers la maison d'à côté. Celle de Michel, son voisin et ami d'enfance. Ils avaient même un peu fricoté et failli se marier quand ils s'étaient retrouvés veufs tous les deux, quelques années plus tôt. Pour finir, ils avaient choisi de garder leur indépendance, cela n'empêchait pas les relations de voisinage, « et plus, si affinités », disait Michel.

La veille, Suzon ne l'avait pas vu de la journée, il n'était pas venu lui dire bonsoir, comme il en avait l'habitude. Ce matin, les volets bleu lavande étaient encore fermés à huit heures, ce qui l'intriguait davantage. Elle s'interrogea : il était peut-être malade. Elle prit le temps de mettre la cafetière électrique en route, tout en continuant à épier par la fenêtre l'allée de son voisin. Elle lui porterait un bol de café.

Elle frappa sans succès à la porte, attendit, frappa à nouveau, rien. Elle tourna la poignée, elle n'était pas verrouillée, il ne devait pas être bien loin.

— Michou ?

Elle posa le bol sur la table et réitéra son appel plusieurs fois, tout en s'avançant vers la chambre, dont la porte était grande ouverte. Le lit était défait, des vêtements étaient éparpillés par terre. Elle continua vers la salle de bains, craignant de plus en plus de le découvrir en mauvaise posture, il n'était pas là. Elle explora les WC. Personne.

Elle fit le tour de la maison, dedans, dehors, inspecta le jardin, rien.

De plus en plus bizarre, songeait-elle. Elle avait beau se creuser les méninges pour trouver une explication plausible, rien ne lui venait. Disparu dans sa maison, évaporé.

Si quelque chose était arrivé à Michel, personne ne s'en soucierait, à part elle, avant plusieurs semaines. Elle restait inquiète, tracassée par le sentiment de devoir faire quelque chose sans toujours savoir quoi. Bon, au moins, prévenir la famille.

Elle laissa, à tout hasard un mot sur la table : *Préviens-moi quand tu rentres. Suzon.*

Les enfants de Michel Camoin déclarèrent la disparition de leur père. La police ne trouva pas l'ombre d'un indice permettant d'envisager la moindre piste.

L'enquête restait ouverte.

— C'est presque de la routine ! dit Nino en démarrant le moteur, je n'en reviens pas de la facilité de la besogne !

Manuel sourit.
— C'est grâce à Emilio. Il nous a bien éduqués.

Emilio a changé. Il est parti au combat sans savoir ce qu'était la guerre. Il est parti, stimulé par un idéal, c'est tout. Il a dû s'accoutumer à la violence et aux tueries.

Sans s'en apercevoir, il s'est endurci et familiarisé avec la mort.

Il faut bien s'habituer !

Elle est tout le temps dans l'air, la mort.

À voler autour d'eux, comme une mouche.

Une sale mouche venimeuse.

Et quand il y repense, ça le fait frémir.

Il a compris maintenant : les hommes portent en eux une brutalité, une férocité qui ne demande qu'à s'exprimer, et le jour où on l'y autorise, elle se libère et elle se déchaîne !

Au fil des mois, il a découvert aussi que l'atrocité est dans tous les camps, y compris dans le sien.

Un jour, il surprend des hommes, des camarades qu'il connaît bien, en train de commettre un acte de boucherie, dont il ne les aurait jamais crus capables.

Il les voit couper la main d'un prisonnier. Écœuré, il leur demande pourquoi ils ont commis cette sauvagerie gratuite. Ils répondent que le type avait fait le salut fasciste.

— Si ça se trouve, leur dit Emilio, ce n'était pas le salut fasciste qu'il faisait ce pauvre type, il voulait peut-être simplement vous saluer, vous tendre la main, faire la paix.

Mais ils maintiennent dur comme fer : le soldat leur a fait un salut fasciste !

— Salut fasciste ? Tu parles ! Vous croyez qu'ils savent ce qu'ils font, ces gens du peuple que Franco a réussi à enrôler de gré ou de force dans son armée, quand ils tendent le bras en avant ? Non, bien sûr que non ! Ils s'en foutent du salut fasciste ! Regardez-les, il est plutôt mou leur bras, quand ils tendent leur main en avant. On dirait plutôt, je ne sais pas, moi, qu'ils veulent mesurer une hauteur, ou vérifier s'il commence à pleuvoir, ou, tiens, caresser la tête d'un enfant.

— Ha ! Ha ! Ha ! Elle est bien bonne celle-là ! s'esclaffent les tortionnaires en tournant le dos.

Deux ans plus tard, en voyant les boches tendre leur bras avec un aplomb sans équivoque, Emilio se souviendrait de cet épisode et du geste flasque de leur prisonnier.

Il saurait que ce jour-là, en Espagne, il avait raison. Le geste n'était pas le même.

Pendant plusieurs semaines, ils reculent devant les troupes nationalistes. L'hiver a été rude. On est en 1937, cela fait huit mois qu'ils sont partis de la maison.

Le Pays basque est sur le point de tomber entre les mains des franquistes.

Dépité par la défaite de ses troupes à la bataille de Guadalaraja, au mois de mars, Franco a ordonné à Mola de lancer sur tout le front nord une offensive musclée pour contraindre les troupes républicaines à reculer vers le sud.

Leur régiment, décimé, se replie vers la Cantabrie. Ils marchent parfois jour et nuit, harcelés par les affrontements incessants avec les troupes franquistes, épuisés par la faim et le manque de sommeil. Les nouvelles ne sont pas bonnes, le moral est en perdition.

Le 26 avril 1937, ils traversent Guernica. Ils se dirigent vers le nord de Bilbao pour y installer une nouvelle ligne de défense : *el cinturon de hiero* (la ceinture de fer). Vers quatre heures de l'après-midi, ils ont dépassé la ville de quelques kilomètres.

Emilio entend comme un bruit de guêpe. Il lève la tête et voit une nuée de points noirs dans l'azur, comme un vol d'oiseaux migrateurs dans un ciel de printemps. Les avions sont encore loin, mais ils ne vont pas tarder à les canarder, ils viennent sûrement leur couper la route, pour les empêcher de rejoindre Bilbao.

Surpris, Emilio les voit passer au-dessus de sa tête et continuer vers le nord.

Ils assistent alors de loin à ce spectacle surréaliste.

Les cieux au-dessus de Guernica se mettent à crépiter !

Les nues striées par des étoiles filantes.

Plaqués au sol, ils entendent le sifflement des stukas en piqué. Le vrombissement des moteurs, au loin, précède l'arrivée des bombardiers opérant par vagues successives, toutes les vingt minutes, pour mieux répandre la terreur. Abasourdis, ils regardent la pluie de bombes s'abattre sur la ville, puis des flammes gigantesques s'élever au zénith et la fumée monter et s'étaler comme une chape. Un linceul noir se déploie sur Guernica.

Quand le bombardement cesse, après quatre heures interminables à manger la terre, ils font demi-tour pour aller porter secours. Sur un chemin semé de corps, ils croisent la route de survivants essayant de fuir, poursuivis et mitraillés par les avions.

Hébétés, ces gens marchent sans savoir où ils vont.

Ils ne savent plus parler. Ou peut-être que le silence leur fait peur, après tout ce bruit.

Ils regardent devant eux comme des aliénés et passent à côté d'eux sans même les voir.

En entrant dans Guernica, Emilio et ses camarades découvrent une horreur pire que tout ce qu'ils ont vu jusque-là, et pourtant ils en ont traversé. La population a été décimée. En marchant dans les rues, ils doivent enjamber les blessés et les morts, pour secourir ceux qu'ils peuvent encore sauver.

C'était le jour du marché.

Franco a choisi le jour et l'heure.

Il a choisi ce lieu et ce moment d'affluence dans les rues.

Plus tard, ce général voudra faire croire que l'opération visait les révolutionnaires et que le bombardement avait été initialement prévu pour détruire seulement le pont de Guernica et empêcher leurs troupes de rejoindre Bilbao, mais le pont est resté intact. Ce sont bel et bien les populations civiles qui étaient en ligne de mire.

Ils croisent des femmes qui déambulent, hurlant comme des louves, serrant leurs enfants morts contre leur poitrine.

Les survivants errent comme des morts-vivants, dans les rues jonchées de cadavres, croisant des mutilés hagards, escaladant les ruines, des chiens et des chats, à moitié fous, eux aussi, au milieu des cendres et des fumées, dans un silence interrompu de temps en temps par des cris déchirants qui s'élèvent au-dessus des décombres.

Un tableau de fin du monde.

Ce jour-là, ils ont perdu la guerre, confesse Juan.

— Plus rien n'arrêtera Franco, capable de massacrer son propre peuple, y compris des innocents, des femmes et des enfants, dit-il à son fils.

Assis dans la poussière, les coudes appuyés sur ses genoux repliés, le front posé dans les mains, il le répète tristement en secouant la tête : *El pueblo ha perdido la guerra.*

Journal de Julia
La terre qui tourne avec les mariages

Et puis ce jour est arrivé ! Le 20 novembre.

Jour du mariage de Mariette.

Mes mains tremblent pour écrire ces mots.

C'était un jeudi soir, parce que les époux devaient s'envoler pour leur voyage de noces dans les îles, le lendemain.

J'étais invitée. Pas Lucio – ils étaient restés en froid après leur dernier accrochage au sujet des insolences d'Amélie. C'était mieux comme ça, avons-nous pensé. Lucio s'en fichait du mariage, comme moi d'ailleurs, sauf que je m'étais sentie obligée d'y aller.

Il m'avait dit qu'il viendrait me retrouver plus tard. Il était libre le vendredi.

D'abord, la cérémonie à l'église. Mariette n'avait fait aucun sacrifice. La robe blanche, la traîne, une avalanche de mousseline – on aurait dit les chutes du

Niagara –, le bouquet, tout y était. Le marié était rouge betterave, il avait l'air un peu bébête, cramoisi à côté de toute cette chantilly. Bête, mais heureux. *Après tout, c'est le principal,* m'étais-je dit. À l'époque, je voulais que tout le monde soit heureux.

Tous les invités s'étaient transportés au restaurant. Une grande salle était préparée pour la fête. Les décorations ridicules, avec des guirlandes en accordéon, rappelaient plutôt un Quatorze Juillet. Il y eut d'abord un apéritif, avec beaucoup de gens, puis un dîner avec seulement la famille et les proches. La première partie de la fête m'aurait suffi, mais je n'ai pas osé partir.

Bastien m'a tenu compagnie. Il s'est un peu confié à moi. Il était soulagé, il espérait que ce mariage stabiliserait Mariette.

Les enfants avaient une petite salle pour s'amuser, à l'autre bout de la cour. Je suis allée les voir.

Amélie était très fière. Elle régnait sur toute une flopée de gosses endimanchés qui s'empiffraient autour d'elle. Les enfants étaient venus me faire la fête, excités de rencontrer leur maîtresse ailleurs que dans la classe, dans un lieu où je n'exercerais pas mon autorité. Amélie crânait. Mon Dieu ! quelle ironie ! Je me souviens d'avoir songé que sa vie allait changer. Je me suis demandé si elle allait être plus heureuse maintenant et si sa mère s'occuperait un peu plus d'elle.

Je suis revenue dans la grande salle. La pièce montée était démontée. Quelques gourmands s'acharnaient sur les ruines qui s'effondraient, la crème dégoulinait sur la nappe blanche. Des couples dansaient. La musique était trop forte. Les gens criaient pour s'entendre. Les bouchons des bouteilles de champagne sautaient. Je m'ennuyais. Il y avait école le lendemain, j'avais envie d'aller me coucher et surtout de retrouver Lucio qui devait m'attendre dans ma chambre. Vers une heure, je m'autorisai enfin à quitter la fête. Je pistai Mariette pour la prévenir, entre deux danses.

Je ne sais pas qui s'est inquiété en premier. J'ai vu Mariette s'arrêter net de danser quand quelqu'un est venu lui parler à l'oreille et elle s'est précipitée à l'extérieur. J'ai compris qu'il se passait quelque chose. Bastien était déjà là-bas. Amélie n'était plus avec les autres enfants. Ses petits camarades la cherchaient depuis un grand moment. On a essayé de savoir depuis combien de temps, « Ça fait longtemps », ont-ils dit, embarrassés. C'était très approximatif. Tout le monde s'est mis à l'appeler et à la chercher partout.

Nous avons commencé à fouiller et à explorer tous les coins, de plus en plus inquiets, chaque pièce, les couloirs, le moindre placard, les armoires, où elle aurait pu se dissimuler. Les hommes ont ratissé le jardin, la cour. Au bout d'une heure, toujours rien. Très vite, il fallut se rendre à l'évidence. Si Émilie avait voulu faire une farce, nous l'aurions déjà trouvée. La mariée s'est mise à pleurer. L'époux était déconfit. Bastien était blême.

Mariette m'a saisi le bras :

— Julia ! tu crois qu'elle a fait ça pour me gâcher la soirée ?

— Non, j'ai répondu, je pense qu'il faut appeler les gendarmes.

C'était déjà fait. Le marié s'en était chargé.

Il était une heure et demie.

Ils sont arrivés rapidement. Ils nous ont interrogés brièvement et ils sont passés à l'action. Tout le monde a recommencé à chercher, de manière plus organisée. Au fil de la nuit, la tension montait. D'autres gendarmes se sont portés en renfort, avec des chiens. Ils partaient dans tous les sens. Ils quadrillaient les environs. Je pensais qu'ils allaient la trouver. Nous attendions les retours, mais ils étaient toujours bredouilles. Au petit matin, nous étions éplorés. Je suis rentrée vers quatre heures, pour prévenir Lucio. J'ai été étonnée, il venait seulement d'arriver. Il était en train de prendre une douche. Son jean était par terre, sale, taché de boue.

— Julia ? c'est toi ? Tu sais ? Franco est mort !

— Oh ! Lucio !

J'ai fondu en larmes, il s'est mépris, il a cru que je m'étais inquiétée pour lui. À cause de l'heure et de son retard.

Il a écarté le rideau et passé la tête pour me dire avec douceur :

— Eh ! c'est rien, ma puce, j'ai crevé, c'est tout, j'ai crevé !

— C'est pas ça ! Amélie a disparu !

Il est sorti comme un fou de la douche.

— Quoi ? Qu'est-ce que tu dis ?

J'ai répété. C'était tellement incroyable.

Il s'est rhabillé en vitesse, avec son jean sale, et nous sommes retournés auprès de Mariette et Bastien. On ne pouvait pas les laisser seuls.

Le jour s'est levé, aggravant notre angoisse.

Les gendarmes allaient, venaient. Mariette se précipitait au-devant d'eux. Elle était carrément hystérique. Nous avons dû appeler le médecin pour lui faire administrer un calmant.

Le premier jour sans Amélie.

Nous étions abasourdis.

Dans l'incompréhension et le refus.

Et puis ce fut le deuxième jour, déjà différent.

Nous n'avions hélas plus de doutes sur la réalité, nous avions peur. Seulement peur.

Les heures passaient, grignotant l'espoir.

Il nous fallait faire maints efforts pour le ranimer de temps en temps, comme un feu en train de mourir.

Nous tentions encore coûte que coûte de rejeter le pire. Comme si nous pouvions le dissuader d'arriver.

Pauvre Mariette ! Quel mariage ! Elle faisait une association entre cet évènement et le malheur. Elle se culpabilisait. Le mari était reparti chez lui, s'occuper de ses affaires. Mariette était restée chez son père pour attendre Amélie. Le voyage de noces était à l'eau, évidemment.

Dans ma classe, la place vacante d'Amélie remplissait tout l'espace.

Je ne voyais que ça.

Ce pupitre abandonné.

Toute la journée, comme un automate, je faisais mes leçons de calcul, de grammaire, les dictées, les yeux rivés sur l'endroit où elle aurait dû se trouver. Ce banc vide matérialisant son absence m'hypnotisait. Mon regard revenait sans cesse vers ce bureau. Et soudain, elle était là. J'entendais ses réflexions, ses bavardages incessants, je voyais ses mimiques, sa manière de gigoter sur sa chaise et de gonfler ses joues pour souffler bruyamment, quand elle ne savait pas faire un exercice, de faire tomber son stylo, de lever un doigt triomphant lorsqu'elle avait trouvé une réponse.

Et son petit rire, comme un grelot.

Les enfants posaient des questions.

— Elle va revenir, Amélie ?

— Je l'espère.

L'attente était insoutenable. Nous aspirions à voir se terminer ce calvaire. Et nous redoutions en même temps ce moment. Un ciel menaçant au-dessus de nos têtes.

Quatre jours terrifiants de silence, de vide, de manque. Mariette et Bastien s'enfonçaient dans la détresse. Je passais mes soirées avec eux, comme une infirmière. Ils avaient besoin de mon soutien. Je préparais à manger, je les obligeais à s'alimenter un peu. Nous ne parlions pas beaucoup, nous ne trouvions pas les mots, ou alors nous aurions répété toujours les mêmes, ceux qu'il valait mieux laisser tranquilles.

J'étais juste là, pour guetter avec eux les bruits de voitures, la sonnerie du téléphone…

Cinq jours.

Le sixième arriva.

Nous croyions de moins en moins à une issue heureuse.

Nous étions presque certains de ne plus nourrir d'espoir, pourtant la nouvelle nous frappa comme une bombe.

Mercredi 26 novembre, dix-sept heures.

J'étais dans ma classe, en train de corriger mes cahiers.

Par la fenêtre, je vis un fourgon de gendarmerie passer devant l'école.

Je me levai d'un bond.

Je courus comme une folle vers l'épicerie.

Ils étaient là. Bastien, effondré sur une chaise, sanglotait en silence. Mariette criait, se roulait par terre.

— Julia ! hurla-t-elle, quand elle me vit.

Elle se jeta dans mes bras, comme si j'étais un recours, comme si j'avais le pouvoir de faire disparaître le malheur.

J'étais impuissante à lui enlever sa douleur. Je ne pouvais qu'essayer de la partager avec elle.

À dix-huit heures, le téléphone a sonné.

C'était Lucio.

Il appelait tous les jours à cette heure-là pour avoir des nouvelles.

Il resta sans voix quand je lui appris ce qui était arrivé.

Le temps que l'horreur fasse son chemin.

Un promeneur l'avait trouvée par hasard. Il avait aperçu un reflet scintillant avec les reflets du soleil.

Une tache blanche ondoyait dans l'eau verte de la carrière.

Gonflée comme un ballon, c'était la robe d'Amélie.

Le petit corps avait été remonté par des pompiers affligés – ils connaissaient la petite fille, sa mère et son grand-père.

Je crois que tout le village avait accouru. Tout le monde était tellement affecté !

Un chemin de terre conduisait à cette carrière abandonnée. À deux cents mètres de la grande route. Les gendarmes avaient exploré les lieux et n'avaient relevé aucun indice, à part des traces de pneus, s'arrêtant pile en face de l'endroit probable où le corps avait été jeté.

Ils les avaient photographiées et mesurées. L'homme qui avait découvert Amélie était arrivé à pied, il n'avait donc pu laisser ces traces.

Gérard les observa, lui aussi, et il affirma pouvoir déterminer la taille des pneus, ce devait être des 135, et leur dessin était bien visible. Mais il hocha la tête, l'air de dire : nous ne sommes guère renseignés. Ce type de pneus était commun, beaucoup de voitures en étaient équipées.

Ensuite, il fallut accompagner Mariette et Bastien pour reconnaître le corps. Ils m'ont demandé de les accompagner.

C'était irréel.

Comme un mauvais rêve.

Nous avions du mal à y croire.

C'était tellement absurde.

Tellement injuste.

Inconcevable.

Cette mort.

La voir allongée, toute petite, sur ce trop grand chariot, nous a fait entrer la réalité dans la tête et nous a broyé le cœur.

Nous étions hébétés.

Amélie avait été étranglée.

Elle n'avait pas été violée et n'avait pas subi d'autre brutalité.

Étranglée à mains nues.

Cela suffisait pour soulever notre révolte.

La colère s'ajoutait à l'horreur.

L'enterrement s'est déroulé dans cette atmosphère. Un monde fou. L'église n'a pu accueillir tous les gens. Au cimetière, une queue incroyable a défilé devant le petit cercueil. Des photographes faisaient crépiter leurs flashes. C'était indécent, mais la famille n'a pas protesté.

Il n'y avait pas non plus que du silence et des pleurs, autour du trou. On percevait déjà, à travers les murmures et les chuchotements, de la peur, mais aussi de la haine, le besoin de vengeance, comme pour se rassurer.

Les gendarmes ont commencé à enquêter, la PJ est venue en renfort, puis elle a repris l'enquête. Ils ont d'abord cherché à se renseigner sur les proches.

Les invités du mariage ont été passés au crible. Le marié était le seul qui aurait pu avoir un mobile pour se débarrasser de l'enfant, mais la théorie n'était pas sérieuse. C'était un brave homme, tout le monde a dit qu'il montrait de l'affection pour la petite et réciproquement. De plus, il n'avait pas quitté sa femme de la soirée, il était donc exclu qu'il ait pu commettre le crime.

Les enfants ont été cuisinés, un par un. Mais ils ne savaient rien. Ils donnaient tous la même version : Amélie était sortie, pour aller voir sa mère sans doute, ou se rendre aux toilettes, au dire de certains. Ne la voyant pas revenir, au bout d'un moment, deux d'entre eux étaient partis dans la grande salle, à sa recherche. Aucun ne put indiquer une heure exacte. Ils avaient probablement perdu du temps à la chercher, d'une pièce à l'autre, puis à l'extérieur, avant d'alerter les adultes. Ils en étaient un peu conscients. La police ne put, en raison de la fragilité des témoignages des enfants, qui avaient du mal à évaluer le temps, établir une chronologie précise des faits.

Tout ce qu'on savait, c'était qu'elle était sortie aux environs d'une heure du matin, ou un peu avant et c'était sans doute à ce moment-là que le criminel avait pu l'enlever. L'avait-il tuée immédiatement, dans cette cour ? Ou ailleurs, plus tard ? On pouvait tout imaginer.

Des jours ont passé, l'enquête végétait.

Peu à peu, le dynamisme de la police, à court d'idées, s'est émoussé. Faute d'éléments nouveaux, d'indices, les investigations piétinaient, l'énergie retombait comme un soufflet.

À la place, dans l'esprit des gens, s'installait le scepticisme. On soupçonnait que l'assassin risquait de filer tranquille. Les commentaires acerbes se déchaînaient, devenaient violents.

Il n'y avait aucune piste et l'opinion frustrée, en mal de bouc émissaire, grommelait de plus en plus fort.

Mathéo Bianchi
Aubagne, juillet 2003

Mathéo plantait des tuteurs pour soutenir les pieds de tomates. Il leva la tête, la voiture de son fils faisait crisser les graviers de l'allée. La portière claqua.

— Tu vas bien ?

— Pourquoi tu me demandes ça ? Je vais très bien.

— Je ne sais pas, t'es tout rouge, et tu transpires.

— J'ai jardiné.

— En plein soleil ? t'es pas fou, non ? Ah ! la la, tu ne seras jamais raisonnable, allez, viens au frais, on va se faire un petit *casa.*

Ils rentrèrent, s'assirent à la table, en face-à-face.

— Bon, demain c'est dimanche, viens déjeuner à la maison, dit Gabriel.

— Si tu veux, j'apporterai des gâteaux et du vin, c'était notre anniversaire de mariage aujourd'hui, ça aurait fait quarante-cinq ans, si elle n'était pas partie avant. Tu sais depuis qu'elle n'est plus là, j'ai plus goût à grand-chose.

— Je sais papa, je sais bien, elle me manque aussi, maman.

Bien sûr qu'elle lui manque se dit Mathéo, *mais moi, je ne sais plus vivre*.

Son deuil était récent, il découvrait qu'il n'avait plus personne à qui parler. Enfin, parler vraiment. Quelqu'un à qui l'on peut tout dire, comme Cécile. Sa solitude devenait de plus en plus concrète, depuis quelques jours, sa douleur prenait un tournant, il le sentait.

Au matin, pris de lassitude, il s'obligea à s'habiller, puis alla chercher les gâteaux. Après la pâtisserie, au lieu de rentrer directement chez lui, il s'arrêta acheter des fleurs. Il avait envie de faire un crochet par le cimetière pour rendre une petite visite à Cécile.

Il poussa le battant du portail d'un coup d'épaule, son bouquet dans une main et la boîte de gâteaux dans l'autre. À mesure qu'il avançait entre les tombes, les battements de son cœur s'accéléraient. C'était encore trop frais. Il n'avait pas eu le temps de s'habituer à ce genre de rendez-vous. Il marchait comme dans un rêve, espérant se réveiller par miracle au bout de l'allée, pour découvrir que cette tombe n'existait pas, que Cécile n'était pas couchée là, sous la terre, qu'elle l'attendait à la maison.

Devant la pierre tombale et le nom gravé sur le marbre, il était brusquement rappelé à la réalité. Elle était vraiment là-dessous. Il s'abaissa pour déposer les fleurs dans le vase. Il cherchait à communiquer avec elle. Il faisait défiler les images du bonheur, toutes ces années… Plongé dans le passé, il n'entendit pas les pas dans l'allée, derrière lui. Il fut surpris par le bras qui l'immobilisa et la main qui le bâillonna. Il n'offrit aucune résistance.

À treize heures, Marine commença à rouspéter.

— Gaby ! qu'est-ce qu'il fout, ton père ?

— Je suis étonné, il est toujours en avance… il a peut-être changé d'avis.

— Il pourrait prévenir ! Le téléphone, c'est fait pour les chiens ? Bon, qu'est-ce qu'on fait ? On passe à table ou on l'attend ?

— On attend encore un peu.

Trente minutes plus tard, ils attendaient toujours.

— On mange, tant pis ! dit Marine.

— Non, je fais un saut jusque chez lui, je suis inquiet, hier, il avait l'air mal fichu.

Gabriel trouva la maison fermée à clé. Son père n'avait visiblement pas travaillé au jardin ce matin. Par la fenêtre de la cuisine, il vit le bol du déjeuner sur le bord de l'évier. Il toqua au carreau. Il fit le tour de la maison pour regarder par la fenêtre de la chambre. Tout était en ordre. Il cogna encore. Pas de réponse. Le paternel était sorti. Gabriel jeta un coup d'œil au garage, par les hublots de la porte, la voiture était là. Il était donc parti à pied. Il était probablement allé acheter les gâteaux. Il était trop tard pour le vérifier, de toute façon, la pâtisserie était fermée. Il eut l'idée du cimetière, se rappelant les paroles nostalgiques d'hier. C'était logique, un petit tour au cimetière, en cette occasion.

L'endroit était désert. Il était bien passé par là, le bouquet de fleurs fraîches en témoignait. Puis il aperçut au milieu de l'allée, la boîte de gâteaux écrasée. Il y avait de quoi commencer à s'inquiéter sérieusement.

La police fouilla les environs. L'état dépressif de Mathéo laissait craindre qu'il n'ait attenté à ses jours. Il n'y avait pas d'autre éventualité. On pensa qu'il avait pu se jeter dans la rivière, en revenant du cimetière, c'était sur son trajet, et l'on entreprit des recherches pour tenter de repêcher le corps.

Emilio désigna la pancarte annonçant le supermarché.

— Arrête-toi là. Il faut faire des courses.

Nino stationna sur le parking.

— Je t'ai fait une liste, dit Emilio, c'est ton tour, je reste.

Nino avait pris beaucoup d'assurance depuis le début de leur expédition. Emilio songea qu'il pourrait lui laisser diriger les prochaines opérations à sa place, désormais.

Il est à la hauteur, le petit, pensait le grand-père en l'attendant. La fierté lui mouillait les yeux. Il était comme Gérard. Avec l'âge, les larmes avaient tendance à ruisseler pour un rien, elles avaient même creusé, à force, de fines rigoles sur ses joues.

Oui, Nino avait vite appris. Le courage, il avait dû en hériter de naissance. De son père et de sa mère, principalement et peut-être aussi un peu de ses aïeux. Mais le reste ? Le courage ne suffit pas, Emilio le savait par expérience. Or, le jeune homme montrait depuis le début une volonté de fer, un aplomb infaillible, des aptitudes physiques, une intelligence et une ruse de félin qui réjouissaient le grand-père.

Nino revenait, poussant le caddie chargé. En le voyant arriver, cheveux balayés par le vent, le sourire aux lèvres, si beau, si jeune, si ressemblant à *l'autre*, le cœur lui sautait dans la poitrine.

Tout se déroulait comme prévu, et même au-delà, car les circonstances se faisaient complices. Comme s'ils étaient guidés, comme s'ils empruntaient un chemin tracé pour eux.

Ils ne se prenaient pas pour des justiciers, mais ils n'auraient pas songé à remettre en question la légitimité de leur entreprise. Ils restaient lucides, conscients des risques qu'ils encouraient, mais simplement persuadés de n'avoir aucun autre choix que de suivre ce but qu'ils s'étaient fixé. Ils n'auraient plus su vivre sans. Et la complicité les soudait.

Emilio ne prévoyait pas jusqu'où les conduirait cette folie.

Parce que c'était une folie, en somme, une folie comme on n'en commet pas, ou plus, de nos jours.

Il le savait.

Mais une folie d'homme.

Emilio

Emilio s'aperçoit que son père a perdu tous ses cheveux, il regarde son visage émacié, on ne voit plus que l'os saillant des arcades, les yeux au fond, comme des puits noirs, sa bouche est un sillon desséché, les lèvres crevassées comme l'argile du *rio seco*. Son pantalon, totalement vide, flotte sur ses jambes et ses hanches efflanquées, ceinturé par une ficelle. Le découragement pèse sur ses épaules, comme la misère fait ployer le dos des pauvres. Emilio a envie de lui dire de rentrer à la maison. Il en a fait assez pour la patrie, il devrait retourner s'occuper de Pilar. Lui peut continuer, il est un homme à présent, avec tout ce qu'il a vu.

Il pressent ce qui va arriver et voudrait l'empêcher, mais il ne parvient pas à convaincre son père de rentrer à la maison.

Si Juan ne croit plus à la victoire, il ne lâche pas pour autant les camarades.

Ils quittent Guernica et rejoignent la ceinture de fer, pour contribuer à défendre Bilbao. L'affrontement est terrible.

Juan est devenu vulnérable. Penser que leur idéal est vaincu l'a affaibli. L'idée de la défaite de la révolution l'a perdu.

Il est l'un des premiers tués.

Emilio se trouve à quelques mètres de son père, quand il voit la mort arriver avec un éclat d'obus, mais ils n'ont pas le temps de se dire au revoir.

La douleur d'Emilio n'est rien à côté de celle qu'il se figure toutes les nuits, celle de sa mère.

Après la Navarre, le Pays basque, Bilbao, Santander, la Cantabrie, Franco déclenche une offensive terrible sur les Asturies. La légion Condor, qui s'est rendue célèbre à Guernica, pratique le bombardement massif avec des bombes explosives qu'elle a expérimentées sur la population civile.

Les Asturies tombent aussi, fatalement. Et la répression est féroce.

Emilio s'en souviendra toute sa vie et chaque fois, il dira : « Il existe des hommes qui aiment vraiment la boucherie, je le sais. »

Emilio prend le maquis, avec d'autres comme lui, qui ne veulent pas se rendre. Ils n'ont plus le choix, les promesses de pardon, Franco ne les respecte pas. Ils s'enfuient dans la région montagneuse de *Los picos de Europa*.

Ils ne veulent pas lâcher. Ils conservent encore l'espoir de reprendre un hypothétique combat et de tenir, en attendant l'intervention des démocraties occidentales qui doivent se préparer et ne vont plus tarder. Ils y comptent encore. Ils se le répètent pour y croire :

« Vous allez voir, ils n'en feront qu'une bouchée de Franco ! ».

« Ils perdent rien pour attendre, ces porcs ! Vous verrez ! On leur fera la peau, à notre tour, aux franquistes ! »

En attendant que la victoire change de camp, il faut se cacher. Réfugiés sur ce *toit de l'Europe*, du haut de leur promontoire, ils aperçoivent au loin l'océan Atlantique. Chaque jour, ils scrutent l'horizon pour voir arriver les navires espérés. Emilio essaie comme il peut de remonter le moral de ses amis. Il leur dit de considérer ce nom, Picos de Europa, comme un symbole, faisant un lien entre leur lutte et l'arrivée des renforts européens et donnant du sens à leur résistance et à l'avenir.

Pendant des mois, ces « guérilleros de l'impossible espoir » résistent, poursuivis jusque dans des endroits accidentés, inaccessibles, par les troupes nationalistes acharnées à les anéantir.

Ils sont traqués sans répit. Les gardes civils sont partout, il faut se cacher en permanence. Se ravitailler est une prise de risque. Pour eux et pour ceux qui s'avisent de les aider. Aux abois, ils épuisent leurs dernières forces dans ce défi extrême. Ils ne savent plus ce qu'ils attendent, ni même ce qu'ils espèrent.

À la fin de l'été 1938, Emilio comprend que ce dernier combat est perdu, lui aussi. Il faut partir.

— Où vas-tu Emilio ? demandent les camarades.

— Ailleurs. En France, pour continuer la lutte contre Franco.

Mais il ne peut partir sans avoir revu sa mère.

Journal de Julia
Le bonheur est parti

Il faut bien à présent que je trouve le courage d'écrire ces mots. Je n'oublierai jamais ce samedi abominable ou tout a basculé.

Sept heures du matin.

Nous sommes encore au lit quand la police frappe vigoureusement à la porte. Je suis encore sous ce choc. Avant que nous ayons réalisé ce qui nous arrive, ils emmènent Lucio. Sans aucune explication.

— Monsieur Aguirre ? Veuillez nous suivre, s'il vous plaît.

Le ton est glacial.

Je m'insurge, j'exige de savoir pourquoi.

Ils restent muets et imperturbables.

— Ne t'en fais pas, va, me dit Lucio, ça ne peut pas être bien méchant. Un excès de vitesse sans doute.

Il sourit, il fait semblant d'être serein. Mais je vois bien que sa décontraction agace les policiers. Leurs visages restent graves.

Trop grave pour un excès de vitesse.

On ne vient pas tirer les gens du lit pour si peu.

J'ai eu une mauvaise intuition.

J'ai deviné qu'il y avait un rapport avec la disparition d'Amélie.

Et j'ai eu la peur au ventre.

Ils ont emmené Lucio à Aix pour une garde-à-vue qui a duré vingt-quatre heures. Ils l'ont interrogé pendant vingt heures d'affilée.

Un couple, les Robert, s'était spontanément rendu à la gendarmerie pour témoigner. Comme tout le monde, ils avaient eu connaissance du crime par la presse, la radio et la télé. Ils s'étaient alors souvenus d'avoir circulé sur cette route, cette nuit-là. Ils avaient ralenti en passant devant une voiture stationnée sur le bas-côté, à proximité de l'endroit où le corps d'Amélie avait été retrouvé. Ils affirmaient avoir identifié un cabriolet Alfa Roméo. La voiture de Lucio étant connue comme le loup blanc dans le village, la police avait vite fait le lien.

Le couple déclarait s'être arrêté à la hauteur de la décapotable pour s'assurer qu'il ne s'agissait pas d'un accident ou d'une personne en difficulté, en panne ou malade. Ils avaient baissé la vitre, du côté passager, en apercevant Lucio, debout à côté de sa voiture.

— Un problème ?

— J'ai crevé.

— Vous voulez un coup de main ?

— Non merci, c'est presque réparé, je repars. Merci quand même !

— Y a pas de quoi, bonne nuit, monsieur !

— Bonne nuit !

Lucio n'a pas démenti, en effet, jusque-là, tout s'était déroulé exactement de cette façon.

— Vous confirmez donc vous être trouvé à cet endroit, cette nuit-là. Vous reconnaissez ces faits ?

— Oui, je vous l'ai dit, j'avais crevé.

— Pourquoi ne vous êtes-vous pas manifesté ? Pourquoi, lorsque vous avez su où le corps avait été retrouvé, n'êtes-vous pas spontanément venu dire à la police que vous étiez dans les parages, vous saviez pourtant que nous avions fait un appel à témoin, alors, pourquoi avez-vous gardé le silence ?

— Parce que je n'avais rien à dire. Je n'ai rien vu. L'endroit où j'ai crevé, où je me suis arrêté pour changer la roue, se trouve à dix kilomètres au moins de cette carrière. Je n'ai même pas songé à faire le rapprochement.

— Admettons, vous êtes cependant passé sur cette route, très près du lieu du crime, et cela, au moment où il a pu être commis, ou juste après, vous auriez pu voir quelque chose, vous avez peut-être croisé le criminel…

— Non, je vous l'ai dit, je n'ai rien vu, j'ai seulement parlé à ce couple qui s'est arrêté. Ah ! non, attendez, je me souviens, je n'ai croisé aucun véhicule, par contre, j'ai dépassé une voiture, et ensuite, pendant que je réparais ma roue, elle est repassée devant moi sans s'arrêter.

— Vous avez vu une autre voiture ? Quelle marque ? Quel modèle ?

— Je roulais vite, je n'ai pas eu le temps de bien la voir lorsque je l'ai doublée, et quand elle est repassée, j'étais occupé à changer ma roue, côté droit, je l'ai juste aperçue, c'était une petite voiture, peut-être une 4L ou ce type de camionnette, mais je n'en suis pas certain.

— Pourquoi n'avez-vous pas parlé plus tôt de cette voiture ? (Le policier haussa les épaules pour marquer son incrédulité) Bon, passons, vous connaissiez bien l'enfant ?

— Je la connaissais un peu.

— Et sa mère ?

— Aussi, un peu.

— Quels étaient vos rapports avec elles ?

— Nous n'avions pas de rapports, c'était juste une connaissance, sans plus.

— Vous n'étiez pas invité au mariage, alors que votre amie, Julia Chevalier, y assistait. Pourquoi ?

(Ils savaient déjà beaucoup de choses sur nous).

C'est normal, elle est l'institutrice. Moi, je suis nouveau ici.

— On verra ça. Que faisiez-vous sur cette route, à une heure aussi tardive ?

— Je rentrais. Je m'étais arrêté à Aix en début de soirée, j'y ai rencontré des gens, des immigrés espagnols, comme mon père. Ils m'ont appris que Franco était mort, on a parlé… et j'ai passé une partie de la nuit avec eux.

Lucio a indiqué le nom et l'adresse de ce café.

Ils l'ont cuisiné encore pendant des heures. Ils voulaient tout savoir sur lui, sur nous, sur son père aussi.

Ils revenaient sur tout, reformulant les mêmes questions, l'obligeant à se répéter, pour essayer de le confondre.

Mais Lucio tenait bon.

Malgré ça, ils continuaient. De plus en plus agacés qu'il leur résiste.

Et ils ont commencé à évoquer ses origines, comme s'il pouvait y avoir un lien.

Comme si elles le rendaient suspect.

Lucio était né en France, mais ce jour-là, il m'a avoué que pour la première fois, dans ce bureau, face à ces policiers, il s'était senti à moitié étranger.

Ils l'ont laissé sortir, mais ils ont dit qu'ils vérifieraient ses déclarations. Laissant entendre qu'elles étaient sujettes à caution.

Lucio est là, assis sur ma chaise de bureau, abattu, découragé. Il prend sa tête dans ses mains et la secoue. C'est tellement énorme ! Nous ne parvenons pas à réaliser ce qui est en train de nous arriver.

— Ce n'est pas fini, Julia, ils n'en ont pas terminé avec moi. Il leur faut un responsable et pour eux, je suis le coupable idéal. Pas tout à fait français, tu comprends ? J'ai peur.

— Qu'est-ce que tu racontes ?

— Ils m'ont interdit de quitter la région. Qu'est-ce que ça signifie, d'après toi ? Qu'ils n'ont pas l'intention d'en rester là, ils vont m'interroger à nouveau. D'ailleurs, ils me l'ont dit.

— Et alors ? Qu'est-ce qu'ils peuvent te reprocher ? Voyons ! ils n'ont rien contre toi.

— Ma présence sur cette route cette nuit-là. Apparemment, ça leur suffit.

— C'est ridicule ! Tu leur as bien dit que c'est ta route ? Que tu passes par-là chaque fois que tu viens me voir ?

— Bien sûr, et je leur ai dit qu'il devait être au moins trois heures quand ces gens se sont arrêtés pour me parler, c'est à peu près ça, puisque j'ai quitté Aix après deux heures, seulement ils ont prétendu qu'il était beaucoup plus tôt, tu comprends ? Leur témoignage ne colle pas avec le mien. Ces horaires décalés sont suspects aux yeux des flics.

— Mais les personnes avec qui tu étais à Aix vont témoigner, et tu seras immédiatement disculpé !

— Ce n'est pas si simple. Je ne sais rien d'eux, ce sont des inconnus, je n'ai retenu que leurs prénoms. Comment les retrouver ? Je me suis arrêté dans un bar pour acheter des cigarettes. J'ai entendu parler espagnol. Il m'a semblé comprendre que Franco était mort. J'ai demandé à ces gens si c'était bien vrai, ils m'ont confirmé la nouvelle. « C'est mon père qui va être content ! Il avait peur de mourir avant lui et de ne jamais retourner en Espagne », je leur ai dit. Ça les a fait rire et ils m'ont invité à manger avec eux, au restaurant d'à côté. Ce sont des fils d'émigrés comme moi, Manuel, Joaquim, José, c'est tout ce que je sais d'eux ! De la cabine, j'ai téléphoné à mon père, lui aussi était en train d'arroser ça avec des copains. « On va aller passer les prochaines vacances en Espagne, fiston, dis-le à Julia ! » il m'a dit ça, au téléphone. Comme je savais que tu rentrerais tard, je suis resté avec eux. On a passé des heures à parler de la guerre, ils m'ont écouté leur raconter les exploits de mon père, eux aussi avaient beaucoup de récits intéressants à me faire partager, qu'ils tenaient de leurs pères, comme moi. Ils sont catalans. Ils m'ont raconté la prise de Barcelone et la *retirada*. Je les ai quittés vers deux heures, ou même un peu plus tard. Après, tu sais ce qui s'est passé, j'ai crevé et ces gens se sont arrêtés pour me parler.

— Tu es parti à deux heures, tout le monde sait bien qu'Amélie avait déjà disparu depuis longtemps, à deux heures ! on était déjà en train de la chercher, on a commencé à la chercher vers une heure, ça te met complètement hors de cause.

— À condition de pouvoir prouver que j'étais encore dans ce bistrot à deux heures !

— Lucio ! Les gens qui ont passé la soirée avec toi vont confirmer ta déclaration, ou le patron du restaurant, les serveurs.

— Je l'espère. Je me fais du souci. Les serveurs ? Il n'y en avait pas, il n'y avait que le patron, et ces Espagnols avec qui j'ai sympathisé, mais je ne leur ai pas demandé leur adresse. Je ne sais même pas leurs noms de famille. Est-ce qu'on pourra les retrouver ? Est-ce qu'ils sont des habitués de ce resto ? Si ça se trouve, ils n'étaient que de passage. Est-ce que le patron les connaît ? Et lui ? Est-ce que lui-même me reconnaîtra ? Ce n'est même pas sûr, parce qu'il n'a sans doute pas fait attention à moi, avec le monde qu'il y avait et les allées venues. Tu vois, ça fait beaucoup de questions.

Il a soufflé ces derniers mots, d'un air découragé.

Je me suis aperçue qu'il n'était déjà plus le même.

Ces quelques heures d'interrogatoire en avaient fait un autre homme.

Un suspect.

Je tentai de le réconforter, de le rassurer, en vain, je n'arrivai plus à le ramener complètement à moi.

À nous.

Rien n'est plus facile que de délier les mauvaises langues. Le premier interrogatoire avait levé un climat de suspicion à l'encontre de Lucio, dans le village. La rumeur commença à circuler, elle enflait tous les jours, en se nourrissant d'elle-même. On murmurait que Lucio n'aimait pas Amélie et qu'il s'était disputé avec sa mère. Quelqu'un prétendit qu'il l'avait giflée. On ne savait plus d'où était parti le bruit, il courait tout seul, comme tous les ragots. Plusieurs personnes affirmaient également avoir vu la nuit du crime le pantalon sali de Lucio, ce qui donnait du grain à moudre aux mauvais esprits.

Mariette n'osait plus me regarder en face. Elle s'était mise à douter.

Jo, le patron du bar, faisait semblant de ne pas me voir, quand je passais sur le trottoir, en face de sa terrasse. Il contemplait ses chaussures ou son balai, qu'il avait toujours dans les mains pour nettoyer devant sa porte, celui-là, et ne levait pas les yeux. Je commençais à me sentir pestiférée.

Poussés par le désir de lever rapidement toutes ces suspicions, Lucio et moi, nous sommes allés à Aix, dans ce restaurant, pour essayer de rencontrer des gens qui auraient pu témoigner de sa présence, la nuit du crime.

Ce fut une erreur qui s'est retournée plus tard contre lui. En outre nous n'avons rien obtenu. Le patron était un homme fermé, antipathique. Il ne voulait surtout pas être mêlé à une histoire criminelle. Du coup, la mémoire lui faisait défaut.

Nous avons espéré que sous la pression de la police, qui devait l'interroger, la mémoire lui reviendrait, mais ce ne fut pas le cas. Au contraire. Il persista dans ses mensonges, et notre démarche fut mal interprétée par les enquêteurs, nous soupçonnant d'avoir tenté d'influencer un témoin. Notre intervention desservit Lucio.

Le climat est malsain.

Une autre affaire, datant de l'année dernière, est toujours dans les esprits. L'assassinat d'une autre petite fille dans la banlieue de Marseille fait encore la une des journaux. Le procès n'a pas eu lieu, mais l'on entend déjà réclamer la tête du présumé criminel.

Un certain Christian Ranucci.

Lucio avait vu clair.

La suite va se dérouler très vite et lui donner hélas raison.

Les policiers s'emploient à accumuler des preuves contre lui, puisqu'il n'y a pas d'autre piste.

Il leur faut un coupable.

L'opinion publique affamée le revendique.

Et il s'avère que Lucio Aguirre fait parfaitement l'affaire.

Fatalement, ils sont revenus le chercher.

Et cette fois, ils ne me le rendent pas.

Ils le transfèrent devant le juge.

Les charges se sont alourdies.

Je dois m'occuper de choisir un avocat.

Félix m'aide à en trouver un, dans l'urgence.

Au bout d'un troisième témoignage, les Robert avaient modifié leur version. Ils étaient à présent certains que c'était bien à l'entrée du petit chemin qui mène à la carrière qu'ils avaient vu l'Alfa Roméo.

À cet endroit précisément.

La police les avait conduits sur les lieux qu'ils avaient formellement reconnus.

Ils nient avoir dépassé une voiture, genre 4L, sur cette route, comme Lucio prétend l'avoir fait. Ils affirment n'avoir vu circuler aucun autre véhicule.

Le juge a accusé Lucio d'avoir inventé cette voiture. Il l'a également accusé de mentir sur le lieu et l'heure puisque les Robert soutiennent l'avoir vu avant deux heures et à proximité du lieu du crime.

Enfin, et bien plus grave, à la question maintes fois répétée par les policiers : « Avez-vous aperçu quelque chose de suspect à l'intérieur du véhicule ? » les Robert avaient d'abord parlé d'un sac et d'une veste posée dessus, vaguement aperçus sur le siège passager.

Sous la pression du juge, ils ont dû apporter des précisions :

« Comment pouvaient-ils savoir qu'il s'agissait d'un sac puisqu'il était recouvert d'une veste ?

S'agissait-il bien d'un sac ?

En étaient-ils bien certains ?

Quelle allure avait-il ? Pouvaient-ils le décrire ? »

Et cætera et cætera…

Le sac s'est transformé en :

« Quelque chose, une forme, sous une veste ».

Le juge leur a demandé de décrire cette forme. Ils ont un peu hésité. Le juge leur a tendu la perche :

« Cette veste aurait-elle pu recouvrir le corps d'une enfant ? »

« Après réflexion, pourquoi pas, ce n'était pas impossible. »

On le leur avait bien suggéré.

Voilà comment le sac de Lucio, son sac de week-end, s'est transformé, petit à petit, en un corps de petite fille.

Le pire est arrivé : la voiture de Lucio a été saisie et examinée par les spécialistes de la police. Ils ont trouvé, sous le tapis du siège passager, une paire de lunettes brisée, qui s'est avérée être celle d'Amélie.

Cathy Caillol
Aubagne, juillet 2003

Le temps était orageux et lourd. Quarante degrés à l'ombre.

En pénétrant dans la grande surface, Cathy fut saisie d'un vertige qui l'obligea à s'asseoir.

Pour rassurer son mari, elle prétendit se sentir incommodée par la différence de température trop agressive entre l'extérieur caniculaire et la galerie climatisée.

Mais en réalité, son malaise n'avait rien à voir avec le thermomètre.

Elle avait cru apercevoir un mort.

Ce regard noir, furtivement entrevu à quelques mètres, avait ressuscité un cauchemar issu de sa mémoire.

Après quelques minutes de repos sur un banc, elle demanda à Pierre de l'attendre pendant qu'elle allait aux toilettes se passer un peu d'eau sur le visage. Elle s'observait dans la glace. Livide, elle se faisait peur. Elle se sentait traquée. Elle se reprochait souvent de ne pas avoir eu le courage de se confier à Pierre, elle aurait dû le faire, il y avait bien longtemps, mais elle n'avait pas pu. Remuer ce passé monstrueux avait toujours été au-dessus de ses forces. Affronter le regard de Pierre aussi. De toute façon, c'était trop tard. Elle avait laissé échapper l'occasion de lui parler. Son silence avait à présent quelque chose de sordide. Il ne lui pardonnerait jamais.

Elle se tut donc, une fois de plus. Tout en sachant qu'elle persistait dans l'erreur.

Le caddie était plein comme un œuf. Une fois arrivée devant la caisse, Cathy repartit subitement en sens inverse.

— Commence, ordonna-t-elle, en tournant les talons, je reviens, j'ai oublié le lait.

— Fais vite !

C'était plus fort qu'elle. Il fallait qu'elle revoie ce regard, luisant comme l'ébène. Toute sa vie il avait hanté ses nuits. Elle était presque certaine de l'avoir aperçu une deuxième fois, entre la rangée des produits laitiers et celle des biscuits.

Elle saisit la bouteille de lait et avant de pouvoir se retourner, elle sentit quelque chose de froid et dur s'appuyer sur son dos et s'enfoncer dans ses côtes. Elle sut immédiatement qu'elle ne s'était pas trompée, sans vraiment comprendre ce qui lui arrivait.

Cinq minutes après, à la caisse, Pierre avait débarqué le contenu du caddie sur le tapis roulant, puis rembarqué le tout, et il attendait, pour régler l'addition, que Cathy veuille bien réapparaître avec sa bouteille de lait.

— Elle doit être partie traire les vaches ! plaisanta-t-il pour amadouer la caissière.

Elle se força à sourire.

Cinq minutes plus tard, il attendait toujours Cathy.

La caissière s'impatientait. La file derrière lui s'allongeait.

— Je vais la chercher, dit-il.

Il se dirigea vers l'allée empruntée par Cathy, vaguement inquiet, elle avait peut-être eu un nouveau malaise.

Devant le rayon du lait, personne. Il tournicota dans les allées, puis revint à la caisse. La caissière l'interrogea du regard. Il secoua la tête. Il se trouvait bête et déconcerté, devant son caddie. Il paya, agacé.

— Je ne sais pas ce qu'elle fait !

La fille s'en fichait comme de l'an quarante.

Il eut l'idée de revenir aux toilettes. Elle avait pu aller se rafraîchir.

Elle n'y était pas.

La chercher dans cette galerie, avec ce caddie à pousser, n'était pas commode. Il décida de se débarrasser des courses.

Après tout, Cathy l'attendait peut-être sur le parking.

Ce n'était pas le cas.

Il déchargea ses provisions dans le coffre de la voiture, rangea le chariot et patienta en écoutant la radio. Il valait mieux attendre Cathy ici, s'il ne faisait qu'aller et venir, ils ne cesseraient de se manquer. Au bout de vingt minutes, il estima que l'attente devenait suspecte. Il retourna dans le supermarché et chercha à se renseigner à l'accueil. On lui assura qu'aucun incident n'avait été signalé. Si une personne avait eu besoin de secours, ils l'auraient su, personne n'avait été conduit à l'infirmerie. Non, il ne s'était rien passé. Il arpenta encore le magasin, désemparé, troublé et de plus en plus anxieux.

Une demi-heure plus tard, il céda à la panique. Cathy s'était volatilisée.

On essaya en vain d'exploiter les images vidéo enregistrées par les caméras du magasin, elles n'apportèrent aucun renseignement. La disparition était tellement singulière que la police considéra qu'elle était probablement volontaire et qu'il n'y avait pas lieu d'ouvrir une enquête judiciaire. Soupçonnant une fugue conjugale, elle conseilla au mari de s'adresser aux services préfectoraux, s'il souhaitait entamer une démarche de recherche.

Cathy Caillol, cinquante-cinq ans, assistante sociale, fut recensée comme personne disparue et son signalement diffusé dans les préfectures et les mairies.

Le fourgon se penchait sous l'effet de la force centrifuge, les roues crissaient. Nino ne ralentissait pas beaucoup dans les virages. Il se défoulait, évacuait la tension.

— Tu es bien comme ton père ! pour appuyer sur le champignon ! fais gaffe quand même ! On n'a pas besoin d'avoir un accident ! C'est pas le moment !

Nino rigola :

— Ne t'en fais pas ! je fais gaffe. Je transporte un colis précieux !

— Au fait, Emilio, l'autre jour, tu nous as pas dit, tu l'as revue ta mère ? dit Manuel.

Nino le foudroya du regard, mais il était trop tard pour lui faire ravaler ses paroles.

Pilar
Mieres, 1938

La nuit est étouffante. La lune entre par la fenêtre ouverte, éclairant la chambre comme une aube blanche. Pilar ne peut pas dormir. Deux ans qu'elle ne les a vus. Deux ans de solitude, de brimades et de misère. Le découragement la dévore comme une colère sourde. Pourquoi sont-ils partis ? Pourquoi l'ont-ils abandonnée ? Pourquoi ne reviennent-ils pas ?

D'autres sont revenus. Mais pas eux.

Peut-être sont-ils morts, après tout ?

S'il n'est pas mort, Emilio doit être un homme à présent. Dix-huit ans ! Emilio ! Elle étouffe dans l'oreiller sa rage de ne pas avoir vu grandir son fils.

Et elle ! deux ans sans homme ! Elle ne se rappelle même plus ce que c'est qu'un corps contre le sien, elle a oublié ce que ça faisait, les caresses d'un homme.

Même la nuit, quand la chaleur exacerbe les sens, quand le désir la réveille, plus fort que le désespoir, plus fort que la volonté, quand il sourd, d'elle ne sait où, de loin, d'une autre vie, d'une autre Pilar, morte, celle qui riait et chantait au lavoir, elle ne parvient pas à se souvenir de ce qu'était, le plaisir.

Elle a cessé d'être une femme il y a deux ans.

Au petit matin, Pilar est réveillée en sursaut, Dolores tambourine à la porte.

— Pilar, lève-toi, vite ! il faut partir, ils nous ont dénoncées, dépêche-toi !

— Partir ? Mais où veux-tu que je parte ?

— On va s'en aller dans la montagne, ils ont commencé leur rafle, ils vont emprisonner tout le monde. Ne discute pas, dépêche-toi !

Dolores la tire du lit, lui jette ses vêtements.

Le temps que Pilar s'habille, en vitesse, il est trop tard.

— Vite Pilar ! répète Dolores.

Elles entendent le bruit du camion sur le chemin. Elles s'enfuient derrière la maison, enjambent la barrière en bois, courent comme elles n'ont jamais su courir, mais les hommes, derrière elles, crient des insultes, en riant grassement. Ils savent qu'ils vont les rattraper et qu'elles sont perdues.

Pilar trébuche, elle lâche la main de Dolores.

Elle est à terre. Le souffle de l'homme est sur elle. Elle sait ce qui l'attend. Ce qu'ils vont lui faire – ce qu'ils font toujours aux femmes des rouges.

Dolores continue à courir. Elle se sauve pendant que les hommes en noir déchirent les habits de Pilar.

Cours Dolores ! cours !

Peut-être qu'ils vont laisser tomber, peut-être qu'une va leur suffire.

Pilar aura beau se débattre de toutes ses forces, quatre hommes lui passeront tour à tour dessus.

Quand le dernier a fini de s'occuper d'elle, il remonte son pantalon, et ôte son pistolet de sa ceinture pour le poser sur sa jolie nuque.

Elle s'en fiche. Elle attend qu'il tire.

Elle pense à Emilio et à Juan. Ils ne reviendront pas, elle le sait à présent, alors, mourir n'a plus d'importance.

— Non ! Pas ici, il faut faire des exemples ! crie le chef.

Cet homme la relève par les cheveux et la traîne jusqu'au camion. Son flanc s'écorche sur les cailloux, elle serre les dents. Jusque-là, elle n'a pas pleuré, elle n'a rien dit. On la jette dans la benne du véhicule, à l'atterrissage, elle entend un craquement dans sa cage thoracique, la douleur lui fait perdre connaissance.

Sur la place, ils sont trente ou quarante.

Des hommes, des femmes et même des adolescents, tout juste sortis de l'enfance.

Il y a ceux qui se font fait prendre parce qu'un jour ils ont oublié d'exécuter le salut fasciste, ou parce qu'ils ont fait le geste de travers, ou parce qu'ils sont gauchers.

Ceux qui ne vont pas à la messe.

Ceux qui sont soupçonnés de lire la presse subversive.

Et puis il y a les femmes comme elle, ou les frères, les cousins d'un *rojo*, tous coupables de crime aux yeux du dictateur.

La population a été contrainte d'assister à l'exécution. Tirée de force de leur maison, obligée de se tenir debout, là, et de suivre jusqu'au bout ce spectacle de honte. Personne ne bronche, de peur d'être prié de se joindre aux condamnés.

Pilar entend crier les gardes, elle saisit quelques mots de leur discours fanatique :

Limpiar, hacer limpieza[5] !

La grande lessive. C'est ce qu'ils veulent faire en les fusillant.

Le curé est présent. Il les bade, comme les autres. Pourquoi ne vient-il pas lui parler et dire qu'elle allait à la messe, autrefois, jusqu'à ce qu'il la chasse de l'église sans qu'elle sache pourquoi. Il est du bon côté, lui, le curé !

Dieu aussi est du bon côté, celui des plus forts. Pourquoi Dieu a-t-il choisi l'autre camp ? Il lui semble que ce n'est pas juste. Dieu ne devrait pas encourager les Espagnols à s'entretuer ! Dieu ne devrait pas prendre parti !

Bah ! De toute façon, cela fait bien longtemps qu'il les a oubliés, Dieu !

Et puis, pour ce qu'il faisait, pour eux, avant !

Alors, qu'est-ce que ça change qu'il ne soit pas de leur bord ?

Rien !

---

5 Nettoyer, faire la lessive !

On leur lie les mains dans le dos, on les force à s'agenouiller. S'apercevant qu'ils ont rattrapé Dolores, Pilar va se placer silencieusement à côté d'elle. Mourir ensemble, épaule contre épaule, ce sera moins difficile.

Les hommes en uniforme avec leurs mitraillettes font durer le plaisir. Ils veulent donner une bonne leçon au peuple, une leçon qu'il ne sera pas près d'oublier.

Ils tremblent tous en silence, sur la place. Ceux qui sont à genoux, mais ceux qui sont debout, en rond, tout autour d'eux, aussi.

Et puis, tout à coup, Pilar se demande si elle rêve, ou si ce qu'elle entend est bien réel. Elle entend des voix, comme une seule voix qui s'élève de plus en plus fort. Dolores la regarde et sourit.

— *Canta Pilar ! Canta !*

Pilar articule les premières paroles, elle connaît par cœur ce chant révolutionnaire des Asturies.

Sa voix s'élève au-dessus des autres, pure comme l'eau du lavoir.

« *Asturias, tierra braviá, Asturias de luchadores*[6] ! »

Alors elle reçoit une rafale de mitraillette en pleine poitrine.

Elle a encore le temps de balbutier : Emilio.

Emilio débarque au village en nuit.

Il s'approche de la maison des Aguirre. Elle est vide, abandonnée depuis plusieurs semaines, peut-être des mois.

Il ne sait où aller. Il risque d'être dénoncé.

---

6 Asturies, terre sauvage, Asturies, terre de combattants !

Il pense au vieux Sébastián. Il ne voit que lui. En 36, quand Emilio a pris le maquis avec son père, le vieil homme les a accompagnés un bout de chemin et s'il avait pu encore marcher, il serait volontiers parti avec eux.

Sébastián ouvre sa porte. Il n'a pas peur d'accueillir un rouge, il n'a plus rien à craindre, rien que la mort, lance-t-il en riant, et elle ne lui fait pas peur.

— Je me doutais bien que tu te rendrais par ici, un de ces jours.

Sébastián le gave de *fabada*[7].

— Et ton père, Emilio ? Qu'est-ce qu'il est devenu ?

— Il est mort.

— Eh ! ta mère aussi, petit.

Il a sorti ces paroles d'un trait, sans ménagement, avec familiarité, en haussant les épaules, mais les yeux débordant de pitié. Emilio apprend la nouvelle de cette façon.

Sébastián ne sait rien d'autre. Tout ce dont il se souvient – même après plusieurs verres de cidre –, c'est qu'elle chantait. Elle chantait avec les autres ce chant révolutionnaire des Asturies et les rafales de mitraillettes les fauchaient un à un. Et ça, il est capable de le raconter pendant des heures.

Emilio se le fait répéter cinquante fois, il veut être certain que sa mère a chanté.

Il ne peut pas s'éterniser ici, c'est trop dangereux.

Sébastián a préparé un sac avec du pain, des patates bouillies et même de la saucisse, il a trouvé un

7 Sorte de cassoulet, spécialité des Asturies.

pantalon potable et une veste à peine rapiécée. Pour les chaussures, il n'a rien pu faire, Emilio en a vu d'autres, il fera avec les vieilles bottes percées.

Il embrasse le vieux Sébastián. Pour de bon, cette fois, dit le vieil homme en lui tapant le dos. S'ils se revoient, ce ne sera pas sur cette terre.

Le chemin est long vers la frontière. Dans la montagne, Emilio retrouve des fuyards, comme lui, en route vers une autre vie. Il les reconnaît tout de suite, ils ont la même honte sur la figure, celle des vaincus. Humiliés, chassés de chez eux comme des pestiférés.

L'automne les surprend, puis l'hiver, dans les Pyrénées. La traversée est difficile, ils ont terriblement froid, vêtus comme des mendigots, et les pieds gelés.

Enfin, un soir, Emilio aperçoit au loin, des lumières sur un versant.

— *Mira ! es la Francia !*

Au petit matin, ils franchissent la frontière, à La Rhune, faméliques, en haillons, mais pleins d'espoir. Ils se croient sauvés.

Le pays des droits de l'homme va leur ouvrir les bras, les accueillir comme des héros.

Journal de Julia
Tremblant de peur comme un enfant dans le noir

Décembre.

Difficile d'y croire, Lucio est en prison. Aux Baumettes.

Le juge a estimé les charges suffisantes pour prononcer l'inculpation et la détention provisoire.

L'avocat m'a fait un topo de la situation, car je n'ai pu voir Lucio.

J'ai appelé Emilio, qui n'a mis qu'un jour pour débarquer. Il s'est installé à Marseille dans le studio de Lucio.

Notre chemin de croix a commencé. Nous avons jeté toutes nos forces dans la bataille.

Comme simple prévenu, nous avions le droit de voir Lucio trois fois par semaine. Je ne vivais plus que pour ces moments-là. Entre eux, je ne pensais qu'à sa défense. J'y réfléchissais jour et nuit. Je prenais des notes. Je remplissais des pages que j'avais l'intention de soumettre à l'avocat. J'aurais même voulu écrire au juge, j'étais tellement pressée d'agir, de le faire libérer, de rectifier cette erreur monstrueuse.

L'avocat me le déconseilla. Il prônait la patience et cela me révulsait. Comment pouvait-on exiger de nous de la patience alors que Lucio était privé de tous ses droits, lui qui n'avait rien fait ?

L'instruction ! Quelle ironie !

Jusque-là, ce mot avait évoqué pour moi – institutrice – tout autre chose ! Un idéal sacré. Ma vocation. Il me paraissait détourné de son sens, irrémédiablement gâché. Il fallait attendre que se déroule « l'instruction » pour que ce droit fondamental et usurpé de la liberté nous soit rendu.

Noël arriva. J'émigrais à Marseille pour quelques jours. Nous installâmes un lit pour moi dans le séjour et nous organisâmes notre vie, Emilio et moi.

Elle ressemblait à un siège. Nous étions concentrés sur notre objectif : faire sortir Lucio. Nous avions encore beaucoup d'espoir. Nous étions bien naïfs. Nous étions tellement certains de son innocence qu'il nous paraissait impossible qu'elle ne soit pas reconnue.

Cette arrestation était absurde, inconcevable, nous attendions qu'elle crève les yeux de la justice comme elle nous crevait le cœur.

L'année 1975 se termine bien mal pour nous !

Quand je me rends aux Baumettes, je ne sais jamais comment je vais trouver Lucio. Certains jours, il apparaît, souriant :

— Quand on sera tiré d'affaire, tu verras, on s'en souviendra ! et on sera encore plus heureux !

Il semble avoir rassemblé tout son courage.

Quelquefois, au contraire, il est gris et se force à peine à dissimuler son apathie et sa rancœur. Ces jours-là, j'ai du mal à communiquer avec lui.

D'autrefois – je préfère le trouver ainsi –, il a des sursauts de révolte, et de la violence dans la voix. Mais je vois bien que l'enfermement mine sa volonté.

Nous étions tous les trois dans le même état, c'est-à-dire que nous passions de la certitude la plus rassurante à l'inquiétude et l'incompréhension.

Janvier 1976.

Emilio m'a souhaité une bonne année. Il m'a assuré que tout allait s'arranger, il faisait semblant d'être tranquille mais je percevais les tremblements de sa voix.

Nous sommes tellement proches à présent, Emilio et moi, avec ce que nous partageons, à force de vivre suspendus au sort de Lucio.

J'attendais le bus, comme tous les samedis, pour aller voir Lucio. Il faisait froid. Il avait neigé dans la nuit. Je piétinais. Brusquement, j'ai ressenti une morsure au bout des seins. J'ai sursauté, je ne connaissais pas cette douleur. J'ai pensé que c'était le froid, ou la fatigue et que j'avais trop maigri.

Le bus arrive. Je monte. La douleur persiste, malgré la chaleur, des aiguilles continuent à piqueter ma chair.

Un léger doute pointe d'abord son nez, puis l'idée surgit. Elle me pousse à compter les jours. Je recompte. La perspective me cloue. Mes oreilles se mettent à bourdonner. Je me souviens que j'ai souvent mal au cœur.

Il ne me manquait plus que ça !

Au parloir, Lucio est un amour, c'est moi qui suis distante aujourd'hui.

— Tu n'es pas là, Julia ! qu'est-ce qu'il y a ?

Je me force à sourire.

— Rien, je suis un peu fatiguée, c'est tout, j'ai mal dormi.

— C'est vrai, tu as mauvaise mine.

Là, je rougis carrément. Il me tarde de m'en aller, j'ai hâte de me retrouver seule, de faire le point, vérifier, savoir.

J'ai foncé dans la première pharmacie pour acheter un test. La vendeuse m'a fait un petit sourire de connivence.

Le test était positif.

Je n'ai pas voulu en parler à Emilio, ni à Lucio, avant d'avoir acquis une certitude, et d'avoir vu un médecin. D'ailleurs, je ne savais pas ce que j'allais en faire, ce que nous pourrions en faire, de cette nouvelle, si elle se confirmait. Je ne parvenais même pas à décider si je devais ressentir du bonheur, ou de la douleur.

J'avais peur. C'était bien la seule chose dont j'étais certaine.

Quand j'en ai été sûre, je l'ai appris à Emilio, j'avais besoin de me confier à lui, en premier. Il a décidé immédiatement que c'était du bonheur. Il n'a pas hésité une seconde, lui. Pour lui, c'était le signe que tout irait maintenant dans le bon sens. Puis il a réfléchi.

— Mais je m'excite, égoïstement, moi, pauvre fou que je suis ! je ne t'ai même pas demandé ton avis ! Si tu ne veux pas le garder, je comprendrai, parce que la nouvelle loi Weil, je trouve ça très bien. Tu sais, nous, en Espagne, en 1936, on avait déjà voté une loi pour autoriser l'avortement, et c'est un ministre anarchiste qui l'a défendue, alors tu vois, c'est pas moi qui te ferais la morale, je dis qu'il faut laisser ce choix aux femmes. C'est à toi de décider. Et dans cette situation, je trouverais ça bien normal. Par contre, on n'en parlera pas à Lucio, dans ce cas, n'est-ce pas ? On n'a pas besoin de lui rajouter ça.

Il m'a fait pleurer, Emilio. Et j'ai compris que ce n'était pas la peine d'essayer de démêler. Parfois, le chagrin et le bonheur sont intimement liés, tellement liés qu'on ne peut les dénouer. Il faut prendre tout le paquet.

Sur le conseil d'Emilio, j'ai pris quelques jours pour réfléchir. Je ne dormais pas. Je passais mes nuits à retourner cette nouvelle complication dans ma tête. Déjà, à l'école c'était assez dur. Ma liaison avec Lucio était mal perçue. Mon image s'était dégradée en même temps que la sienne avec son arrestation. Une grossesse n'arrangerait pas ma situation et risquait de me rendre les choses plus difficiles. Fille mère, c'était encore assez mal vu, à cette époque et comme institutrice, j'étais censée donner l'exemple. J'avais envie d'en parler à Félix, mon seul ami. Je ne l'ai pas fait, par loyauté à l'égard de Lucio. Je voulais lui réserver la primeur de la nouvelle au cas où je déciderais de garder l'enfant.

Au fond, mon choix était déjà fait, mais il prit un peu de temps avant d'émerger de mon subconscient.

Un samedi soir, je suis arrivée à Marseille et j'ai confié à Emilio que j'avais décidé d'assumer cette grossesse. Il m'a serrée dans ses bras et il m'a dit qu'il avait préparé un repas pour fêter ça. Il le savait donc avant moi, lui. Il était un peu sorcier, mais ça, je l'avais compris depuis longtemps.

Le lendemain, je suis allée l'annoncer à Lucio. J'ai vu des feux follets dans ses prunelles. Je l'ai vu tellement heureux sur le coup, que j'ai eu un élan d'espoir.

Il a fait la même réflexion que son père :

— Tout va s'arranger maintenant, j'en suis sûr, il va bien falloir que je sorte d'ici avant qu'il arrive cet enfant, je veux être avec toi, je veux le voir naître !

Le juge d'instruction doit instruire à charge et à décharge, c'est la loi. Jusqu'à ce jour, j'avais toujours cru profondément aux valeurs démocratiques de mon pays. Emilio disait que j'étais jeune et crédule. Mais ce n'était pas seulement la raison.

J'étais fraîchement issue de l'école de la République. Cette école m'avait élevée, à la place de la famille que je n'avais pas eue, et elle m'avait tout donné. J'avais donc confiance en elle, et de la même façon, en la justice, socle de la démocratie.

Je ne doutais pas de l'avenir. J'étais convaincue que le juge ferait toutes les investigations nécessaires, toutes les vérifications, puisqu'il avait la charge de mettre la vérité à jour. Les éléments qui avaient contribué à faire suspecter Lucio me semblaient extrêmement minces, et même fallacieux. Ils n'étaient que le résultat de coïncidences malencontreuses, ils n'abuseraient pas longtemps la justice.

Pour les lunettes, il faudrait bien qu'on trouve le responsable, puisque ce n'était pas Lucio.

Guy Morel
Marseille, juillet 2003

Guy Morel allait avoir soixante ans. Il envisageait de prendre sa retraite à la fin de l'année. En attendant, il faisait toujours le chauffeur de taxi. Il embarquait ses clients à l'aéroport ou les y conduisait, accomplissant cette navette à longueur de journée.

Il connaissait par cœur les horaires des arrivées et des départs et il avait sa clientèle : des hommes d'affaires qui se rendaient périodiquement à Paris, des Parisiens fortunés qui avaient une villa sur la côte… La routine.

Ce trafic lui procurait des revenus modestes, mais réguliers et lui faisait une petite vie pépère.

Et puis, bientôt, il ne roulerait plus que pour lui.

Posté devant l'aérogare, vitre ouverte, Guy Morel attendait le client, perdu dans ses rêveries. La retraite. Premier objectif : se remettre au sport parce que la voiture, ce n'était pas bon pour la santé.

Pas foule, ce matin. Les collègues non plus ne décollaient pas. Bah ! il y avait des jours comme ça !

Il alluma la radio. Encore un incendie ! Dix mille hectares dans le massif des Maures, partis en fumée ! « Putain de sécheresse ! »

L'avion venait d'atterrir, les passagers n'allaient pas tarder à sortir sur le parking. Il se redressa sur son siège. Il vit cet homme se diriger droit vers lui, sans hésiter. Content de lui, il s'adressa un sourire dans le rétroviseur. La Mercedes, il n'y avait pas à dire, ça plaisait. Il se félicitait de son choix, de sa bagnole impeccable, lustrée, lavée et aspirée chaque jour…

Guy se précipita pour ouvrir la portière à son client. Il était toujours stylé, poli et affable en plus. Il prenait plaisir à converser, cela rendait le travail plus agréable. Les personnes qu'il transportait aimaient bien aussi parfois s'épancher. Il avait même entendu de drôles d'histoires dans sa carrière, de quoi animer les soirées avec ses amis.

Cette fois, ce n'était pas le cas, l'homme restait froid et silencieux. Il avait donné une adresse du côté de Vitrolles.

Si le client voulait demeurer discret, Morel savait aussi se montrer respectueux. Il ralluma quand même la radio, demanda poliment :

— Ça ne vous dérange pas ?

Il croisa le regard de l'homme dans le rétroviseur, lui signifiant son indifférence.

Il voulut quand même se justifier :

— Ils ont parlé d'un incendie, dans le massif des Maures, et c'est pas loin de chez moi.

L'inconnu ne fit aucun commentaire.

Il reprit :

— C'est peut-être un incendie criminel, qui sait ? Un pyromane ! Moi, je vais vous dire, j'ai jamais compris comment on pouvait s'amuser à ça, foutre le feu ! y en a vraiment qui sont cinglés !

Le client ne desserrait toujours pas les lèvres.

La Mercedes approchait de Vitrolles. L'homme se pencha en avant pour lui dire :

— Je vais vous guider, prenez à droite.

Il le pilota, lui faisant emprunter une rue qui débouchait sur un endroit désert, un terrain vague. Un véhicule était stationné là : un fourgon Volkswagen blanc.

— C'est ici ? dit le chauffeur de taxi, un peu étonné.

Que pouvait bien venir faire ce type en un lieu pareil ?

Il releva le montant de la course.

L'homme était déjà descendu de la voiture et ouvrait la portière, côté chauffeur.

Avant d'avoir réalisé ce qui lui arrivait, Guy Morel fut soulevé de son siège et happé hors de sa berline par une poigne de fer.

On trouva la voiture, portière ouverte sur ce parking. « Encore un chauffeur de taxi agressé par des loubards », conclut la police. C'était courant. Cette fois, ils avaient fait disparaître le corps, en plus. Et ses collègues pensèrent que c'était bien dommage, si près de la retraite !

— Mon père, lui, il remettait ça sur la table, à chaque repas, en fait, il était resté là-bas, dit Manuel, manière de relancer leur conversation.

— Eh ! oui, c'est normal, on est tous comme ça, on n'en est jamais revenus, approuva Emilio.

— Tu sais, après la défaite de la république, à Barcelone, les gens redoutaient encore plus qu'ailleurs, l'arrivée des troupes franquistes, car Franco détestait les Catalans. C'est pour cette raison que tant de familles ont émigré, de peur de subir des représailles. Mon père m'a raconté que ses parents ont réussi à prendre le dernier train à partir pour la France, il était bondé et ils ont dû s'entasser dans un wagon. Mais il n'est pas monté avec eux, il devait les rejoindre plus tard à Port-Vendres, chez des cousins éloignés.

Ce convoi a été bombardé juste avant de passer la frontière et il n'y a eu aucun survivant. Quand mon père l'a su, il a cru devenir fou. Tout ce qu'il lui restait à faire, c'était de se mettre dans la file d'émigrants, la débandade, comme il disait. Une rivière humaine qui déferlait de partout, sur tous les chemins. La *Retirada*, une hémorragie qui vidait l'Espagne de ses enfants. Un cortège sinistre, accompagné par le pilonnage de l'aviation italienne et de la Légion Condor qui faisaient des hécatombes sur les routes et rasaient les villages. Ils ne se lassaient pas de savourer leur triomphe, les vainqueurs, et la Catalogne devait expier. Et au bout de cet enfer, de l'autre côté, mon père s'est retrouvé au camp d'Argelès-sur-Mer, où il m'a appris qu'ils ont été traités en arrivant comme des animaux.

— Oui, j'étais au courant, pour le train bombardé. On me l'a raconté, quand j'étais au camp de Gurs, plus tard, dit Emilio.

— Tu étais dans un camp toi aussi ? Où ça, tu dis ?

— À Gurs, près d'Oloron-Sainte-Marie. Drôle de nom, hein ?

« Gurs, une drôle de syllabe, comme un sanglot qui ne sort pas de la gorge. »

C'est un poète qui a écrit ça, Louis Aragon.

EMILIO
LA FRANCE

Un matin du mois de mars 1939, Emilio et d'autres sont conduits en camion jusqu'au camp de Gurs, qui vient d'ouvrir ses portes. En arrivant, la première impression d'Emilio n'est pas mauvaise. Ici au moins, ils ont une liberté relative et les baraques sont neuves. Mais il déchante vite. Ces cabanes sont construites en simples voliges, les interstices laissent passer le vent et le froid, et la couverture, faite de carton bitumé se déchire aux premières averses, et ne protège plus de la pluie. Ils sont entassés dans ces mauvais abris, sans intimité, sur des paillasses vite humides et insalubres. Pas d'électricité, pas d'eau, ni de toilettes, juste des tinettes puantes. La promiscuité devient rapidement insupportable, la vermine se propage, les poux, la gale. Le printemps est pluvieux et froid, ils pataugent dans la boue, la glaise. Ils sont mal nourris. La grippe, les bronchites, une épidémie de dysenterie les déciment.

Le courage d'Emilio s'effrite de jour en jour. Il attrape une bronchite qui dégénère en bronchopneumonie, il est à bout de forces.

Trois ans déjà qu'il a quitté sa mère, il a vu son père succomber pour un idéal mort.

Il a tout perdu.

Il est seul au monde.

Chaque fois qu'une vague d'arrivants entre au camp, c'est pour leur apporter des nouvelles atroces du pays. Répression, assassinats, exécutions. Franco révèle toute sa noirceur. Après avoir promis le pardon, de sa voix mielleuse de femmelette, il continue impitoyablement sa chasse aux opposants.

Emilio est d'accord pour se laisser crever, maintenant.

Il se demande presque chaque jour ce qu'il est venu foutre sur cette terre si c'était pour tant de souffrance.

Sans l'arrivée de Fernando au camp, c'est sûr qu'il serait mort, par lassitude.

Fernando le nourrit de force. Il lui fait avaler double portion, il se passe de soupe pour lui laisser sa part. Mais c'est surtout en lui parlant de la patrie qu'il parvient à requinquer son ami. Il est de Madrid, Fernando. Et Madrid, justement, Emilio aurait bien voulu y aller, il ne connaît pas. Fernando lui raconte la magnifique bataille de Guadalajara.

— Encore, dit Emilio, et ça fait briller leurs yeux.

— Prends des forces, Emilio, parce qu'on va foutre le camp de cet endroit de merde.

Et Emilio accepte de ressusciter.

Ce n'est pas dur de s'évader. Les gardes s'en foutent et les barbelés ne sont pas difficiles à franchir.

Mais dehors, ce n'est pas le paradis non plus. Fernando et lui se retrouvent en pleine campagne, sans point de chute, à devoir éviter les gendarmes qui risquent de les reconduire à la frontière ou dans le camp. Ils font partie des étrangers indésirables. Ils se réfugient dans la montagne, logent dans des bergeries isolées, trouvent l'hospitalité dans une étable ici ou là. Peu à peu, ils sympathisent avec la population. Ils parcourent les petits hameaux et se font embaucher dans les fermes, pour quelques heures, un jour ou deux des fois, contre le gîte et la nourriture.

Le Pays basque est occupé en juin 1940. Quand les Boches arrivent, ils réquisitionnent les meilleurs hôtels, les résidences les plus chics, les belles villas. Tout ce qu'il y a de mieux, c'est pour eux !

Ils accrochent leur foutue croix gammée partout où ils trouvent un emplacement, sur tous les monuments. Ils sont chez eux.

Emilio les regarde défiler dans les rues. On dirait une parade. Il n'en revient pas !

Ils arrivent du front, ces soldats ? Avec ces chars bien briqués, ces uniformes impeccables, ces bottes cirées qu'ils leur font claquer sous le nez, en cadence ! Il ne peut pas le croire, lui qui n'a connu qu'une armée en haillons. Celle-là à l'air toute neuve. Elle ne semble pas avoir beaucoup souffert des combats !

Cela ne ressemble pas à la guerre comme il l'a connue.

Il y a guerre et guerre ! comprend-il ce jour-là.

Fernando et Emilio doivent redoubler de vigilance, se cacher. Parce qu'en plus, depuis qu'ils sont installés ici, les Boches ont fait *ami-ami* avec Franco, par-dessus les Pyrénées. Pour les traquer, c'est commode. Du coup, ils ne sont plus en sécurité nulle part, en France, non plus.

Heureusement, les Basques sont plutôt accueillants. Les hommes font défaut depuis que la France est en guerre, Fernando et lui sont jeunes et costauds, leurs bras sont appréciés.

Dans une ferme, en septembre, Emilio rencontre des aviateurs anglais, cachés dans un grenier. Ces fermiers, appelés Arburru, des braves gens, connaissent les montagnes comme leur poche, alors ils en font profiter ceux qui en ont besoin. Ils conduisent les Anglais de l'autre côté de la frontière. Emilio sympathise avec eux. Il se débrouille déjà assez bien pour parler le français. Il leur raconte son histoire, le passé anarchiste de son père et leur combat en Espagne. Quand ils découvrent son parcours, les paysans lui proposent de rester et lui permettent de rentrer en contact avec le réseau *Comète*.

De son côté, Fernando retourne au camp de Gurs. Il a entendu dire que sa famille y aurait été amenée.

Emilio ne le reverra jamais.

Même beaucoup plus tard.

Il aura peut-être été livré aux Fritz. Parce qu'ils ne se gêneront pas, des trains entiers partiront en Allemagne, dans les camps de concentration.

Journal de Julia
Jamais plus vous ne vous envolerez

Les semaines ont passé. Je n'ai pas vu s'écouler le mois et pourtant Lucio me manque terriblement.

L'avocat, maître Grangier nous a reçus, Emilio et moi. Il avait rencontré plusieurs fois Lucio et nous a parlé de son courage face à la détention et de sa détermination à prouver son innocence.

À cette période, je crois qu'il n'était pas encore persuadé, lui-même, de l'innocence de Lucio, mais il avait déjà subi son charme et nous sentions son empathie pour lui et pour nous.

Je me souviens quand même avoir été frappée par le fait qu'il ne semblait pas vraiment se préoccuper de savoir si Lucio était coupable ou non. Il parlait de *défendre* sans faire intervenir cette notion, comme si c'était un détail qui ne changeait pas la donne, qui ne lui facilitait pas davantage le travail, comme si c'était presque secondaire pour lui. Cela m'irritait.

Innocent ! Innocent !

Moi, je n'avais que ce mot à la bouche.

Et cet avocat nous parlait d'autre chose. De stratégie, de communication.

Lucio n'était-il donc pour lui qu'un dossier ?

Il nous a expliqué la situation et ce qui allait se passer. Nous avons dû admettre qu'il y aurait un procès. Pourtant, c'était une idée difficile à supporter.

Comment tolérer d'être enfermé, traîné en justice, quand on est étranger à ce qui vous est reproché ?

Notre révolte était maximale, notre rage plus étouffante qu'une canicule.

Bien sûr, il y avait les lunettes.

C'était l'élément le plus accablant.

L'avocat ne cessait de nous le rabâcher.

Que pouvions-nous rétorquer à ça ? Nous ne comprenions pas nous-mêmes comment elles avaient pu atterrir sous le siège de l'Alfa. La seule possibilité était que quelqu'un les y ait déposées. Pour faire accuser Lucio.

Il fallait chercher dans cette direction.

L'avocat ne semblait pas convaincu. C'était une réponse trop facile, qui ne reposait sur rien, que notre sentiment. Ce n'était qu'une déduction logique de notre esprit, elle restait trop subjective et il m'apprit qu'en matière de loi, cela n'avait pas de valeur.

Nous commençons à apprendre la lenteur de la justice.

Il ne se passe rien.

Nous ne savons rien.

J'ai du mal à admettre le principe de la préventive.

Qui nous rendra ce temps qui nous est volé ?

Lucio a été interrogé trois fois par le juge et il en est sorti découragé, avec le sentiment de n'être pas parvenu à se faire entendre. Le juge a sévèrement rappelé à plusieurs reprises que c'était lui seul qui décidait des questions à poser. Lucio n'a donc pas eu d'autres possibilités que celle de répondre à ce qui lui était demandé. Mais les questions étaient posées de manière à ne lui laisser aucune liberté de réponse. Par exemple, sur le lieu de la crevaison, on lui a uniquement demandé de dire s'il reconnaissait avoir parlé aux Robert la nuit du crime sur la départementale citée. Le juge a refusé de lui laisser nuancer sa réponse en apportant des précisions sur le lieu exact où il estime, lui, que cela s'est réellement passé. Ces interrogatoires se sont bornés à tenter de lui faire reconnaître des éléments pouvant constituer des charges. Lorsque Lucio a contesté l'heure à laquelle les Robert ont prétendu lui avoir parlé, il a eu l'impression que le juge n'en tenait pas compte.

Sa crédibilité était déjà bien entamée. Sa parole ne valait plus grand-chose.

Plus inquiétant encore : le juge a essayé à plusieurs reprises de lui faire avouer le crime d'Amélie. La première fois, Lucio s'est indigné, il a protesté vigoureusement. Ensuite, abattu et écœuré par ce harcèlement, il s'est contenté de secouer la tête négativement. Un jour, il a dit :

— Jamais ! jamais vous ne me ferez avouer un crime que je n'ai pas commis.

Le juge l'a pris comme un défi – et non comme un cri de sincérité.

Après cet interrogatoire, ce magistrat a été poursuivi par l'obsession des aveux. Il voulait les obtenir à tout prix. Ils représentaient pour lui une gageure.

Faire plier Lucio.

Il ne s'occupait plus que d'instruire à charge.

Bien entendu, il a fait des lunettes la pièce à conviction numéro un.

C'est cet indice grave et concordant selon lui, avec la déclaration des Robert, qui justifiait la prison.

L'instruction est devenue une inquisition.

Le malheur qui pense à tout,
À tout... à tout... à tout...

Février 1976.

Mauvaise nouvelle ! Un autre enfant vient d'être enlevé à Troyes, avec réclamation d'une rançon.

Cet enlèvement tombe mal pour nous, me dit l'avocat de Lucio.

Je me demande parfois de quel côté il est, lui. Payé pour nous défendre, il ne cesse de nous démoraliser.

Ma grossesse s'annonce difficile. C'est dû à la situation, me dit le médecin.

Quelle évidence !

De cela aussi, nous aurons été privés, de cette attente qui aurait dû être tranquille et magnifique.

S'il faut faire un jour le compte de tout le bonheur que la société nous aura volé ?

Qui nous le rendra ?

L'assassin du petit garçon a été arrêté, j'ai vu sa tête à la télé.

Voir ce jeune homme qui était lui-même monté effrontément au créneau, quelques jours plus tôt, pour s'indigner et dénoncer le crime en direct, m'a fait froid dans le dos. L'horreur.

Le lendemain, montrant la photo de Patrick Henry, l'assassin du petit garçon, Yves Mourousi dit à la télé : « Salaud, le mot a été prononcé, vous en voyez un à l'écran ».

Ce journaliste n'outrepasse-t-il pas ses droits en faisant son propre commentaire, colportant ce mot obscène, devant des milliers de spectateurs ?

Je ne suis pas la seule à être indignée par cette phrase. Des voix de protestations s'élèvent contre ces paroles partout en France.

Heureusement !

Il n'empêche, le soir même, au journal, Roger Giquel, qui ne voulait sans doute pas être en reste, a prononcé lui aussi une phrase terrible : « La France a peur ! »

Par trois fois il l'a répétée !

Même si c'est une réalité – et ce n'est pas prouvé –, est-il besoin d'attiser encore un peu plus l'opinion publique déjà bien échauffée ?

Est-ce dans un tel climat que la justice peut s'exercer sereinement ?

Avec tout ça, notre moral en a pris un coup. Je dois m'efforcer de ne pas le montrer à Lucio, qui en fait de même, ni à Emilio, qui doit également dissimuler son inquiétude.

Nous apprenons aussi à jouer au chat et à la souris avec l'angoisse et le cafard.

J'ai compris l'utilité de la préventive (on doit dire détention provisoire à présent, mais c'est toujours de la prison).

Le but, c'est de fabriquer un coupable.

Transformer un prévenu en fautif, un innocent en criminel.

Ça marche bien.

D'abord, dans l'opinion publique.

J'ai pu le vérifier rapidement : autour de moi, l'ambiance s'est dégradée. Je suis la compagne d'un suspect, d'un « presque » meurtrier. Il doit l'être, puisqu'il est arrêté. Je ne vois quasiment plus personne au village. La plupart des parents d'élèves m'évitent. Je compte sur les doigts d'une main ceux qui me soutiennent encore. Et pour combien de temps ?

Je ne vois même plus Moa. Son oncle l'empêche de venir. Il paraît pourtant qu'il pleure l'absence de Lucio.

Mariette n'est plus là, elle est partie vivre avec son mari. Sans me dire au revoir. Bastien est le seul à me parler, cet homme sage ne croit pas à la culpabilité de Lucio, il dit qu'ils sont tous tombés fous pour penser une chose pareille.

Je prends conscience qu'en enfermant Lucio, ils ont conforté dans l'esprit des gens l'idée qu'il est l'assassin. On ne se retrouve pas en prison pour rien, n'est-ce pas ?

« Faites bien attention que cela ne vous arrive pas un jour ! » ai-je envie de leur hurler dans les oreilles !

Bien sûr, il y a Félix. Lui m'est resté fidèle, il m'entoure de sa gentillesse et encourage mon combat.

Le pire de tout est que Lucio lui aussi glisse doucement dans la peau du prévenu, du prisonnier, du coupable potentiel. Quelquefois, j'ai l'impression qu'il se fait à ce statut. Je dois le secouer pour réactiver sa résistance.

Mais finalement moi aussi, je dois me battre contre la résignation, parce que parfois la tentation est grande de baisser les bras !

Voilà ce que la justice fait de nous.

Qui peut croire que l'accusé et la victime ont une égalité de droits ?

Ce n'est pas vrai !

Où est la présomption d'innocence pour celui qui est enfermé ?

Notre énergie s'épuisait.

La ronde des semaines s'écoulait.

Plus de deux mois étaient passés depuis le crime.

Nous ne savions pas si la police avait mené des recherches dans d'autres directions !

Et pendant que le juge s'acharnait à vouloir prouver la culpabilité de Lucio, que la police se focalisait sur cette seule piste, le meurtrier d'Amélie courait dans la nature !

L'écoulement des jours profitait au vrai coupable.

Les traces du crime s'estompaient.

Et les preuves de l'innocence de Lucio se diluaient dans l'air du temps.

Patrick Escariot
Marseille, juillet 2003

De l'autre côté de la rue, un homme le fixait. Patrick Escariot remarqua ce regard noir, glacé comme de l'encre de seiche, le beau visage anguleux, fermé et grave. Il crut brièvement avoir une vision.

Pour en avoir le cœur net, poussé par une vague réminiscence, il se dirigea vers le passage piétonnier dans l'intention de traverser le boulevard. Le temps que le feu passe au vert, l'homme avait disparu.

Patrick Escariot avait beau être habitué à ce genre de situation, il ne put, de toute la soirée, se débarrasser d'un certain malaise. Il fouillait dans sa mémoire avec l'acharnement de celui qui a perdu sa deuxième chaussette dans un tiroir, jusqu'à ce qu'elle consentît à lui restituer tout d'un coup le souvenir qu'il pourchassait. Une sombre histoire lui revenait. Elle remontait à loin.

Il en déduisit qu'il s'était fatalement trompé. Il ne s'agissait que d'une ressemblance, car l'homme dont il se souvenait était mort depuis belle lurette. Ce ne pouvait donc pas être lui qu'il avait cru reconnaître dans la rue. Pourtant, il aurait juré…

Soulagé, il se servit un whisky pour achever de chasser de son esprit, l'inconnu du carrefour. La question était réglée. Enfin, il le crut.

Le lendemain, Patrick Escariot avait tout oublié. Il conservait cette faculté d'une longue pratique. Quand il était en activité, il avait toujours été comme ça, une affaire évinçait facilement la précédente, il n'avait jamais pu s'accorder le temps de s'appesantir sur les remords ni les cas de conscience. On le disait remarquablement efficace, c'était sa première qualité.

En revanche, depuis qu'il avait cessé ses fonctions, il s'investissait dans le bénévolat. Il s'occupait – avec d'anciens collègues du parquet, juges, avocats à la retraite – d'aider dans leurs démarches des personnes démunies ou de leur prodiguer gracieusement des conseils juridiques. Avec l'âge, et le recul, son caractère avait changé, sa mentalité aussi. Il s'était découvert une authentique passion pour la justice. La vraie, la justice humaine.

Alexia le raillait à ce sujet. Elle ne manquait pas une occasion de lui rappeler qu'il avait été différent, plus souvent impitoyable que clément, tout au long de sa carrière. Il avait tout de même réclamé des têtes ! Son philanthropisme était bien tardif. Elle prétendait qu'il voulait se racheter, sur ses vieux jours.

Il répondait :

— Tu m'emmerdes ! je fais ce que je veux, je ne te demande pas non plus ce que tu fais de ton temps. Je m'en fous. Alors, fous-moi la paix avec ça.

Il se rendit, ce matin-là, au siège de son association. Il y passa la journée, comme d'habitude, à éplucher des dossiers, à donner des coups de fil. La secrétaire quitta le bureau vers dix-sept heures.

— Bonsoir monsieur.

— Bonsoir Nathalie, à demain.

— À demain, monsieur.

Il avait l'intention de rentrer chez lui, après avoir mis de l'ordre dans ses papiers et rangé son bureau. Un quart d'heure plus tard, il enfilait une manche de veste tout en fermant l'armoire à clé de l'autre main, quand il le vit, pour la deuxième fois, derrière la vitre.

Il était certain de le reconnaître et pourtant son esprit rationnel le réfutait encore. L'individu aperçu dans la rue, la veille au soir, était là, devant lui.

L'homme poussa la porte. Il marchait lentement vers lui, comme s'il avançait vers un but suprême, comme s'il était convaincu d'atteindre son objectif. Le regard fixe et menaçant, Patrick Escariot se sentait paralysé par cette force qui s'en venait à sa rencontre. Il comprit qu'il était en danger, mais l'esprit dans la plus totale confusion, il n'eut pas le temps ni la volonté d'envisager de se défendre.

Alexia attendit son mari en vain ce soir-là. Les jours suivants aussi. Elle ne fit aucune déclaration à la police, persuadée d'une escapade amoureuse, ce n'était pas la première fois. Elle décida seulement que ce serait la dernière qu'elle absoudrait.

— Tu n'as jamais revu Fernando ?

Emilio secoua la tête.

C'est à ce moment-là que tu es entré dans la résistance ?

Emilio acquiesça.

Raconte s'il te plaît Emilio.

Emilio
1940

Combattre Hitler, c'est la même chose que faire la guerre à Franco, pour Emilio, c'est militer contre le fascisme, en attendant de reprendre la lutte de l'autre côté des Pyrénées. Il y croit toujours dur comme fer !

Les résistants n'hésitent pas une minute, ils l'enrôlent tout de suite, à cause de son passé en Espagne.

Au début, ils l'envoient à Bayonne, ou à Biarritz, réceptionner des gens, à la gare, ou des messages, du matériel, ou parfois de l'argent. Il a de faux papiers, une bicyclette, il reçoit les ordres au dernier moment. Le plus souvent, il escorte des personnes arrivant clandestinement de l'autre bout de la France en train, en bus ou même à vélo. Il les conduit vers la frontière.

C'est du bonheur d'aller jusque-là haut. Il peut en même temps voir son pays. Il s'assoit au sommet, il regarde ses montagnes, il boit l'eau de ses torrents.

Cette eau limpide. Il lui semble parfois que ce sont les larmes de sa mère ou du sang.

Les larmes et le sang de l'Espagne qui coulent, qui coulent…

Si l'on n'arrête pas Franco, elles feront un de ces jours un fleuve, un grand fleuve qui traversera l'Europe.

Un jour, il est envoyé à Biarritz. Il se retrouve au pied d'une riche demeure habitée par un couple et leur fille de seize ans, Clémence. Des gens importants, qui travaillent pour les alliés. Ils lui confient une enveloppe qu'il doit apporter à Urrugne.

Clémence lui plaît, il se débrouille pour la revoir. Elle aussi circule à vélo et fait le facteur. Elle n'a pas froid aux yeux.

Emilio s'arrange pour lui donner des rendez-vous qui n'ont plus rien à voir avec leurs missions. Ils s'esquivent dans une crique que Clémence lui a montrée. D'un accès difficile et secret, l'endroit est miraculeusement oublié par les troupes allemandes. Ils s'embrassent dans les rochers. Un soir, ils se hasardent à aller un peu plus loin que les baisers. Clémence prend l'initiative en enlevant sa robe et se collant à lui. Emilio fou de désir ne sait plus que faire de ses mains et n'ose plus bouger.

— Je veux faire l'amour avec toi avant qu'ils nous attrapent et qu'ils nous emmènent à la villa blanche.

Cette élégante villa de Biarritz est la hantise de Clémence. Réquisitionnée par les Allemands, la belle résidence est un lieu sinistre, où ils peuvent bien tous finir sous la torture.

Emilio lui fait l'amour sur la plage, au risque de se faire piquer par les Chleuhs. Mais à cet instant, ce n'est pas des Boches dont il a le plus peur. Pour lui aussi c'est une première fois. Il ne connaît pas les femmes. Il découvre.

Il improvise. Il fait de son mieux. Il s'applique. Ce qu'il désire avant tout, c'est qu'elle soit contente. Vu la situation, l'important est de lui faire plaisir. C'est peut-être leur unique et dernière fois, alors Emilio, idéaliste, vise la perfection.

Les jours suivants, ils ne songent qu'à recommencer.

Dans les bois, dans les rochers, n'importe où, où ils peuvent, en vitesse quelquefois, mais toujours avec passion.

Ils se prennent comme on prend une revanche.

Ils s'accordent ce bonheur comme on s'arroge un droit.

Ils s'aiment comme ils crieraient victoire.

Un après-midi, il attend Clémence, du côté de la passerelle du rocher de la Vierge, l'heure tourne et elle ne vient pas. Par les temps qui courent, Emilio trouve vite ce retard inquiétant. Il se rend à son domicile, mais dans la rue, les Allemands sont déjà là. Posté à cinquante mètres, il voit la Gestapo embarquer toute la famille dans une voiture noire.

Clémence avait raison, ils vont l'y conduire, à cette villa blanche.

Au cours des jours suivants, Emilio tente par tous les moyens d'obtenir de ses nouvelles. Il n'y a de toute manière que deux hypothèses : ou bien on les a déjà tués ou alors, après les avoir torturés, on les a mis dans un convoi en partance pour l'Allemagne, avec les juifs et les travailleurs étrangers, qui sont sans cesse raflés sur les chantiers pour être expédiés dans les camps de concentration.

En cinq ans, Emilio n'a pas eu le temps de se déshabituer de la souffrance. Il est encore rodé. Docile, il encaisse une fois de plus. Il lui faut oublier Clémence comme tous ceux qu'il a laissés en route, à commencer par son père et sa mère, de l'autre côté des montagnes.

C'est la guerre, ce n'est pas le temps d'aimer.

Emilio s'endurcit davantage.

Au bout de quelques mois, il ne peut plus se contenter de conduire dans la montagne des aviateurs, des juifs, des maquisards recherchés, il a besoin de passer à l'action. Il rejoint un maquis armé.

L'occasion pour lui de s'apercevoir que d'un côté ou de l'autre des Pyrénées, les méthodes sont identiques. Tuer.

Viva la muerte ! hurlaient les franquistes.

Tuer ! Tuer !

À croire que les hommes aiment ça !

Emilio est tellement las.

Journal de Julia
Quand la vérité n'est pas libre, la liberté n'est pas vraie

Cette histoire de lunettes m'obsédait.

Puisque c'était ce qui avait conduit Lucio en prison, je devais m'en occuper.

Je décidai d'agir. D'abord, je me suis rendue chez Gérard. Il était resté un ami, lui.

— Comment tu comprends ce mystère ? Comment ces lunettes ont-elles pu atterrir sous ce siège ?

Il a haussé les épaules et secoué tristement la tête.

— Je ne sais pas, mon petit, je ne sais pas, tout ce que je sais, c'est que le samedi de la semaine d'avant qu'ils arrêtent Lucio, elles n'y étaient pas.

J'ai bondi.

— Qu'est-ce que tu dis ? Comment peux-tu affirmer ça ?

— Le samedi, Lucio est venu nettoyer sa voiture, tu sais comme il est méticuleux, il a passé l'aspirateur partout et sous les sièges aussi, si les lunettes avaient été là, il les aurait vues. J'étais là, je l'ai regardé faire, on discutait en même temps.

— C'est énorme ce que tu me dis là ! mais pourquoi tu ne l'as pas dit plus tôt ?

— Mais je leur ai dit aux flics, je leur ai dit et redit, crois-moi.

— Mais alors, pourquoi ne l'ont-ils pas noté et dit au juge ?

— Je ne sais pas. J'ai eu l'impression qu'ils s'en foutaient !

— Si le samedi, elles n'y étaient pas, c'est qu'on les a mises là, après, peut-être dans l'après-midi ou la soirée, ou le lendemain. Qui ? Qui a pu faire ça ?

— Le dimanche, il l'a garée où, l'Alfa ?

— Devant l'école.

— Tu parles ! le monde qui est passé devant ! en sortant de la messe ou de la boulangerie ! est-ce qu'elle était fermée à clé ?

— Je ne sais pas, sans doute, oui.

— De toute façon, même si elle était fermée, tu sais, une décapotable, c'est pas dur à ouvrir. Oui, c'est sûrement dimanche qu'on les a cachés là, ces foutus lorgnons ! Quel salaud celui qui a fait ça !

J'ai vu combien Gérard était malheureux, aussi !

— Qui ? Mais qui a pu faire ça ? Il n'avait pas d'ennemis, Lucio !

— Non, je ne vois vraiment pas.

— Ce n'est pas tout, je leur ai dit autre chose, aux flics, les traces de pneus qu'ils ont photographiées sur le chemin de la carrière, ça ne peut pas être les pneus de l'Alfa, ça j'en suis sûr.

— Et alors, qu'est-ce qu'ils ont dit ?

— Ils m'ont répondu que les photos des traces avaient été transmises au dossier. Que des experts donneraient leur avis et qu'on n'avait pas besoin du mien !

J'ai remercié Gérard et me suis empressée d'aller téléphoner à l'avocat. J'étais terriblement excitée. J'ai appelé aussi Emilio.

On tenait enfin quelque chose.

L'avocat m'a reçue le lendemain. Je lui ai tout expliqué. Je m'attendais à le voir sauter au plafond, mais sa réaction a été très modérée. J'ai compris que ce n'était pas de l'indifférence, mais de la sagesse, face à mon enthousiasme débordant. Il a cependant convenu que c'était positif. Il allait demander au juge d'entendre Gérard.

J'ai constaté que ces éléments, ajoutés à la sympathie qu'il éprouvait pour Lucio, commençaient à modifier son point de vue : il semblait ne plus douter, lui non plus, de l'innocence de Lucio. Je le sentais désormais entièrement de notre côté.

— Avez-vous une idée de l'identité de la personne qui aurait pu placer ces lunettes dans la voiture ? Est-ce que quelqu'un lui en voulait à ce point ?

— Justement, c'est ce qu'on se demande tous, qui a pu faire ça ?

— Alors dans ce cas, c'est peut-être l'assassin qui les a mises dans la seule intention de détourner de lui les soupçons, cela veut dire qu'il n'est peut-être pas loin autour de vous, Julia.

Il avait raison. Je lui dis qu'après que Lucio ait été interrogé par les gendarmes, on avait commencé à jaser à son sujet, dans le village. La semaine suivante, on entendait déjà les calomnies. L'assassin avait pu alors vouloir renforcer les charges contre Lucio. Peut-être avait-il trouvé les lunettes dans sa propre voiture, ce qui lui avait donné l'idée machiavélique de les cacher dans l'Alfa.

— Mmm, a fait l'avocat en mordant son stylo.

— Et cette 4L, dont parle Lucio ? connaissez-vous des personnes possédant une 4L dans le village ? a-t-il ajouté.

— Oui, moi.

Il a souri.

— À part vous ?

— Il y en a quelques-unes, oui.

— J'en parlerai au juge. Il faudrait explorer la piste de la 4L, à mon avis, c'est une bonne piste, j'en ai comme l'intuition, si j'étais enquêteur, je fouinerais de ce côté, mais il faudrait que le juge soit un peu plus enclin à croire Lucio. Pour le moment, il le prend pour un menteur. C'est pour ça qu'il n'envisage aucune autre piste.

Mars.

Le procès de Christian Ranucci vient de commencer. Il est accusé du crime horrible d'une petite fille, lui aussi. Il a fait des aveux, puis s'est rétracté, c'est ce qui sème le doute. Je vais être attentive au déroulement de ce procès. Dans le climat actuel, j'ai peur qu'il ne soit pas équitable.

Lucio avait bien fait de tenir bon quand les policiers l'avaient harcelé pour le faire avouer, tablant sur l'épuisement physique et intellectuel pour arriver à leur fin. Lucio m'avait avoué avoir failli craquer après des heures sans dormir.

Il faut des nerfs d'acier, on peut être tenté d'avouer n'importe quoi, pour abréger la torture disait-il, convaincu que même des innocents peuvent s'inventer des fautes qu'ils n'ont pas commises pour stopper ce supplice.

Il m'a raconté ce moment :

Un des policiers échafaudait des scénarios divers qui finissaient tous par accuser Lucio, ponctués par la même phrase :

— Dis-le que c'est comme ça que ça s'est passé, dis-le ! puisqu'on le sait déjà ! Tu vois bien qu'on le sait, tu l'as étranglée la petite ! peut-être que tu ne voulais pas. Mais tu l'as fait.

À un moment, épuisé par le manque de sommeil et les questions répétitives, Lucio a lâché :

— Si vous le savez, écrivez-le, écrivez ce que vous voulez ! je m'en fous !

Les policiers se sont regardés, croyant toucher au but. L'un d'eux se mit aussitôt à taper à la machine. Après quelques mots, frappés d'un doigt énergique, il releva le nez vers Lucio :

— Vous reconnaissez donc avoir enlevé l'enfant au cours de la nuit du 20 novembre ? (il avait repris le vouvoiement pour le transcrire dans son rapport).

— Jamais je ne reconnaîtrai ça !

— Tu viens de nous le dire !

— Je ne vous ai jamais dit ça !

À bout de forces, Lucio avait failli se faire piéger. Il s'était ressaisi à temps.

— Des aveux les auraient fait bander ! me dit-il.

N'empêche, le juge lui a demandé des explications sur cet interrogatoire, transcrit par les policiers.

Ils considéraient tous que Lucio n'avait pas été loin d'avouer. Ce fut noté dans le dossier.

Ils ne comprenaient vraiment rien.

Le verdict est attendu. Le jury est en train de délibérer. Je ne peux m'enlever de l'esprit l'image du visage de la mère de Ranucci. Elle me serre le cœur. J'ai suivi tous les débats. Il n'est pas certain qu'il soit coupable. Beaucoup trop d'interrogations demeurent. Le doute doit profiter à l'accusé. Pour moi, c'est un postulat, une vérité incontournable si les hommes veulent rester des hommes. Ces jurés ne pourront pas envoyer à la guillotine ce garçon de vingt ans. Cela me paraît impensable. Pourtant, dans la rue, ce sont des hurlements de bêtes : « À mort ! à mort ! » L'opinion est déchaînée. La justice va-t-elle réussir à garder son sang-froid dans un tel climat ?

L'avocat général a lâché une phrase terrifiante, qui me glace : « Christian Ranucci, vous vous êtes placé au-delà de la pitié des hommes ».

Je suis révoltée par ces propos. Est-ce le rôle d'un magistrat, surtout d'un procureur, d'invoquer la pitié des hommes ou celle de Dieu ? Qu'on lui rende d'abord justice !

J'ai pleuré toute la nuit. Ils l'ont condamné à mort. J'ai pleuré sur ce garçon, sur sa mère, et sur nous aussi. J'ai peur.

Le journaliste Paul Lefebvre a prononcé cette phrase à la télé : « Combien sont tranquilles ceux qui pensent que la peine de mort est efficace, juste, exemplaire. Je les envie. »

Je n'ai rien à ajouter ce soir.

Lucio n'a pas voulu que nous parlions de Ranucci. Il évitait le sujet, il avait le regard plus noir que d'habitude, et luisant, deux galets d'anthracite, avec des éclats métalliques, une dureté que je n'avais jamais vue, et un sourire sardonique, presque méchant. Il faisait peur.

Avec Emilio aussi, on évitait de parler de cette affaire qui nous remuait trop. D'ailleurs, Emilio ne cessait de me gronder. Il voulait que je prenne soin de moi.

— Tu en fais trop, Julia ! pense au petit. Laisse faire les avocats.

Je ne l'ai pas écouté.

Les avocats m'ont un peu rassurée : les aveux avaient été déterminants dans le procès de Ranucci, même s'il les avait ensuite récusés. Il avait perdu sa crédibilité. Lucio n'avait pas avoué. Son dossier n'était pas aussi lourd. On prouverait son innocence. J'ai repris courage et j'ai continué à me battre. Il fallait que je démasque la vérité.

François Merle
Aix-en-Provence, juillet 2003

François Merle, la soixantaine argentée, avait convié Brigitte, sa nouvelle conquête – veuve comme lui –, à passer le week-end chez lui. Il lui avait donné rendez-vous à Aix, dans un café, place des Cardeurs, à dix heures. Avant de quitter son domicile, il réceptionna les plats apportés par le traiteur et mit le champagne au frais. Méticuleux par habitude, il tenait à ce que tout soit parfait.

Il sortit la Porsche du garage, franchit les grilles de la propriété, protégée par un système sophistiqué de radars et caméras, et prit la route d'Aix, le cœur adolescent.

Le temps de garer la Carrera en sécurité dans le parking, il remarqua qu'il *pointait* dans la minute, comme un vieux *rallye-man*. Il s'installa à la terrasse pour l'attendre.

Brigitte fit en sorte d'arriver avec dix minutes de retard.

François s'empressa de se lever pour l'accueillir. Il laissa sa bouche glisser de la joue jusque derrière l'oreille, puis dans le cou, les mains s'attardant un peu sur les épaules.

— Tu prendras un café, un croissant ?

— Un café seulement, merci.

Il souriait, parfaitement détendu. Elle le trouva assez beau, restait à savoir si c'était *un bon coup* – au lit, elle ne se contentait pas, d'un figurant. Elle voulait tout, Brigitte, certes il ferait un mari fortuné – une retraite de magistrat devait être confortable –, cependant, à son âge, elle n'envisageait plus de prendre un amant pour pallier les déficiences éventuelles d'un époux.

Pendant qu'il parlait, elle continuait de l'évaluer. Physiquement, il avait l'air très bien, sportif, pas d'embonpoint, d'après ce qu'elle avait pu observer. Il avait un sourire séduisant, il esquissait de temps en temps un geste élégant pour balayer négligemment sa mèche et dégager son regard. Éliminant, une à une, toutes les raisons pour que cet homme ne soit pas capable de satisfaire ses désirs, elle conclut positivement son analyse et, finalement, se sentit excitée à la pensée de finir la journée dans son lit.

Il lui décrivit l'endroit où il habitait, la propriété, le jardin, la vue sur la montagne de Sainte-Victoire. Il lui tarda de découvrir les lieux où elle espérait se mettre à l'abri. Elle était fermement décidée à déployer tout son talent pour que ce week-end ne soit que le début de leur histoire. Sans en faire trop, elle dit qu'elle adorait la campagne et le calme et qu'elle était ravie d'y passer la journée.

Vers dix heures trente, François lui proposa de prendre la route afin d'être arrivés à temps pour le déjeuner. Il lui demanda de bien vouloir lui accorder quelques minutes. Elle supposa qu'il allait régler les cafés, mais l'attente se prolongea.

Zut ! la prostate, songea-t-elle, *je n'y couperai pas.*

Au bout d'un quart d'heure, ne le voyant pas revenir, elle s'impatienta et alla à l'intérieur. Il n'était pas au comptoir. Perplexe, elle finit, par s'autoriser une incursion du côté des toilettes masculines. Elles étaient désertes.

Elle remarqua alors, à gauche des toilettes, une porte de sortie donnant sur la rue. Le mufle serait-il parti par-là ? Quel lâche ! Le dépit lui arracha un juron. Elle fut tentée de questionner le serveur, puis se ravisa. Elle n'allait pas, en outre, s'imposer cette humiliation.

Brigitte ne comprenait rien à la situation, mais elle avait le sentiment de s'être fait rouler. Il l'avait plaquée sans même régler les consommations. *Un radin, en plus d'un goujat !*

Elle ne perdait rien, tiens !

François Merle n'avait pas d'enfants, ni aucune famille proche. Personne ne constata sa disparition. Quelques-uns de ses amis supposèrent, n'ayant plus de nouvelles récentes, qu'il était parti en voyage, ça lui arrivait fréquemment.

Brigitte, elle, ne chercha plus à entendre parler de François Merle.

En s'asseyant sur le siège passager, Joaquim donna un coup de poing dans l'épaule de Nino, qui répondit par une bourrade.

— On fait la paire, Nino ! tu as vu ça ?

— On dirait qu'on a fait ça toute notre vie !

Nino démarra le moteur et le fourgon prit la direction de la montagne.

— Eh ! doucement Nino ! il a raison Emilio, t'es bien comme ton paternel ! la vitesse, il avait ça dans le sang, lui aussi !

— Mais non, regarde, ce tacot connaît le chemin ! plaisanta Nino.

— Dis-moi, le Val d'Aran, tu en as entendu parler ? Mon père y était.

Emilio

En 1944, après le débarquement, la progression rapide des Alliés, Emilio assiste avec bonheur au défilé des Chleuhs déguerpissant du pays, alors son regard se tourne naturellement vers l'Espagne.

Les Alliés voudront éradiquer ce dernier bastion du fascisme en Europe, pour lui c'est une évidence. Ils vont les aider à déloger Franco du pouvoir. Emilio se prépare pour cette prochaine étape, tant espérée.

Au mois d'octobre, dix mille guérilleros, passionnés comme lui, répondent à l'appel émis par l'un des leurs, à la radio de Toulouse et se lancent dans l'opération du Val d'Aran. Ils arrivent de partout, du nord de la France, de Paris, unis comme des frères qui songeraient tout à coup à rentrer à la maison, après quelque escapade.

Ils projettent d'ouvrir une brèche dans la frontière, de franchir les Pyrénées, de reprendre le combat afin de provoquer le soulèvement du peuple dans tout le pays et de chasser *El Caudillo*. Ils partent affronter l'armée nationaliste en se disant que cette fois, c'est la bonne.

Ils vont leur flanquer une sacrée trouille, aux franquistes, et une belle rouste. Ils vont en finir avec le fascisme.

Les Russes ont promis du renfort. Dolores Ibárruri est à Moscou. Les guérilleros comptent sur son appui.

Et cette fois, ils doutent encore moins des Alliés. Cette fois, ils ne peuvent pas être trahis.

Ils se lancent à l'assaut. Mais l'automne est précoce, glacial dans les Pyrénées. Ils sont mal équipés, et mal ravitaillés. Emilio et une poignée de camarades trouvent refuge dans un hameau perché en altitude, peuplé de quelques âmes seulement. Ils attendent là des renforts. Leur capitaine tente de communiquer avec des forces progressant dans la vallée voisine. Au bout de quelques jours d'inactivité, sans aucunes nouvelles, ils se décident à suivre le cours de la rivière et à avancer dans le pays. Ils croient aller au-devant d'une population qui n'attend que de se joindre à eux et qui va les acclamer. Ils ne rencontrent au mieux que de l'indifférence et au pire des dénonciations et de l'hostilité. Les Espagnols en ont assez de la guerre, ils ne sont pas prêts à recommencer.

Ils sont obligés de se replier et de rebrousser chemin.

Au bout d'une semaine, les Républicains sont complètement repoussés par les troupes de Franco, supérieures en nombre.

En moins de quinze jours, c'est la débandade, l'échec.

Et pendant qu'ils se font massacrer dans les montagnes, les Russes restent silencieux, Churchill envoie un émissaire parlementer avec *El caudillo* et de Gaulle s'apprête à signer la reconnaissance du régime de Franco, lui accordant la bénédiction de l'Europe pour perpétrer ses crimes.

L'état fasciste en Espagne ne les dérange plus, au contraire, c'est un rempart contre des idées qui leur font peur.

La *reconquísta en Espaňa* est morte.

Emilio qui admirait le général se sent trahi. Il sauve sa peau, mais rentre en France une deuxième fois, meurtri, la rage au ventre, avec l'impression que l'histoire n'est qu'un sempiternel recommencement.

Journal de Julia
Effacer un à un tous les barreaux

J'avais beau me creuser la cervelle, je revenais toujours à la même idée : l'alibi.

Je suis donc retournée à Aix, dans ce bistrot où Lucio avait passé la moitié de la nuit du 20 novembre. Je ne pouvais admettre la lâcheté de cet homme, le patron du restaurant. Il s'appelait Giordano. Pourquoi refusait-il de nous aider ?

Je décidai d'essayer encore de le faire fléchir. Je me disais que maintenant que Lucio était en prison, il serait peut-être plus facile de l'inciter à changer d'avis. Il ne pouvait pas être inhumain à ce point. Je comptais l'apitoyer, l'amener à prendre conscience de la gravité de son témoignage ou obtenir au moins les noms des Espagnols que Lucio avait rencontrés dans ce bar.

Il m'a reconnue rapidement. Lorsque j'ai poussé la porte, il a soupiré bruyamment en me regardant droit dans les yeux, pour signifier que je l'importunais.

Preuve qu'il était plus physionomiste qu'il le prétendait, quand il voulait !

— Qu'est-ce que vous voulez encore ? je vous ai déjà dit que je ne me souvenais pas ! vous ne comprenez pas le français ? la police m'a déjà interrogé et j'ai dit tout ce que j'avais à dire.

Je n'ai pas répondu. Je n'allais pas me décourager pour autant. Je me suis assise et j'ai commandé un café. La serveuse au bar a préparé l'expresso et quand elle a voulu faire le tour du comptoir pour me l'apporter, il a dit :

— Laisse !

Et il est venu vers moi, avec le café.

— Écoutez, je ne veux pas d'ennuis. Honnêtement, je ne me souviens pas de votre mari, le café était bondé ce soir-là…

— Il a mangé là, à cette table, vous n'avez pas pu ne pas le voir ! Vous devez faire l'effort de vous souvenir, monsieur, votre témoignage est capital, il peut sauver un innocent, est-ce que vous vous rendez compte de son importance ?

— Non, je vous dis que non, peut-être que je l'ai vu, si vous dites qu'il était là, mais je ne m'en souviens pas ! au milieu des autres, je n'ai pas fait attention à lui, c'est tout !

— Et ceux qui étaient avec lui, est-ce que nous pourrions les retrouver ? vous devez bien avoir une idée. Si ça se trouve, ils sont revenus chez vous depuis.

— Non, je ne les connais pas. Je ne suis pas tenu de demander les papiers d'identité aux gens pour leur servir à boire ! Et ils ne sont pas revenus chez moi depuis, non !

— Comment savez-vous qu'ils ne sont pas revenus, si vous ne vous souvenez pas d'eux ?

— C'étaient des Espagnols, voilà, c'est tout ce que je sais, ça oui, ça ne parlait même pas français dans ce coin de la salle.

— Ils ont chanté, ils sont restés tard. Jusqu'à quelle heure ?

— Je ne sais pas moi, minuit peut-être.

— Non, plus tard.

— Non, après j'ai fermé.

Il mentait évidemment, mais pourquoi ? Je butais encore contre un mur d'indifférence, de veulerie, de couardise, d'égoïsme, qui me révoltait. J'ai dû me retenir de ne pas lui cracher au visage tout ce que j'en pensais, de ses trous de mémoire.

Le découragement me terrassait de nouveau. Pourquoi la police n'était-elle pas là, à ma place, pour obtenir de cet homme qu'il dise la vérité sur ce qui s'était vraiment passé ? Il avait été interrogé une seule fois et l'on s'était contenté de sa version d'amnésique. On avait admis qu'il ne savait pas et on l'avait laissé tranquille.

Je quittais son établissement, écœurée.

Il était dix-huit heures. Il faisait froid, je me suis recroquevillée dans mon manteau et me suis dirigée d'un pas rapide vers ma 4L, garée dans la rue. J'ai entendu courir derrière moi. Je me suis retournée. C'était la serveuse. J'ai eu une grimpée d'espérance.

Elle reprenait son souffle pour pouvoir me parler, de la buée sortait de sa bouche, elle parlait par saccades.

— Je vous ai écoutée, tout à l'heure. Je voulais vous dire qu'hier midi, il y a des Espagnols qui sont revenus manger, je ne sais pas si ce sont ceux dont vous avez parlé, parce que le soir où votre ami est venu, je n'étais pas là, j'étais de repos. Mais ceux qui sont venus manger hier, je sais où vous pouvez les trouver et peut-être que ce sont les mêmes, ou qu'ils se connaissent, vous pouvez toujours essayer. Ils ont parlé d'un chantier qui n'est pas très loin d'ici, ce sont des maçons, ils font une résidence, vous verrez, vous devriez les trouver.

Elle m'expliqua comment me rendre à ce chantier. Je la remerciai. Elle ouvrait une fenêtre dans le désespoir.

Elle m'a embrassée en me souhaitant bon courage. J'ai couru vers l'endroit qu'elle m'avait indiqué. J'ai été déçue. Le chantier était désert. Je reviendrais le lendemain.

Le jour suivant, le chantier était encore fermé. Je suis revenue trois fois. La troisième fois, c'était un mardi, à cinq heures, après l'école. Enfin ! Ils étaient là. J'ai demandé s'il y avait des ouvriers d'origine espagnole. Ils m'ont regardée de travers. Ça ne leur plaisait pas, comme entrée en matière. D'autant plus que, sans m'en rendre vraiment compte, je scrutais leurs visages pour essayer de déceler leur ascendance.

— On est tous Français ici ! ont-ils rétorqué froidement.

Je me suis expliquée. J'ai dit que mon ami était fils d'immigré espagnol et qu'il avait rencontré des compatriotes, le 20 novembre dans un café. On avait besoin de leur témoignage, pour le sortir de prison. Il y en a un qui a laissé tomber sa truelle. Il s'est retourné vers moi.

— Lucio ? C'est Lucio ?

Une bouffée de reconnaissance et d'allégresse m'a submergée.

— Oui, c'est Lucio !

J'ai craqué. Je n'ai pas pu m'empêcher de pleurer. Ils ont tous arrêté de travailler. Je les revois encore. Ils étaient là, devant moi, embarrassés par mon chagrin, debout dans leurs vêtements couverts de plâtre, les mains poussiéreuses, les cheveux neigeux, poudrés comme des princes, merveilleusement, infiniment humains.

Celui qui avait parlé de Lucio est allé dehors et il a crié :

— Joaquim ! viens !

Il est revenu vers moi.

— Moi, c'est Manuel, il a dit.

Je n'arrivais pas à stopper mes larmes. Toute mon angoisse, retenue depuis des semaines, s'évacuait brusquement, dans un torrent que même devant des inconnus, je ne parvenais pas à maîtriser. Il m'a parlé doucement.

— Je me souviens bien de Lucio, oui, il a mangé avec nous, un soir du mois de novembre et le jour, ben, c'est facile à se rappeler parce que c'est la mort de Franco qu'on a fêtée.

Un autre jeune homme est arrivé.

— *Qué pasa?*

— Joaquim, tu te souviens de Lucio ?

— Bien sûr, un type sympa comme ça ! on a passé un bon moment ensemble, ça ne s'oublie pas, des moments pareils, hein ? Pourquoi ? Il lui est arrivé quelque chose ?

Manuel a parlé tout bas :

— Il est dans la *mierda*, Lucio ! Mademoiselle va nous expliquer.

Impossible de me calmer. J'essayai de leur dire qu'il était en prison, injustement accusé d'un crime affreux, mais j'étais submergée par les larmes, les mots ne voulaient pas sortir. Ils ont compris. Manuel a pris les choses en mains. Il a ordonné à Joaquim de se changer et il en a fait de même. Ils m'ont pris par le bras et nous avons quitté le chantier tous les trois.

Ils m'ont emmenée dans un café, pour discuter tranquillement. Ils m'ont raconté leur rencontre avec Lucio, ils étaient du même âge que lui, que moi aussi. Je suis parvenue à tout leur expliquer, depuis le début. Enfin, j'ai posé la question qui me brûlait les lèvres :

— Savez-vous à quelle heure il a quitté le bar, Lucio ?

— Oui, on est tous partis en même temps. Il était presque deux heures et on a encore discuté dehors pendant une bonne demi-heure.

Mon cœur cognait. Lucio, lumière de ma vie, tu es sauvé ! Mes larmes redoublaient. Et puis je me suis mise à rire.

Mars 1976.

J'étais rentrée d'Aix très tard le mardi soir. J'étais restée longtemps avec Manuel et Joaquim. J'avais compris pourquoi Lucio s'était attardé avec eux. J'avais failli y passer la nuit, tellement ils étaient chaleureux. J'avais eu du mal à les quitter. Ils m'avaient assuré qu'ils témoigneraient et m'avaient donné leurs adresses, ils étaient d'Aubagne. Nous avions décidé de nous revoir. J'étais certaine qu'ils ne nous laisseraient pas tomber. En plus d'avoir obtenu un alibi pour Lucio, j'avais gagné, de véritables amis.

J'étais dans un état d'excitation indomptable en rentrant. Impossible de dormir. Il ne me tardait que d'être au lendemain pour annoncer ça aux avocats, à Lucio et à Emilio.

Peut-être qu'avec ce témoignage on parviendrait à faire sortir Lucio rapidement. Je rêvais de nos retrouvailles et je finis par m'assoupir un peu. Au petit matin, je fus réveillée par d'atroces douleurs dans le ventre et au-dessous des reins. Je m'aperçus que j'avais saigné. Je voulus me lever, mais un couteau me perforait les entrailles. Je réussis à me traîner jusqu'au couloir pour appeler Félix.

Il fit venir une ambulance. Mais j'étais tellement impatiente de faire part de la nouvelle à tout le monde que j'étais plus dépitée par le contretemps, qu'inquiète de mon état.

Il faut dire qu'à ce moment-là, la grossesse ne me préoccupait pas vraiment. J'avais l'impression qu'elle se déroulait sans moi, je ne me sentais pas encore impliquée. Physiquement, à part mes seins, un peu grossis et douloureux, je ne ressentais rien. Mon corps n'avait pas changé d'apparence, je n'avais pas pris de ventre, au contraire, j'avais maigri. Psychologiquement, je n'éprouvais rien non plus. Je ne songeais pas à imaginer ce petit être qui se développait en moi, cela restait abstrait, irréel. Je n'avais pas le temps de m'épancher et je n'en tirais aucune culpabilité. Ma préoccupation était ailleurs. Lucio accaparait toutes mes pensées.

Même durant le trajet vers l'hôpital, j'ai continué à me remémorer ma rencontre de la veille avec Manuel et Joaquim, c'est dire ! Félix m'a accompagnée, c'était mercredi, il n'y avait pas école.

Je suis tombée entre les mains d'un docteur très humain qui ne s'est pas contenté de m'examiner, il a voulu me faire raconter toute mon histoire. Il a eu vraiment pitié de moi, de nous. Ensuite, on m'a installée dans une chambre. Il me fallait du repos, sinon, je risquais de perdre l'enfant. Félix s'est occupé de tout. Il a prévenu Emilio qui a accouru. Il a frappé, ouvert timidement la porte. Il se tenait là, dans l'encadrement, à trois mètres, embarrassé. Je revois sa silhouette fluette, il avait une boîte de chocolats au bout des doigts. Depuis l'entrée, il m'a menacée de son index, avec un petit sourire indulgent qui démentait la sévérité du geste. On a pleuré ensemble de bonheur quand je lui ai raconté les résultats de ma démarche à Aix.

Il est reparti avec les adresses de Manuel Alegre et Joaquim Gonzalez. Il s'est retourné avant de refermer la porte : Alegre, il m'a dit, quel beau nom !

Nous avons communiqué ces informations aux avocats qui les ont reçues avec optimisme et les ont transmises au parquet. Mais le coup de théâtre, auquel nous nous attendions, n'a pas eu lieu. Il ne s'est rien passé.

Tout était remis au bon vouloir du juge.

Il déciderait d'entendre ces témoins…

Ou pas.

Nous n'avions aucune certitude. Quelle déception !

Emilio rencontrait régulièrement Manuel et Joaquim.

Nous étions tous étonnés de la manière étrange d'opérer de cette justice. Elle ne nous semblait pas vraiment pressée de débusquer la vérité.

Elle prenait son temps.

Les avocats se voulaient rassurants, Lucio avait désormais un alibi solide, c'était tout ce qui comptait. Ils nous incitaient encore à la patience.

Je suis sortie de l'hôpital au bout de quelques jours avec l'obligation de rester tranquille. J'étais en congé maladie pour un mois, au moins. Je devais demeurer le plus possible allongée. Je suis revenue m'installer à Marseille dans l'appartement de Lucio, avec Emilio qui me dorlotait comme une princesse. Mes forces, je les gardais pour rendre visite à Lucio. On avait dû lui avouer que j'avais fait un court séjour à l'hôpital, car il n'aurait pas compris que je ne vienne pas le voir pendant quinze jours.

Quand je suis arrivée avec ma bonne mine, requinquée par les petits plats d'Emilio, le repos et l'air de Marseille, il a été rassuré. On s'est serrés très fort. Nos cœurs étaient plus légers. Maintenant, nous étions certains de nous retrouver. Ce n'était plus qu'une question de temps. Les preuves de l'innocence de Lucio étaient bien là.

Lors de ces parloirs, malgré le manque d'intimité, les gardiens, les autres prévenus, nous avons connu des moments intenses de bonheur. J'ai découvert qu'une simple pression de main peut procurer autant de volupté qu'une nuit d'amour dans ces cas-là.

Lucio, lui, par contre, pensait beaucoup au bébé. Il parlait de lui comme s'il était déjà là, entre nous.

Petit à petit, c'est lui qui m'a amenée à prendre conscience de son existence. Et j'ai commencé à m'intéresser à lui. Et de l'autre côté, chouchoutée par Emilio qui m'obligeait à ne rien faire, j'ai eu du temps pour y penser. J'ai enfin réalisé que mon ventre était habité.

Comme s'il avait compris que c'était le bon moment et que sa mère était prête, le bébé a commencé à donner ses premiers petits coups de pied ou de poings, timides, au début. Puis il s'est enhardi et il a vite pris l'habitude de faire dans son antre de vraies cabrioles qui me rappelaient à l'ordre, des révolutions, disait Emilio qui avait, lui aussi, recouvré son esprit espiègle. Je ne pouvais plus ignorer son existence.

Nous étions presque gais.

En plus, Lucio avait retrouvé tout son courage. Il ne se plaignait jamais.

Bien sûr, il ne cachait pas son rejet de l'enfermement, ni son ressentiment contre l'injustice qui lui était faite. En revanche, sur ses conditions de détention, son quotidien, la vie dans la prison, il ne se lamentait jamais. Il ne disait pas qu'il mangeait mal, ne parlait pas de la promiscuité ou du manque d'hygiène. Il subissait stoïquement tout cela. Il endurait cette épreuve comme un passage obligé et abusif, certes, par ce qu'il appelait le purgatoire, étape forcée avant le paradis qui nous attendait dehors, affirmait-il.

Il croyait en l'avenir. Il travaillait beaucoup. Il était captivé par le droit, maintenant. Il s'était intéressé à cette matière dans le cadre de sa propre défense et m'avait confié qu'il s'était découvert une nouvelle passion. Il envisageait de faire une licence. Il était comme ça, Lucio, capable de se passionner pour tout ce qu'il rencontrait.

Nous avions dû faire taire notre révolte, nous n'avions pas d'autre choix. Il nous fallait trouver un peu de paix et garder nos forces pour pouvoir affronter la suite et nous en étions tous les trois conscients.

Mon cœur a mal à la tête

Avril.

Je découvrais ce monde à part qu'est la justice.

J'avais cru en elle comme en un pilier de la démocratie, accessible à tous les hommes, même les plus démunis qu'elle était censée protéger. Et je m'apercevais qu'elle s'exerçait au contraire comme un pouvoir écrasant. Celui d'une caste. Son fonctionnement était hors de notre portée, de notre compréhension.

Nous étions réduits à être des spectateurs impuissants de notre destin, qui était entre leurs mains. Nous n'avions pas directement accès à notre défense. Elle nous était confisquée, d'autant plus, d'ailleurs, que nous étions également rendus ignares par l'utilisation d'un langage spécifique et occulte. Les avocats devaient « décoder » pour nous. Ils me faisaient penser, dans leur rôle, à des interprètes ou des passeurs.

Notre bon sens, notre esprit logique, notre bonne foi, notre innocence n'étaient rien, ne pesaient rien dans la balance.

L'esprit anarchiste d'Emilio bouillait de devoir supporter cette emprise, cette mainmise sur notre destinée.

On avait accusé Lucio de ne pas avoir d'alibi.

Il en avait un désormais et cela ne changeait rien.

Même si je voulais à tout prix rester optimiste et croire qu'on allait s'en sortir, j'avais parfois la sensation d'une énorme machine infernale, qui s'était mise en route et qui risquait de nous broyer parce qu'elle s'était emballée et que personne ne pourrait plus l'arrêter.

Lucio m'a accueillie avec le sourire, son petit sourire espiègle qui était si séduisant. Il voulait qu'on décide du prénom de l'enfant.

— Tu y as déjà réfléchi ?

— Non.

— Moi si ! eh ! j'ai le temps.

— Tu as des idées ?

— Oui, je te propose : Pilar si c'est une fille, comme ma grand-mère, qu'est-ce que tu en dis ?

— Pilar ? Oui, ça me plaît, seulement, tu sais, je crois c'est un garçon !

— Ah oui ? Et comment le sais-tu ?

— Les coups de pied ! c'est un footballeur.

Il a souri.

— Si c'est un petit gars, on pourrait l'appeler Nino ?

J'ai pensé à la chanson *On dirait le Sud* et au jour où il avait failli m'écraser.

— Nino, c'est vraiment une bonne idée, ça me plaît.

À partir de ce jour-là, on a décidé de cesser de dire « le bébé ». On disait : « Nino ».

Du coup, j'ai réalisé que Nino existait pour de bon.

Emilio a grogné. Il a prétendu que je m'étais laissé faire, que Lucio profitait de sa situation pour m'imposer ses choix. C'était un peu vrai. Comment aurais-je pu avoir le cœur de lui refuser ça ? J'ai répondu que c'était très bien comme ça. En fait, lui aussi, il était plutôt content, Emilio, surtout pour Pilar, je l'ai bien vu.

Mon congé, grossesse pathologique se prolongerait jusqu'aux vacances d'été, car je devais toujours rester allongée la plupart du temps. Je ne me levais que pour aller à la prison. Je dissimulais à Emilio l'interdiction que le médecin m'en avait faite et quand je revenais, je devais vite me recoucher.

Félix venait souvent nous voir, le mercredi ou le dimanche. Il nous racontait les potins du village. Hélas, là-bas, avant même d'être jugé, Lucio faisait figure d'assassin, il ne me le cachait pas. C'était forcé, la lenteur de l'instruction avait cristallisé le doute autour de lui et uniquement lui. Ce doute s'était progressivement mué, au cours des mois, en certitude.

Félix me conseilla de demander ma mutation pour l'année scolaire suivante. J'y songeais déjà, mais il avait pensé à tout, à m'apporter les documents nécessaires et la liste des postes vacants auxquels je pouvais prétendre. Je décidai de postuler pour une école de Marseille. Ainsi, je serais plus près de Lucio. Je prendrais un appartement assez grand, pour Nino et moi, comme ça, quand Lucio sortirait, nous pourrions y habiter tous les trois. En attendant, Emilio pourrait continuer à cohabiter avec moi. Il n'envisageait pas de retourner chez lui tant que Lucio était en prison et nous avions besoin l'un de l'autre.

Je n'ai pas aimé ce que Félix m'avoua, un de ces jours-là : il me révéla avoir eu un mauvais pressentiment, le premier jour, ce jour de l'année précédente où Lucio avait failli m'écraser devant l'école.

Je lui en ai voulu de salir ce souvenir et de conforter mon angoisse.

Notre amour frissonne et le soleil aussi

Enfin ! La nouvelle que nous attendions.

Aujourd'hui, Manuel et Joaquim ont été entendus par la police. Ils ont soutenu mordicus avoir quitté le restaurant à deux heures du matin, en compagnie de Lucio.

Ces heures dans ce restaurant sont la preuve de l'innocence de Lucio. Alors, évidemment, les policiers ont cherché par tous les moyens à les amener à se contredire.

Ils ont dû se montrer forts et rusés pour déjouer toutes leurs tentatives de leur faire perdre les pédales.

Notre avocat les fera citer comme témoins de la défense. Ils sont notre meilleur atout.

La canicule est arrivée en France. Elle ne devrait pas cesser avant l'automne, cette année-là.

Lucio disait :

— Moi, ça va, je suis à l'ombre, au frais !

Il n'en était rien, je le savais. Il ne faisait pas frais du tout dans les cellules, au contraire, la chaleur y était étouffante, j'avais entendu des prévenus le dire.

Mais Lucio était comme ça, désormais, souvent ironique, mais sans méchanceté et avec gaieté et toujours tendre avec moi.

Il répétait qu'il fallait profiter pleinement des moments où nous étions ensemble.

— Ils nous ont pris assez ! disait-il, mais ils ne peuvent pas tout nous prendre quand même !

Il cita encore une fois Prévert : « Notre amour reste là, têtu comme une bourrique ! »

Et moi, quand je sortais de la prison, brutalement aveuglée par le soleil, je pensais à lui, privé de ciel bleu et de lumière.

J'aurais voulu qu'on m'enferme avec lui, entre ses quatre murs, dans sa grisaille.

La fin de l'année scolaire est arrivée. J'avais obtenu un poste dans une école de la banlieue de Marseille, pour la rentrée suivante. Je continuais à aller voir Lucio deux fois par semaine (Emilio y allait une fois). Mon ventre était bien rond. À la prison, il nous attirait quelques sympathies, et de ceux qui nous connaissaient à présent, un peu plus d'humanité.

Lucio avait encore subi un examen psychiatrique, le deuxième, dont il n'avait rien voulu me dire. Je compris seulement qu'il avait été profondément humilié d'être examiné comme un vulgaire criminel. Comme une bête, raillait-il.

Je n'étais donc pas très tranquille. Je le soupçonnais de s'être montré peu coopératif et peut-être même d'avoir manifesté un certain cynisme.

Il se réfugiait souvent dans l'absurde pour prendre de la hauteur sur ce qui lui était trop insupportable, c'était son seul défaut, ou en tout cas, le tort qu'il a eu, et ce qui a pu lui être défavorable.

Félix était présent. Il nous soutenait. Emilio lui racontait la guerre, Félix était très curieux, comme je l'avais été au Pays basque, et ils passaient de longues soirées sur le balcon ou assis en tête à tête devant une bouteille de rosé.

Nous avons déménagé. Nous nous sommes installés dans un appartement plus grand, avec deux chambres et une terrasse, depuis laquelle nous pouvions apercevoir, au loin, la Méditerranée, derrière une forêt d'antennes de télévision.

Avec la grossesse, j'avais des passages de déprime totale, sans Emilio et Félix, je serais tombée dans le désespoir. Grâce à eux, je remontais la pente.

Mais petit à petit, la prison nous transformait nous aussi, Emilio et moi. Elle nous imposait son rythme, sa loi. Par force, nous apprenions ses règles, ses méthodes.

Les parloirs, les attentes, les rendez-vous avec les avocats sont devenus notre quotidien. Sans nous en apercevoir, nous étions tombés dans cette routine sordide.

On s'habitue à tout.

Lucio, lui, avait toujours l'air courageux.

Je me demandais souvent si c'était pour m'épargner qu'il se montrait si optimiste ou s'il était vraiment sincère.

C'était seulement parce qu'il n'avait pas le choix.

C'était très dur.

Dehors, rien que le fait de voir les gens se déplacer librement, me hérisse.

Libres ! Ils sont libres et ne le savent pas.

Ils ne s'en rendent pas compte.

Moi, je le sais.

Je comprends que la liberté est là, sous mes yeux.

Elle est sur eux.

Vivante. Elle marche dans la rue.

Elle n'est plus une abstraction, un concept.

Je pourrais la toucher.

Luc Chastelas
Bandol, juillet 2003

Le plus grand plaisir de Luc Chastelas, dans la vie, depuis qu'il s'était retiré dans cette maison, était de descendre la rue, puis le petit escalier escarpé qui le menait jusqu'à la mer, à sept heures précises, tous les matins. Il était très ponctuel. Il l'avait toujours été. Il aimait l'ordre, l'organisation, la propreté et il s'imposait beaucoup de rigueur en tout.

Il emportait un sac dans lequel il avait mis une serviette de plage, deux biscuits, une bouteille d'eau et son téléphone portable. Il parcourait, en peignoir de bain, les cent cinquante mètres qui séparaient son habitation de la plage, car il n'y croisait jamais personne.

La mer était tranquille ce matin. Il pourrait nager et même sortir de la crique. Les jours précédents, le mistral l'en avait empêché. Il se débarrassa du peignoir qu'il plia méticuleusement et rangea dans le sac. Il s'avança vers le bord. Il se mouillait d'abord la nuque puis entrait progressivement dans l'eau.

Il commença par une brasse coulée pour s'échauffer, puis s'allongea sur le dos et nagea ainsi lentement jusqu'à dépasser le dernier rocher. Il continua vers le large, crawlant vigoureusement sur cinq cents mètres avant de rebrousser chemin. L'exercice physique lui procurait toujours le même plaisir. Il était fier en sortant de l'eau de regarder son ventre plat, ses abdominaux encore visibles, ses cuisses musclées, à soixante-quatre ans ! Il méprisait les gros, les avachis, ceux qui négligeaient leur corps, et ne s'astreignaient à aucun effort. Ceux qui ne faisaient rien, d'après lui, pour vieillir convenablement. Chaque fois que l'un d'entre eux mourait dans son entourage, il avait l'impression que c'était pour lui donner raison. Il se sentait alors conforté dans ces certitudes. Il ne manquait pas, à cette occasion, de se féliciter de ses principes et de sa volonté, lui qui tenait bon.

Après la baignade, comme d'habitude, il déroula la serviette sur un rocher plat. Il choisissait toujours le même, bien exposé aux rayons. Il s'allongeait et fermait les yeux, s'accordant une vingtaine de minutes de béatitude, montre en main, sous le soleil matinal.

Il ne restait cependant pas oisif. Il profitait de ces instants pour mûrir sa réflexion. En rentrant, il prendrait une douche, dévorerait un copieux petit-déjeuner et se mettrait au travail. Il écrivait ses mémoires. Il avait tellement à dire. Plus que n'importe qui. Déjà deux cents pages et il n'était qu'au début de sa carrière. Ce matin, il se remémorait l'année 1976, des procès criminels emblématiques, à la cour d'Aix-en-Provence, pendant cette période. Il avait encore à l'esprit quelques-uns de ses plus brillants réquisitoires. C'était le prochain chapitre de son livre, comme quoi, le hasard produit quelquefois d'étranges et maléfiques coïncidences. En effet, c'est là qu'il fut brutalement interrompu dans le cours de ses pensées.

À midi trente, la bonne frappa à la porte du bureau de Luc Chastelas. L'employée venait le prévenir que le déjeuner était servi. Elle faisait toujours comme ça, à la minute près. Ce jour-là, elle constata avec étonnement qu'il n'était ni dans son bureau, ni ailleurs dans la maison. Elle retourna furieuse dans sa cuisine, dépitée par le manque de considération de son patron, qui n'avait même pas pris la peine de l'avertir de son absence. Elle se consacra à ses occupations et ce n'est qu'en quittant son travail, le soir vers dix-huit heures, après avoir fermé la porte à clé, qu'elle prêta attention à la voiture de Monsieur Chastelas, garée à sa place habituelle sous l'abri. Le véhicule n'avait pas bougé de la journée. Elle se demanda comment Monsieur était parti. Bah ! ce n'étaient pas ses oignons, après tout, et dans cette maison, on lui avait fait suffisamment comprendre que la curiosité n'était pas admise.

Personne ne s'inquiéta de l'absence de Chastelas avant le lendemain, lorsque son sac et sa serviette furent retrouvés sur la plage, par un promeneur qui les porta au commissariat.

Cette découverte permit aux policiers d'émettre l'hypothèse d'une noyade accidentelle

— Eh ! Nino, qu'est-ce qu'il est devenu après la guerre, ton grand-père ? balança Joaquim.

Ameuter les souvenirs était devenu un rituel dont ils ne savaient plus se passer.

Ils évoquaient le passé, et en parlant, leurs battements de cœur changeaient de cadence et se mettaient à l'unisson.

EMILIO

Après la guerre, Emilio a vingt-quatre ans.

Déboussolé, déprimé, après la défaite du Val d'Aran, il ne sait plus quoi faire de l'avenir. La paix le prend au dépourvu. Il n'a pas de métier, autre que soldat, il ne sait rien faire, il n'a pas eu le temps d'apprendre, il est parti à seize ans. Huit ans de guerre !

Pour survivre il se fait embaucher dans les fermes.

Il rencontre Marie. Elle a vingt ans, fille unique, à la maison, tout tourne autour d'elle. Elle pétille, elle sait ce qu'elle veut, et ne fait pas de chichi, Emilio lui plaît bien plus que les garçons qu'elle connaît. Elle a tout de suite vu qu'il est plus intelligent. Sous l'écorce, elle devine les meurtrissures, dont il ne parle jamais, mais qui ont patiné l'intérieur. Il est plus sensible que les autres. Il respecte les femmes. Il a des idées avancées sur leur émancipation, l'égalité entre les sexes, le partage des tâches, les responsabilités.

N'empêche, elle aime repasser ses chemises et changer les draps de son lit. Parfois, elle s'allonge dessus et rêve de lui.

La guerre lui a appris à ne rien laisser passer. Elle se décide vite.

Un soir, elle le rejoint dans sa chambre.

Le bonheur, Emilio met un peu de temps à le reconnaître. Depuis le temps, il a oublié son odeur. Depuis qu'il a quitté sa mère, il ne se rappelle plus vraiment comment ça fait d'être heureux.

Heureusement, Marie a du talent pour l'enseigner. C'est un instinct chez elle.

Elle a une manière enthousiaste d'entamer les journées, comme si elle prenait la vie entière dans ses bras. Une façon de contempler le monde comme s'il était une merveille, et de considérer chaque individu comme un bienfaiteur de l'humanité.

Emilio lui dit que s'il existait un ministère de la joie, c'est elle que le président viendrait chercher pour lui confier le premier poste, parce qu'elle a des aptitudes pour montrer l'exemple.

Lui est un bon élève, studieux et appliqué, il progresse.

Les mois s'écoulent vite.

Emilio n'abandonne pas son passé, il n'oublie rien, mais sa générosité le pousse à rendre sa part de bonheur à Marie.

Il a juste le temps de s'habituer à cette douceur de vivre.

Quatre ans, c'est rien.

Marie meurt sans prévenir, le jour de la naissance de Lucio.

La vie est une ingrate, on peut bien lui manifester son attachement !

Dieu n'existe pas, Emilio en est certain depuis bien longtemps, mais ce jour-là, avec son nourrisson dans les bras, il comprend que Dieu le lui rend bien.

Lui, Emilio Aguirre, n'existe pas non plus, pour Dieu.

Journal de Julia
La mort fait le ménage

Juillet 1976.

Je jette ces mots sur le papier. Ils me font horreur !

Ils l'ont fait ! Ce matin à l'aube, Christian Ranucci a été guillotiné.

Le président de la République n'a pas daigné lui laisser la vie. À son aversion pour la peine de mort, pourtant déclarée lors de son investiture, il a préféré privilégier sa cote de popularité. Il a choisi de flatter l'opinion plutôt que d'épargner une vie de vingt ans.

Il a tourné son pouce vers le bas : à mort !

La nouvelle, diffusée à la radio, nous a fait sursauter, au petit-déjeuner. Je suis allée directement vomir dans les toilettes. Emilio n'a plus de voix et moi non plus. Nous nageons dans l'épouvante. La nuit, je ne parviens pas à chasser de mon esprit des visions de guillotine et de tête tranchée tombant dans le panier.

Il faut aller soutenir Lucio, mais aujourd'hui, je suis terrorisée, alors, je laisse lâchement Emilio s'y rendre seul.

J'irai la prochaine fois.

Lucio a manifesté sa colère devant cette barbarie digne de l'âge de pierre ou du règne animal. Toute la prison était survoltée. Il y a eu du chahut dans les couloirs, du vacarme dans les cellules. Certains prisonniers ont entendu et identifié pendant la nuit le bruit des marteaux dans la cour, occupés à dresser les bois de justice. Ils ont déclenché, à l'aube, un orchestre de percussions, à coups de pied, de chaussures, de cuillères, de timbales, ou de n'importe quoi, sur les portes des cellules. L'administration, craignant une émeute, était sur ses gardes. Ils ont même supprimé des parloirs.

Moi, à ce moment-là, j'étais affaiblie, désabusée, je ne faisais déjà plus confiance à la justice. J'avais compris depuis un certain temps son côté aléatoire et opportuniste. Je rêvais de faire s'évader Lucio, parce que j'avais trop peur qu'on me le prenne.

Si j'avais pu trouver les moyens sûrs d'une évasion, je l'aurais suggérée à Lucio. Nous l'aurions tentée et nous aurions fui à l'autre bout du monde. Il vaut mieux rester vivant, même s'il faut être un fuyard toute sa vie.

Les dernières semaines de ma grossesse furent particulièrement pénibles avec la canicule. Je ne pouvais plus aller à la prison. Lucio me manquait terriblement.

En plus, il me fit savoir par son père qu'il avait réfléchi et qu'il ne voulait pas reconnaître l'enfant. Enfin, pour le moment.

Emilio pensait la même chose. Il était plus prudent de lui donner mon nom, à cet enfant.

Il essaya de me raisonner.

— Il vaut mieux qu'il s'appelle Chevalier plutôt que Aguirre, par les temps qui courent, c'est plus prudent. Ne t'en fais pas, c'est seulement provisoire. Lucio m'a dit qu'il t'épousera quand il sortira et tout rentrera dans l'ordre, c'est pour vous protéger, toi et le bébé, qu'il fait ça, tu comprends ? Il ne faut pas lui en vouloir, il a raison, c'est mieux comme ça. Le nom, ça n'a pas d'importance, c'est l'amour qui compte.

Au fond de moi, je savais qu'ils avaient raison, mais je n'arrivais pas à me résigner, et cela décuplait ma rage.

La justice faisait de moi, en prime, une fille mère.

Je n'avais pas de principes, le nom, cela m'était égal, mais le plus insupportable était le fait de ne pas avoir la liberté d'en décider.

C'était encore du vol.

Le 30 août, je me réveille à six heures, sur un matelas trempé. Je réalise que j'ai perdu les eaux.

Je comprends, avec tristesse, que je dois me préparer.

Et c'est triste d'être triste en un moment pareil.

Je pense à Lucio, il aurait tant voulu être présent et il me manque tellement aussi. C'est injuste que nous soyons privés de vivre ensemble cet évènement. Mon enfant va naître, son père est en prison et il n'a même pas le choix de le reconnaître. Qu'avons-nous fait pour mériter cela ?

J'en ressens même une sorte de honte, pour la première fois, de la honte pour cet enfant, pour Lucio, pour moi.

Une honte imméritée, parce que nous ne sommes que des victimes.

Une honte qui n'est pas sur nous, mais qui fait de l'ombre quand même sur cet événement.

La douleur des contractions, s'intensifiant, m'empêche bientôt de penser à autre chose et je réveille Emilio.

Nino est venu au monde sans faire d'histoire, comme si, tout petit déjà, il pressentait la situation et ne tenait pas à rajouter de la souffrance.

Tout le monde a dit à la clinique que c'était une belle naissance.

Il est si gentil ! Rose et potelé, pas ridé du tout. Il a ouvert les yeux dès qu'il a vu le jour. Il a à peine crié, juste comme pour montrer qu'il savait le faire, mais qu'il ne voulait pas déranger.

Emilio est parti prévenir Lucio. Nino, dans mes bras s'est endormi, béatement.

Je n'ai qu'un objectif, vite me rétablir pour emmener Nino à son père.

Lucio brûle d'impatience de nous voir, me rapporte Emilio.

Le malheur qui gagne
"presque" à tous les coups. Presque !

Même entre ces murs gris de prison, malgré les présences autour de nous et les regards indiscrets, ils ne sont pas parvenus à nous voler ce bonheur, pas une once.

Nous avions appris depuis des mois à ne rien lâcher.

Nous étions tous les trois. Lucio me disait que ces moments lui permettaient de tenir et de supporter tout le reste. De demeurer un homme.

Alors, nous nous efforcions de vivre intensément ces maigres instants où nous étions réunis. Il fallait empêcher à n'importe quel prix que rien ne vienne les gâcher. Au début, cela me parut difficile, puis à force de volonté, j'y arrivai.

À notre manière, nous étions « en résistance ».

Lucio n'a perdu aucune étape de l'éveil de notre fils. Il était bien plus attentif que la plupart des pères. Il savait tout de Nino, de ses premiers sourires, de ses gestes, de ses regards. Chaque fois qu'il le voyait, il me faisait remarquer les progrès qu'il avait faits. Sa cellule était tapissée de photos de Nino et de moi. Lucio vivait dans cette bulle de tendresse. Il me disait qu'il se préparait pour tout le bonheur que nous aurions « après ». Nous répétions souvent ce mot : « après ». Cet « après » était chargé de tant d'espoir.

Octobre.

Nino grandit vite. Il tient presque sa tête et nous reconnaît. Il sourit à Lucio plus qu'à nous tous. C'est comme une revanche sur la prison.

Il a déjà tout compris cet enfant, dit Emilio.

Emilio est fou de son petit-fils.

Je vais bientôt devoir reprendre mon travail dans ma nouvelle école. Mon congé se termine.

Le procès se tiendra prochainement. Les avocats se disent surpris de la rapidité de l'instruction. La chambre d'accusation a rendu son renvoi en un temps record. Cela semble les préoccuper. Pour nous, ce n'est pas trop tôt ! Je leur dis spontanément ma pensée : que ce procès arrive ! Et que Lucio retrouve la liberté ! Le plus vite possible !

Pierre Grangier, l'avocat, a esquissé un maigre sourire quand je lui ai dit ça, une moue indulgente, qui ne masquait pas son inquiétude. Je n'ai pas osé le questionner, j'avais trop peur qu'il me communique ses doutes. J'ai préféré ne pas savoir et garder mes forces pour soutenir Lucio.

Grangier et son collègue, maître Dufour, travaillent beaucoup avec Lucio à sa défense. Depuis qu'ils le rencontrent régulièrement, je vois bien que Lucio les a conquis. Mais il y a plus, ils savent maintenant, au fond de leur conscience, que ce n'est pas lui qui a commis ce crime affreux et ils sont comme nous, horrifiés par ce qui lui arrive. Ils semblent presque aussi malheureux que nous et montrent désormais un véritable acharnement à vouloir le tirer de là. Nous sommes quatre, à présent, plus Manuel et Joaquim, ça fait six.

Tous solidaires.

À se serrer les coudes.

Cela nous fait du bien.

Cela renforce notre sentiment que nous allons nous en sortir.

D'ailleurs, en plus, Manuel a retrouvé d'autres Espagnols qui étaient présents le 20 novembre dans le café. Ils viendront témoigner eux aussi qu'ils étaient restés jusqu'à deux heures tous ensemble cette nuit-là.

Emilio est une vraie nounou. Il ne veut pas que je cherche de nourrice pour Nino, quand je vais reprendre mon travail. Je me suis rangée à son avis.

Dès qu'ils savent, les gens nous regardent avec suspicion. Dans notre ancien quartier, on ne nous parlait déjà plus. Ici, la nouvelle ne s'est pas encore répandue, mais ça ne saurait tarder. La famille d'un inculpé de meurtre, voilà ce que nous sommes. Pour ne pas dire plus. Nous ne sommes plus recommandables. En outre, je ne me sens pas le courage d'affronter la curiosité d'une personne qui se présenterait pour garder Nino. Je serais contrainte de m'expliquer, je n'en ai pas la force non plus.

Et puis, même si nous n'osons pas nous l'avouer et que nous n'en parlons pas, dans cette atmosphère de haine qui entoure l'opinion, en ce moment, au sujet des enlèvements d'enfants, nous avons peur qu'on nous prenne Nino.

Nos avocats ont reçu des lettres de menaces pour avoir accepté de défendre un soi-disant « criminel » aux yeux de ces « écrivains » anonymes.

Une haine pareille, nul ne peut savoir jusqu'où elle est capable d'aller.

Alors, dans un tel climat, je reprends mon travail et je laisse Nino à Emilio.

Partie 3

Le procès

Cours d'assises d'Aix-en-Provence
Premier jour d'audience

15 novembre.

Félix a demandé à sa mère de garder Nino pendant toute la semaine. Elle s'en est fait un plaisir et Nino est parti dans ses bras en souriant, sans nous jeter un regard, le petit ingrat.

Hier, nous avons revu une dernière fois les avocats. Ils nous ont expliqué comment le cérémonial allait se dérouler. Cérémonial, c'est le mot que maître Grangier a employé.

Ils nous ont fait leurs ultimes recommandations. Ce qu'il fallait dire ou ne pas dire. Comment se comporter, se tenir, vis-à-vis de la cour, de la partie civile, de l'avocat général et même de Lucio.

Se méfieraient-ils de ma spontanéité et du tempérament de feu d'Emilio ?

Lucio devait être dans un état d'excitation que j'avais peur d'imaginer.

Nous n'avons pas dormi de la nuit non plus. À quatre heures, on a fait du café et on a attendu. Le jour s'est levé. Il faisait beau. Nous sommes partis.

Nous sommes arrivés en avance au tribunal. Sur la place, il y avait déjà un monde fou. Des fourgons de télévision, des radios, la presse, des badauds contenus par des barrières. Des pancartes s'agitaient, des banderoles étaient brandies, réclamant la mort pour les assassins d'enfants. Une bouffée de colère m'a fait venir aux yeux des larmes mêlées de révolte et de terreur.

— Allez allez, a dit Emilio en m'entourant les épaules.

Ils nous ont laissés passer.

Nous marchons silencieusement entre les rangées de colonnes. Le moindre bruit résonne dans l'imposante salle des pas perdus. La réalité, embusquée derrière l'un de ces piliers, me saute soudainement dessus, me faisant prendre conscience qu'en ces lieux historiques va se jouer notre vie. Un immense couloir. Nous nous asseyons sur un banc. Nous attendons.

Enfin, les avocats viennent nous chercher.

Nous pénétrons dans la salle d'audience, presque vide.

Mariette est déjà là, avec son père et ses avocats. Elle se défend de croiser mon regard. J'aurais envie de la prendre dans mes bras, de lui dire que je pleure Amélie, moi aussi, et que notre malheur n'adoucira pas le sien.

Mariette est mon amie, au lieu de partager la douleur de la perte d'Amélie, pourquoi faudrait-il que nous

nous dressions l'une contre l'autre ? Voilà ce que la justice veut faire de nous. Quelle absurdité ! Jamais, je n'en ferai une ennemie !

Mais je me rappelle les conseils des avocats, je réfrène mes sentiments, je m'efforce de rester de marbre. J'évite moi aussi de la regarder.

Peu à peu, la foule emplit la salle. Le silence laisse place à un bruit de fond. Chacun parle à voix basse, il se produit une sorte de rumeur grave, sourde, étouffée, qui plane sur nous comme une chape d'angoisse. Je regarde l'estrade, les meubles en bois, lourdement sculptés. Là, va siéger la cour, cinq marches au-dessus de nous – je les ai machinalement comptées, par superstition –, dans une situation de supériorité.

Je le sais, c'est comme ça, la justice doit régner comme une reine dans son palais.

Elle a besoin de hauteur et d'apparat pour s'exercer.

Elle ne peut pas se rabaisser au niveau des hommes.

Le box de l'accusé, en bas, attend Lucio.

Nous nous levons pour saluer l'arrivée de la cour. Le défilé des costumes rouges et noirs achève de donner une impression théâtrale.

— Gardes, faites entrer l'accusé.

Lucio entre, tous les yeux sont braqués sur lui.

Comment va-t-il supporter cela ? Il balaie le premier rang, il nous cherche et enfin son regard rencontre le mien. Nous nous accrochons l'un à l'autre, j'essaie de lui transfuser ma force, mon amour.

Lucio ne baisse pas les yeux comme un coupable, il ne défie pas non plus, il se tient droit, regarde franchement.

Un léger murmure agite le public comme une vague.

Est-ce de le découvrir si beau, cet accusé ? Si jeune ?

Pourtant, moi, je le trouve pâle et amaigri. Dans ce box, il me paraît humilié. Derrière cette barrière en bois, prisonnier comme un animal dans son enclos, une bête curieuse qui focalise toutes les attentions.

Je connais son tempérament fougueux, comme il doit avoir du mal à se contenir !

Je pense au taureau, dans son compartiment, avant la corrida.

D'autres images, celles de l'été dernier, sur les plages de Camargue, me traversent, quand Lucio faisait le torero et criait : « Olé ! » pour me faire rire.

Lucio se lève. Il regarde franchement le président, je l'entends donner son nom et répondre aux questions. J'échange un coup d'œil avec Emilio, nous sommes tous les deux frappés par son calme apparent.

Les jurés ont été tirés au sort. Nos avocats ont fait de leur mieux pour tenter de déceler derrière leurs profils ceux qui pourraient se montrer capables d'empathie et récuser ceux qui leur semblaient dépourvus de toute humanité, ils ont choisi les plus jeunes aussi et deux femmes.

La lecture de l'acte d'accusation nous a laissés abasourdis. Nous nous attendions à cela pourtant, les avocats nous avaient largement prévenus, mais la formulation de toutes ces charges, à voix haute, d'une voix neutre, synthétique, sans intonation, est insoutenable. D'autant plus que nous savons que ces lourdes présomptions ne sont pas fondées.

Les jurés ne laissent rien paraître, mais ils doivent être comme nous, impressionnés par cette parole officielle qui impose son autorité.

Je trouve cet acte d'accusation tellement offensif qu'il me semble presque rendre l'audience superflue. Il contient déjà en son énoncé la conclusion et préfigure même la sentence.

Je me demande si c'est remédiable.

Comment les débats vont-ils pouvoir rectifier ces allégations mensongères ?

Je flotte dans un univers étrange et paradoxal. C'est comme si toutes ces paroles ne nous concernaient pas et en même temps, je sens la réalité me serrer la gorge.

Lucio dans son box s'efforce d'écouter attentivement sans se laisser emporter par la colère. Il sait que le président va l'interroger et il garde ses forces pour ce moment.

Le président est jeune, assez bel homme, il n'a pas l'air austère du tout, au contraire, il ressemble plutôt à un artiste, un chanteur, ou un acteur de cinéma. Il doit prendre soin de sa personne. De temps en temps, il remet en place sa mèche, qui a tendance à lui tomber sur le front. Il ne peut s'empêcher de glisser des coups d'œil à l'une des jurées, une jolie femme. Le genre de type qui aime les femmes. Je note mentalement ces détails insignifiants, sans trop savoir pourquoi.

Pour me rassurer ?

Me prouver qu'il est humain ?

— Accusé, levez-vous.

Je vois les poings d'Emilio se serrer et ses phalanges blanchir.

Je devine ses pensées :

« Accusé » sous-entend : présumé coupable.

Lucio n'est donc pas présumé innocent ?

Le terme accusé employé pour nommer Lucio, ajouté à la présence des deux gendarmes qui l'encadrent, influencent forcément les jurés.

Lucio répond d'une voix claire, qui ne tremble pas.

Il s'efforce de communiquer sa confiance, sa sincérité et son espérance en la justice.

Il s'abandonne à elle comme à une maîtresse.

Qu'elle lui rende sa liberté et son honneur ! Qu'elle reconnaisse son innocence !

Moi, je comprends son message. Il veut leur montrer qu'il attend tout de ce tribunal qui trône là. Il s'en remet à sa grandeur.

Il leur ouvre son âme.

Mais vont-ils s'en apercevoir ?

Un petit silence me laisse espérer qu'il est parvenu à émouvoir.

Mais non, le président reprend d'une voix indifférente.

Il continue son pilonnage.

Il met Lucio à nu. Il le dépouille de tout.

Son enfance, sa jeunesse, ses fréquentations, la moindre de ses erreurs, tout est passé au crible.

Une simple bagarre d'étudiant qui s'était achevée au poste est retenue comme un signe de propension à la violence.

Il est questionné sur cette année sabbatique, qu'il s'était accordée pour faire le tour de la France, comme si cela relevait également d'un comportement singulier et asocial.

« Prendre la route » n'est pas très bien vu.

Tant qu'il y est, pour souligner la marginalité probable de Lucio, il lance même quelques allusions au mouvement beatnik et aux hippies. Il devrait pourtant savoir que ce sont des pacifistes, « mauvaise pioche », j'aurais envie de lui souffler.

Malgré ça, Lucio ne perd pas pied, il relève patiemment les coups, comme un adversaire appliqué qui renverrait la balle, mais sans agressivité.

Non, il n'appartient à aucune de ces communautés, rétorque-t-il tranquillement, comme s'il avait à remplir une banale fiche de renseignements administratifs.

Moi, je me demande vraiment ce que l'on juge, ici. Est-ce la personnalité de Lucio? Ou le fait de savoir s'il est ou non responsable du crime d'une petite fille?

Pourquoi ce long préambule qui n'a rien à voir avec les faits?

Je comprends que Lucio n'est pas un citoyen comme les autres.

La mise en examen les autorise à le passer aux rayons X. Une fois de plus, c'est la présomption d'innocence qui me paraît laminée.

Lorsque l'on en vient enfin aux faits, l'image du « prévenu » me semble déjà bien dégradée!

Ce n'est pas juste!

Le président reprend la description chronologique des évènements. Sans emphase, il évoque la disparition de la petite fille et la découverte du corps dans l'eau de la carrière.

Le silence dans le public est total. La mort plane. Mariette pleure.

Puis le président revient vers Lucio, il l'interroge sur son emploi du temps. Lucio décrit sa soirée du 20 novembre et assure qu'à deux heures il était encore à Aix, dans ce restaurant.

— Nous verrons cela quand nous entendrons les témoins, coupe sèchement le président. Je crois que le calme apparent, la maîtrise dont fait preuve Lucio l'agacent.

J'en arrive même à le soupçonner d'être irrité par sa jeunesse, et sa beauté.

L'après-midi, l'interrogatoire de Lucio se poursuit.

En fin de journée, on en vient aux lunettes. Lucio ne peut donner aucune explication. Il répond sincèrement qu'il ne sait pas comment elles se sont retrouvées dans sa voiture.

Le président ne fait pas de commentaires, la situation est suffisamment embarrassante pour Lucio.

J'entends murmurer du côté de la partie civile.

Bastien baisse la tête, gêné.

J'observe les jurés, derrière leur impassibilité, je mesure d'un seul coup à quel point cet élément les a tous ébranlés. Il me semble qu'ils ne dévisagent déjà plus Lucio de la même façon. Les lèvres se sont serrées. L'un d'eux a échangé un bref regard avec son voisin.

Les visages sont sévères. Ils ont l'air d'avoir acquis leur opinion.

La journée s'est achevée sur cette impression désastreuse. Nous rentrons déçus et apeurés. À peine avons-nous eu quelques minutes pour voir Lucio d'un peu plus près et le toucher.

Deuxième jour d'audience

Hier soir, Emilio et moi, nous avons longuement fait le bilan de cette première journée et rejeté notre mauvaise impression. Nous avons tout pesé et repesé, jusqu'à nous en fatiguer l'esprit, puis nous avons envisagé la suite. Nous voulons nous persuader que l'audition des témoins sera déterminante pour Lucio. Nous voulons croire de toutes nos forces à l'acquittement. Nous nous accrochons à cet espoir.

Cette nuit, j'ai rêvé de nos retrouvailles. Je les imagine proches, d'ici un ou deux jours. Je suis tellement en manque de lui.

Nous voulons à tout prix aborder cette deuxième journée avec optimisme.

En arrivant au tribunal, nous devons traverser une foule très dense, agglutinée derrière des barrières. Les pancartes, les slogans sont toujours aussi orduriers. Nous nous efforçons de les ignorer. Cette fois, j'entends crier, par-dessus les têtes :

— C'est la poule de l'assassin ! hou !

Je tressaille. Ce n'est pas le qualificatif de « poule » qui me heurte, je m'en fiche pas mal, c'est celui d'assassin qui me fait enrager. Je m'accroche au bras d'Emilio, qui me serre contre lui. Quand nous pénétrons dans la salle d'audience, notre moral a déjà été bien ébréché par le passage à travers cette déverse de diatribes. Il est difficile de résister à cette pression. Nous la méprisons, mais elle nous fait peur.

L'expert psychiatre dresse un étrange portrait de Lucio. Un portrait qui pourrait être celui de n'importe qui.

Moi, je ne reconnais rien de tout ce que je sais de lui.

L'expert ôte ses lunettes, l'air inspiré. Le temps de quelques paroles, il effectue des moulinets avec les branches, censés expliciter ses propos, ou les renforcer, puis il les repositionne sur son nez et reprend sa lecture. Des phrases compliquées, auxquelles les jurés ne comprendront rien, aboutissent à la conclusion que Lucio est « normal ». Tout ce qu'ils retiendront, c'est qu'il est normal et responsable de ses actes.

Un deuxième expert parle longuement de l'enfance de Lucio, de l'absence d'une mère.

Il rappelle que son père l'a nourrie de récits de la guerre d'Espagne, de tueries et de crimes, alimentant la dualité du conflit entre pulsion de vie et pulsion de mort.

Il récite, d'une voix monotone, technique. Il prétend avoir décelé chez Lucio un profond rejet de la frustration et une tendance refoulée à la violence.

A-t-il pu commettre un acte criminel ? La réponse est oui, à cause de ces aspects obscurs de sa personnalité.

Où est-il allé chercher ça, ce spécialiste de l'âme humaine ?

Lucio a pâli, comme giflé par l'humiliation, son visage est décomposé. Emilio regarde fixement le vide. Je me retiens de pleurer.

Les suivants sont les pompiers qui s'étaient rendus les premiers sur les lieux.

On entend l'homme qui a découvert le corps, puis les gendarmes qui sont arrivés en même temps que les pompiers. On n'apprend rien. Des photos de la petite fille circulent entre les mains des jurés, l'émotion s'imprime sur leurs visages.

Le médecin légiste vient décrire le supplice d'Amélie. L'émoi parcourt les rangs, impose le silence.

Bastien est appelé. Il ne peut s'empêcher de me jeter un regard au passage. Il ne charge pas Lucio. Il reste neutre. Il ne parle que de la petite et esquive la réponse quand on lui demande s'il y avait une animosité entre Lucio et eux.

— Des broutilles, dit-il en balayant la question, d'un geste agacé.

La tension a grimpé encore.

Un gendarme vient rendre compte de l'enquête faite sur la personnalité de Lucio dans le village. Plusieurs personnes auraient évoqué sa prétendue agressivité à l'égard d'Amélie. Lucio l'aurait même violemment giflée, quelques mois auparavant, le fait aurait été rapporté par une enfant à qui Amélie se serait confiée. Nous sommes révoltés par autant de mensonges.

Un expert vient parler des traces de pneus : des 135, pneus d'un modèle courant, équipant beaucoup de voitures. Je souris à Lucio pour lui montrer ma confiance. Ça, c'est un bon point pour nous, car l'Alfa est chaussée de pneus plus larges. Notre avocat ne manque pas d'enfoncer le clou (mauvais jeu de mots, je sais !) en interrogeant l'expert. Il parvient à mettre en évidence que l'Alfa n'a pas pu laisser ces marques-là, preuve donc que Lucio n'était pas sur les lieux, cette nuit-là, conclut-il en regardant les jurés.

Enfin, les choses vont tourner en notre faveur.

Un gendarme est rappelé à la barre. Le président lui demande si ces traces de pneus étaient les seules traces de voiture sur les lieux, étonné, il répond que oui, sans conviction.

— Pouvez-vous alors attester avec certitude qu'une seule voiture s'est rendue sur ces lieux, celle qui a laissé ces marques ?

— Je ne sais pas, non, je ne peux affirmer ça.

— En d'autres termes, est-il possible que plusieurs voitures se soient rendues à cet endroit précis ? Mais que les traces aient été recouvertes les unes après les autres.

— Oui, bien sûr, c'est possible aussi.

L'avocat général va s'engouffrer dans la brèche ouverte par le président et batailler pendant de longues minutes. Il veut démontrer qu'un autre véhicule, appartenant à des promeneurs, par exemple, ou des chasseurs, pouvait avoir laissé ces traces, alors que celles laissées par la voiture de l'assassin auraient été effacées. Il rappelle que les traces de pneus ont été relevées cinq jours après la disparition de l'enfant et qu'entretemps, plusieurs voitures ont pu passer par là. Il en conclut qu'on ne peut établir un lien certain entre ces traces de pneus et le crime.

Cet élément est le premier qui pourrait disculper Lucio, alors l'avocat général est en train de le balayer, coupant l'herbe sous les pieds de notre défense qui prévoyait d'en faire un élément de preuve à décharge. Il va plus loin, avec un deuxième exemple :

— Le criminel a-t-il pu laisser sa voiture au bord de la route, et descendre le chemin à pied ? demande-t-il – Je vois où il veut en venir ! au bord de la route ! c'est précisément là que les témoins prétendent avoir vu la voiture de Lucio.

— Dans ce cas, il aurait dû porter le corps de l'enfant jusqu'à la carrière, répond le gendarme docile.

— Est-ce possible ?

— Oui, ce n'est pas très loin, et l'enfant n'était pas lourde, c'était faisable.

La seule évocation du poids d'Amélie, dans les bras de son bourreau, suffit à bouleverser davantage l'auditoire, la scène est carrément sous les yeux de tous.

Notre avocat rétorque que si des promeneurs ou chasseurs avaient garé leur véhicule à cet endroit, comme le prétend l'avocat général, ils auraient immanquablement découvert le corps qui était très visible dans l'eau transparente, et c'est d'ailleurs ce qui s'est passé, le cinquième jour. Il ajoute que l'assassin n'a sûrement pas pris le risque de descendre le corps, ni de stationner sur le bord de la route principale, où il aurait pu être vu à tout moment, et que forcément, il s'est plutôt enfoncé dans le petit chemin pour accomplir sa basse besogne. C'est donc bien sa voiture qui a laissé ces marques et nous savons que ça ne peut être celle de Lucio, affirme-t-il solennellement.

Son discours reste inefficace, le doute s'est instillé dans l'esprit des jurés. Ils n'ont pas tous suivi ces explications fastidieuses. L'ennui s'est installé dans la salle, j'ai vu un juré bâiller et manquer de s'endormir.

L'avocat général a fait tout ce qu'il fallait pour embrouiller cette histoire de traces de pneus qui l'embêtait. Elle semble bien incertaine à présent et n'apporte plus aucune lumière.

Les Robert sont appelés juste après ces longues explications. L'un après l'autre, parfaitement concordants, ils récitent la même leçon. Ils prétendent avoir vu Lucio entre une heure et une heure et demie du matin, à l'endroit précis qu'ils ont désigné aux enquêteurs, c'est-à-dire à deux pas du lieu où l'on a trouvé Amélie, et justement au bord de la route.

— Êtes-vous certains de l'heure ?

— Oui, parce que nous avons regardé l'heure en arrivant à la maison, il n'était pas plus de deux heures et nous avions effectué une demi-heure de route.

Pourquoi ces gens s'acharnent-ils contre Lucio ? Il ne les connaît pas, ne leur a rien fait. Ils mentent. Ils ont juré de dire toute la vérité et je sais qu'ils mentent ! Pourquoi ?

Je bous, je bous et je n'ose même pas regarder Emilio, je sens sa colère.

Lucio semble s'être armé de beaucoup de patience, cela me rassure. C'est lui qui a raison. Il attend les témoignages qui le disculperont. Il nous tarde d'entendre Manuel et Joaquim et les deux autres ouvriers qui doivent témoigner aussi.

Les époux Robert ont répondu évasivement au sujet de la présence « d'une forme » sur le siège passager de l'Alfa. L'avocat général tente de leur faire décrire cette « forme » dans le but de mettre le doute dans l'esprit des jurés.

Maître Grangier interroge à son tour le témoin, il choisit la femme. Il décortique l'événement.

Sur quel ton Lucio leur a-t-il parlé ?

Elle reconnaît que l'échange est resté cordial.

Lucio était-il énervé ? Stressé ?

Elle n'ose le prétendre.

L'avocat revient sur leur première déclaration : le lieu qu'ils avaient désigné alors était imprécis, comment ont-ils pu déterminer par la suite avec autant de certitude l'endroit exact de leur rencontre en pleine nuit, sur cette route ?

Elle convient que c'est en se rendant sur place, en compagnie des gendarmes, qu'ils auraient subitement reconnu les lieux.

L'avocat insiste et ironise : leur a-t-on indiqué l'emplacement de la carrière avant qu'ils ne « reconnaissent » ?

Elle se trouble.

— Je ne m'en souviens pas.

L'avocat en profite pour enchaîner avec le sac : dans leur premier témoignage, ils avaient uniquement évoqué la présence d'un sac, n'émettant aucun doute là-dessus.

— Vous l'aviez donc bien vu, ce sac (il fait, à dessein, sonner le mot vu) pourquoi êtes-vous revenue sur cette affirmation et parler maintenant d'une « forme » ?

— J'ai dit que j'avais cru voir un sac, mais quand les policiers m'ont demandé des précisions, je me suis aperçue que je ne me souvenais pas comment il était, alors, j'ai pris conscience que je ne pouvais pas être certaine qu'il s'agissait d'un sac, puisque je ne pouvais pas le décrire. C'est pour ça qu'ensuite j'ai préféré dire : quelque chose, une forme, quoi.

Il me semble flagrant que notre avocat, lorsqu'il en a fini avec cette personne, a réussi à mettre en évidence la fragilité de leurs allégations.

Est-il parvenu à faire douter les jurés ?

Ont-ils compris le rôle joué par les policiers ? Comment ils avaient adroitement aiguillé les témoins jusqu'à leur suggérer une description des faits qu'ils ont admise, puis validée, sous la pression, sans doute.

Je scrute attentivement les visages des jurés. Il y a deux femmes. L'une d'elles a un visage très doux. Elle n'a pas souhaité détailler les photos d'Amélie, elle a détourné les yeux et les a vite passées à son voisin, comme pour s'en débarrasser. Elle regarde souvent Lucio, comme si elle voulait percer la vérité. Je crois que cette personne a un vrai désir de justice.

Les autres sont imperméables. Je ne décèle rien sur leurs traits.

Un expert de la police rend compte de la découverte des lunettes sous le siège de l'Alfa. Si nous nous attendions à un coup dur, l'impression produite dépasse ce que j'avais imaginé. Les jurés sont tous bien réveillés, cette fois, pour entendre ces paroles. Ils se redressent. Je vois leurs visages se glacer, leurs regards froids s'abaissent sur Lucio, la plupart de leurs doutes viennent de fondre. Leur opinion est en train de basculer.

On assiste au défilé de plusieurs témoins à charge. Je voudrais me boucher les oreilles. Une litanie de mensonges. S'il ne s'agissait pas de la vie de Lucio, je me lèverais, je m'insurgerais ! Je hurlerais à l'infamie ! Ceux qui prétendent avoir remarqué le pantalon de Lucio taché de boue, le lendemain de la disparition d'Amélie, précisent la couleur blanche de la terre, comme celle de la carrière. Je me retiens de me dresser pour leur crier « menteur ! » je l'ai vue, moi, la boue, elle n'était pas blanche, Lucio a bien taché son jean en changeant sa roue crevée, mais pas à la carrière, à plusieurs kilomètres de là, à un endroit où la terre tache parce qu'elle est argileuse.

Giordano, le patron du restaurant, vient à la barre et jure de dire la vérité. La tête haute, il confirme sa déposition, il maintient avoir fermé son établissement avant une heure du matin, comme le lui impose la loi, les derniers clients ayant quitté le restaurant vers minuit. L'avocat général se charge de lui faire relater notre démarche pour essayer d'obtenir de sa part un témoignage favorable concernant les horaires. Ces interventions apparaissent alors comme des tentatives de corruption de témoins. C'est une catastrophe.

Maître Grangier cuisine le témoin, il s'efforce de mettre en évidence que l'obligation de fermeture de son restaurant avant une heure n'est peut-être pas étrangère à sa déclaration contradictoire sur les horaires.

— Je rappelle au témoin qu'il s'exprime sous serment et qu'il est passible d'une peine de prison s'il est prouvé par la suite qu'il a menti. Il y va de la vie d'un homme, et de la justice, nous sommes ici à la recherche de la vérité qui est plus importante qu'une amende encourue pour non-respect de cette loi sur la fermeture de son établissement.

L'homme ne manifeste aucune émotion, un roc de mauvaise foi, un mur d'égoïsme.

Les témoins de la défense seront entendus dans le courant de l'après-midi.

Nous sortons du tribunal avec un poids sur le cœur, une très forte impression que c'est mal parti.

La justice est en train de dérailler. Elle s'est élancée comme un bolide fou, dépourvu de freins, sur un dangereux aiguillage et fonce vers le désastre.

L'espoir ne fait que s'amenuiser. Pourtant, il faut encore essayer d'y croire.

Gérard vient à la barre. J'attends fébrilement de voir ce que son témoignage va apporter. Or, il ne parvient pas à se montrer convaincant. Il est sans doute dépité par cette histoire de pneus, dont il pensait naïvement qu'elle disculperait Lucio, et impressionné par la cour. Son récit de l'épisode du nettoyage de l'Alfa à l'aspirateur tombe dans le vide et n'a pas l'impact que nous souhaitions.

L'avocat général fait allusion aux liens d'amitié unissant Lucio et Gérard. Il ironise et tourne ses paroles en dérision. Il n'a aucun mal à déstabiliser Gérard, mal à l'aise en face de cet homme érudit, lui simple mécanicien, qui cherche ses mots et manque d'assurance.

Alors, il va plus loin. Pire, il insinue que si Lucio est allé nettoyer sa voiture, c'est au contraire pour effacer les traces que le corps de l'enfant aurait pu y laisser, cheveux, sang. Je note au passage qu'il utilise cette parole : « sang » alors qu'il sait que la présence de sang aurait été de toute manière peu probable, vu qu'Amélie a été étranglée.

Il se croit tout permis !

Et le mot fait un bel effet sur les jurés. D'autant que, devant le trouble de Gérard, ils ont tendance à croire ce magistrat qui s'exprime sereinement. Je crains qu'ils n'interprètent de travers l'embarras de Gérard.

L'avocat de Lucio a beau s'évertuer ensuite, il ne peut rattraper le coup.

Gérard est découragé et cela se sent, on dirait presque que lui-même ne croit plus à son histoire, et pourtant, moi qui le connais, je sais bien que ce n'est pas ça. Ce n'est que la peur qui le paralyse ainsi.

L'avocat ne parvient pas à restaurer le climat en soumettant l'hypothèse que les lunettes auraient pu être placées sous le siège pour faire inculper Lucio. Cela ressemble à du roman.

Je remarque que, seule, une des deux femmes jurées écoute encore attentivement et paraît intéressée. Je croise son regard, ai-je rêvé ? Il me semble qu'elle m'a lancé un signe de commisération.

Nous ne comptons plus que sur le témoignage de Manuel, Joaquim et des deux autres ouvriers pour renverser la situation à l'avantage de Lucio.

Malheureusement, leur version de l'emploi du temps de Lucio contredit celle des Robert qui corrobore celle du restaurateur.

Manuel, le premier à la barre, affirme être resté jusqu'à deux heures et demie avec Lucio. L'avocat général se déchaîne contre lui, tempêtant qu'il a juré de dire la vérité, ce qui produit un effet spectaculaire sur le public et sur la cour.

— En effet, continue l'avocat général en se tournant vers les jurés, puisque les paroles du témoin devant vous démentent celles des précédents, madame et monsieur Robert ainsi que celles de monsieur Giordano, alors, forcément, nous devrons admettre qu'il y a, d'un côté ou de l'autre, un menteur !

S'adressant directement à Manuel, il poursuit :

— Or, les époux Robert n'ont aucun lien avec l'accusé, ni monsieur Giordano, et aucun intérêt à mentir, alors que vous, Manuel Alegre, vous êtes un compatriote, fils d'émigré espagnol comme l'accusé. Je laisse les jurés tirer les conclusions et décider de quel côté sont les menteurs.

C'est fini ! Je comprends là que c'est fini. Notre dernière chance vient de s'effondrer. Joaquim à son tour et les deux autres ensuite sont également malmenés par l'avocat général. La défense s'escrime en vain pour tenter de réhabiliter leur témoignage. Elle ne peut rien pour rétablir la vérité parce que la solidarité entre ces hommes, fils d'émigrés espagnols, et leur amitié crèvent les yeux comme des liens de sang et discréditent leurs déclarations.

Tout pèse à présent sur nous, nos avocats ont décidé de nous faire citer.

Emilio, le premier, s'efforce de faire comprendre à quel point lui, le père, peut se porter garant de l'innocence de son fils. Il est poignant d'humilité. Ses paroles s'égrènent lentement. On l'écoute. Les mots, espacés par des blancs, tombent gravement, ils s'écrasent comme les premières gouttes d'un orage, lourdes de toute la tension accumulée, chargés d'amour et de pudeur. Ils parviennent à imposer des intervalles de silence, comme une respiration suspendue, et une chape de respect.

À mon tour, je suis appelée. Emilio a ému la salle, ce qui me donne de l'élan. Je me tourne vers Lucio. Je parle de cet homme que j'aime. Je m'applique à faire son vrai portrait, à redresser tout ce qui a été faussé. Je dis qui il est vraiment. J'y mets toute mon âme. Je regarde intensément les jurés, dans le fond des yeux. Je voudrais pénétrer leur esprit. Je leur jure que Lucio n'est pas un criminel, que je le sais intimement, profondément. Je veux les en convaincre. Il n'est pas violent, il n'a jamais giflé Amélie, j'explique que c'est un mensonge d'enfant, je connaissais bien cette petite fille, il l'avait seulement un peu grondée, elle a exagéré. Je jure que le pantalon de Lucio était taché de boue argileuse, et non de poussière blanche comme celle de la carrière, j'insiste sur ce détail comme une preuve.

Je pleure son innocence. Rendez-le-moi, je voudrais leur dire. Je n'ose le formuler, évidemment, mais toute la salle doit l'entendre. Je songe à Nino. Mon Dieu, tout à coup, une idée me fait sursauter. Il me semble que si je pouvais leur montrer Nino, ici, à cet instant précis, ils nous croiraient. S'ils pouvaient voir cet enfant, ils ordonneraient qu'on relâche Lucio sur l'heure, parce qu'il n'y a pas de meilleure preuve de son innocence. C'est cette certitude irrationnelle qui me transperce l'esprit. Bien sûr, ce sont d'autres phrases, plus raisonnables, que je prononce, mais je sens que mes paroles diffusent l'émotion de cette pensée.

Tout le temps que je suis à la barre, Lucio ne me lâche pas une seconde du regard.

Quand je cesse de parler, il ferme les yeux quelques secondes.

Je me retire en tremblant.

Pas un murmure, pas un mot ne s'élèvent pour contester mes propos, pour protester ou réclamer la mort, comme nous l'avons déjà entendu au préalable. Nous avons au moins réussi, ça, Emilio et moi, à les faire taire. Pour un temps.

Nous avons suscité l'émotion, bien sûr. J'ai comme l'impression que nous avons laissé un vide derrière nous. Ce silence gêné dans la salle, qui m'accompagne jusqu'à ma place, est une petite victoire. J'ai vu le juge déglutir, et même l'avocat général a baissé les yeux. Mais nous sommes bien conscients de la fragilité de l'instant.

Et puis, malgré nous, nous avons imploré, nos témoignages ressemblaient à une supplication et la pitié, dans cet endroit, est entièrement dédiée à la victime.

Il n'y en a pas assez pour nous.

Troisième jour d'audience

Quelle qu'en soit l'issue, cette journée mettra fin à la bataille dialectique, au débat théâtral. Nous aspirons à ce soulagement tout en appréhendant ce qui va suivre, peut-être plus terrible encore. J'ai hâte et j'ai peur. Je voudrais en finir et je crains les prochaines heures.

L'avocat de la partie civile ne déploie pas d'agressivité à l'égard de Lucio. Il se contente de réclamer justice, d'émouvoir, en évoquant la petite victime, la famille. Il ne me paraît pas complètement à l'aise. Est-il effrayé par la guillotine ? Attendri par la jeunesse de l'accusé ? (il est jeune, lui aussi) Ou doute-t-il sincèrement de la culpabilité de Lucio ? Bastien l'a-t-il influencé ? Il ne me semble pas vouloir prendre part à la curée, il renvoie la responsabilité à la cour.

Quand il a fini sa plaidoirie, il retourne s'asseoir et sans le vouloir, il croise mon regard, il baisse les paupières, je comprends qu'il a deviné que Lucio n'est pas l'assassin d'Amélie.

Que n'a-t-il le courage de le clamer ?

Au lieu de rester neutre.

Sans doute estime-t-il que ce n'est pas son rôle.

Il n'est pas payé pour ça. Il s'en lave les mains.

Ce Pilate a tout de même laissé planer derrière lui une vague d'hésitation.

Il ne s'est pas tourné vers le jury en l'exhortant à être impitoyable à l'égard de Lucio.

On entend dans la salle qui s'attendait à un déchaînement de vindicte, un murmure de surprise.

L'avocat général se lève. Déjà, avant qu'il ait prononcé la moindre phrase, sa stature en impose, il le sait et il en profite. Il laisse flotter quelques secondes de silence, le temps de produire son effet, dressé dans son bel habit rouge qui souligne son élégance et sa carrure, l'hermine rehaussant son bronzage (il arrive peut-être d'un voyage sous les tropiques) et celui de séduire son auditoire.

Il bénéficie d'une place privilégiée : à côté de la cour.

À égalité de parole. Au même niveau qu'eux. Alors que la défense est en dessous.

Il s'adresse aux jurés et balaie les doutes d'emblée. Il fait un portrait de Lucio que nous ne reconnaissons pas. Même le passé anarchiste de son père le rend suspect à ses yeux. Il appelle ça : « La culture familiale de la violence ». Il en fait un demi-terroriste. Il le soupçonne d'appartenance à l'ETA ou laisse adroitement planer l'incertitude, en rappelant que Lucio s'était engagé dans un comité de soutien qui s'élevait contre l'exécution des autonomistes basques par Franco. Il sait bien que par les temps qui courent, les terroristes sont fustigés par l'opinion autant que les criminels d'enfant. Si Lucio est l'un et l'autre à la fois, cela fait une double raison de vouloir le soustraire à la société et de l'empêcher de nuire à ses semblables.

Dans la main droite, l'avocat général tient un stylo, un beau stylo en or qu'il brandit de temps à autre pour désigner Lucio. Il pointe sur lui son stylo accusateur.

Par contre, lorsqu'il se tourne vers les jurés, « Mesdames et messieurs les jurés », c'est avec la main gauche qu'il s'adresse à eux. Il leur tend cette main, paume ouverte, aimablement, comme pour leur servir, sur un plateau, le fruit de sa réflexion.

Allons ! Il leur a mâché le travail, ils n'ont plus qu'à s'en saisir, de cette vérité, prétendument offerte, mais qu'en réalité, il leur assène.

La main droite armée pour pointer, stigmatiser, blâmer, accuser. La gauche pour flatter et rassurer les honnêtes gens.

Le mal dans la main droite.

Le bien dans l'autre.

Je prends conscience de l'importance de cette gestuelle. Elle impressionne et elle contribue à matérialiser cette frontière entre les deux notions et à inciter les jurés à se ranger du bon côté de la morale.

C'est une mise en garde calculée.

Pour retracer les faits, l'avocat général s'appuie sur le déroulement du procès.

— Lucio Aguirre a bien dîné dans ce restaurant à Aix, le soir du 20 novembre, nous ne le contestons pas, mais contrairement à ce qu'il déclare, nous affirmons qu'il a quitté cet établissement vers minuit, comme l'attestent tous les témoignages dignes de foi. Il s'est ensuite rendu à l'auberge où avait lieu le mariage. Dans la cour, il a malheureusement croisé, fortuitement, la petite fille. On ne saura jamais ce qui s'est passé entre eux, puisque l'accusé refuse de reconnaître les faits, malgré leur évidence. En revanche, ce que nous savons maintenant avec certitude, c'est que Lucio Aguirre est un menteur : toutes les dépositions, ainsi que le travail des enquêteurs, le prouvent de manière irréfutable. Il ment sur l'heure de son départ d'Aix.

Le magistrat lève son stylo et désigne le coupable sans le regarder et sans quitter les jurés des yeux.

— Il ment sur l'heure à laquelle il a parlé aux époux Robert, il ment sur les lieux où il les a rencontrés, et il ose nous demander de le croire lorsqu'il prétend ignorer comment les lunettes de la petite fille se sont retrouvées sous le siège de sa voiture ? Comment pourrions-nous encore le croire ? Comment pourriez-vous, mesdames et messieurs les jurés, lui accorder votre crédit, après avoir entendu tous ses mensonges ? Mais, il y a plus grave encore que cela. Oui, ses mensonges le rendent sournois. Nous pensons que son inimitié, son antipathie pour l'enfant l'ont poussé à opérer ce geste criminel. Pour assouvir ses pulsions malsaines et profondes, il a étranglé l'enfant de ses mains. Mais, exécuter un tel crime, mesdames et messieurs les jurés, étrangler une enfant à mains nues… imaginez, une petite fille de six ans, qui a dû se débattre et tenter de crier… à quelques pas d'une fête… Ce terrible accomplissement suppose une telle puissance du mal, une telle décharge de haine et de violence, mais aussi une telle détermination, une telle volonté, que l'on ne peut croire que l'accusé ait seulement cédé à une brusque pulsion. D'ailleurs, si cela avait été le cas, s'il s'était agi d'un geste malheureux, l'accusé aurait avoué son crime et implorerait son pardon, et nous pourrions éventuellement lui accorder notre pitié. Mais non, il n'en est rien. Son refus de reconnaître les faits dévoile un degré supplémentaire dans l'ignominie, un côté perfide et calculateur. Son entêtement à vouloir nier le meurtre témoigne encore davantage de la noirceur de son âme. C'est pourquoi j'affirme que son acte résulte d'une maturation, d'une préméditation sournoise qui s'est abattue ce soir-là parce que le hasard lui en fournissait enfin l'occasion. Lucio Aguirre, ayez au moins le courage d'assumer votre terrible crime, c'est tout ce qu'il vous reste à faire, pour regagner une parcelle d'humanité. Ayez le courage de regarder les parents de cette enfant dans les yeux et d'implorer leur pardon.

Le visage de cet homme demeure de pierre.

Après la grandiloquence de son discours, le ton redescend, s'assagit, se fait plus modéré, pesant, presque confidentiel.

Pas un muscle de son faciès ne frémit, sa voix ne tremble pas, il fixe les jurés et réclame la peine de mort pour Lucio avec calme, modestie, résignation et comme si, contraint d'en arriver à cette extrémité, il demandait l'application d'une règle évidente, d'une mesure indispensable au bon fonctionnement de la société.

La terre qui tourne avec ses grands ruisseaux de sang

L'avocat général s'est exprimé avec le plus grand calme. Il requiert la peine de mort, comme s'il paraphrasait une banalité, une doléance ordinaire.

Après avoir prononcé cette plaidoirie de boucher, il se rassoit tranquillement, prenant le temps d'arranger sa robe sous son séant.

Il n'a pas peur de se salir les mains avec le sang d'un innocent, mais il craint de froisser sa robe, ce justicier.

Je n'oublierai jamais le regard fulgurant de noirceur que Lucio nous lance.

Maître Grangier se précipite sur lui et lui parle à l'oreille.

Quelque chose explose dans ma tête. Je me jette contre Emilio.

Des applaudissements dans le fond de la salle.

— Bravo ! à mort les assassins d'enfants !

Le président tape sur sa table. Les cris redoublent.

L'audience est suspendue dans le vacarme.

Lucio avait exigé que la plaidoirie de ses avocats soit uniquement basée sur la démonstration de son innocence, il refusait toute compromission. Il n'y avait aucune place pour la négociation. Il voulait un acquittement.

Maître Dufour, le premier, reprit un à un tous les faits, donnant sur eux un éclairage différent, conforme à ce qui, nous le savions, s'était réellement passé.

Il expliqua qu'aucune autre piste n'avait été envisagée, que tous les efforts des enquêteurs s'étaient bornés à prouver la culpabilité de Lucio. Les traces de pneus n'avaient pas été exploitées, elles corroboraient pourtant la déclaration de Lucio, qui prétendait avoir vu une 4L dans les parages. Ces traces de pneus pouvaient être précisément ceux d'une 4L, pourquoi n'avait-on pas suivi cette piste ?

Il s'attaqua aux témoignages des époux Robert et du restaurateur. Pourquoi vaudraient-ils plus que ceux des quatre personnes qui disaient le contraire ? Étaient-ils donc plus Français que les autres ?

On sentait que sa conviction était profonde. Malheureusement, rien de concret ne venait étayer cette thèse. Les témoignages de Gérard, Manuel, Joaquim avaient été largement discrédités par l'avocat général. Il avait jeté le doute d'une connivence entre eux et ce n'était pas rattrapable.

Il expliqua néanmoins patiemment qu'il y avait une autre interprétation possible des événements qui n'avait pas été poursuivie. Dans cette affaire, les preuves avaient été rassemblées à la hâte, sous la pression, pour satisfaire l'opinion, à cause des crimes d'enfants qui s'étaient multipliés pendant l'année, jusque très récemment. Il clamait que condamner un innocent ne faisait pas reculer le crime. Le véritable assassin d'Amélie serait au contraire protégé par cette décision de justice si le jury suivait le conseil de l'avocat général. Il rappela que le doute doit toujours profiter à l'accusé et il mit les jurés en garde contre le danger de commettre une grave erreur judiciaire.

— Une erreur dont vous pourriez être amenés à vous repentir, le restant de votre vie ! et souvenez-vous à l'ultime seconde que la justice ne doit être rendue qu'en atteignant la certitude de la vérité.

Malgré la flamboyance de ses propos, nous sentions qu'il ne parvenait pas à ébranler l'opinion, car il lui manquait un détail, un élément matériel, qui aurait pu accréditer sa thèse. Les preuves faisaient cruellement défaut, rien ne venait contrebalancer l'effet des lunettes sous le siège ni la somme des affirmations mensongères qui accablaient Lucio. Pendant qu'il s'exprimait, je tentais de déchiffrer les visages des jurés, épiant sur eux le bénéfice de son discours, guettant avidement d'y apercevoir, ne serait-ce que furtivement, un tremblement, une lueur d'intérêt, de compréhension. Je ne voyais rien, on avait dû leur donner la consigne de ne rien laisser transparaître.

Maître Grangier, lui, fit à son tour le vrai portrait de Lucio comme j'avais essayé de le faire. Il parla de nous, de notre bébé, proclamant mon sérieux, ma réputation, ma respectabilité et la confiance totale que j'avais en Lucio, comme autant de gages de son innocence et de son honnêteté. Il démonta le discours de l'avocat général qui faisait de Lucio un menteur, mot après mot. Il enfonçait ses arguments comme des jalons, avec de profondes inspirations entre chaque coup. Il décrivit nos vies brisées en pleine jeunesse par cette terrible injustice, une année de liberté qui nous avait été volée, réclamant une réparation pour nous, exigeant l'acquittement. Il martelait cette requête, le geste quémandeur, le visage crispé, il paraissait souffrir. L'intensité dramatique culminait. L'attention des jurés était captivée, parce que sa voix vibrait de sincérité. L'espace d'un instant, l'incertitude parcourut la salle, les esprits se tenaient sur le fil de l'hésitation. Sa foi en l'innocence de son client était tellement perceptible et émouvante qu'elle atteignit un pouvoir de persuasion. C'était notre atout le plus important, car malheureusement lui non plus ne possédait pas le commencement d'une preuve.

Le président s'adressa à Lucio :

— Accusé, levez-vous, avez-vous quelque chose à dire à la cour ou aux victimes ?

Lucio se tourna vers Mariette et son père :

— Je vous jure que je ne suis pas l'assassin de votre petite fille, je vous le jure, jamais je n'aurais pu commettre un acte aussi abominable.

Bastien pleurait, Mariette semblait déboussolée. On lui avait dit que le criminel, c'était lui. Le doute, à présent, la rendait folle. Sa haine avait besoin d'un coupable.

Comment décrire ce cauchemar? Cette attente effroyable durant laquelle nous possédions cependant encore le tremblant privilège de récuser le pire…

Assis sur un banc, serrés l'un contre l'autre, dévorés par la peur, Emilio et moi nous attendions, muets. Les avocats allaient et venaient, dans un état de nervosité extrême, eux aussi. Impossible de voir Lucio, retenu dans un fourgon de police. Je claquais des dents d'imaginer son martyre.

Quatre heures. Le jury a mis quatre heures pour décider de sa vie et de la nôtre. C'était beaucoup, mais c'est peu.

Nous sommes rentrés avec la sonnerie. Assis à nos places.

— Gardes, faites entrer l'accusé.

Lucio a évité de nous regarder, il ne pouvait pas. Il ne regardait plus personne, il était ailleurs, dans le vide. Je le connaissais assez pour imaginer qu'il avait passé ces heures à fourbir son courage, à se préparer à tout, à se fabriquer une contenance.

Le jury est entré. Les visages étaient graves et fermés. Je les ai tous dévisagés. Eux ne nous regardaient pas, ni nous ni Lucio. Leurs regards étaient tournés vers l'intérieur. Ils devaient scruter leur conscience à cet instant. Sauf cette femme qui regardait Lucio. J'ai lu le verdict dans les yeux rougis de cette femme. Lucio aussi l'a vu, il s'est figé davantage.

Le président a lu d'acte d'accusation, je l'entendais à travers une couche épaisse de ouate, mes oreilles bourdonnaient. Les derniers mots ont déchiré mes tympans. Ils ont explosé comme une bombe atomique. Condamné à mort.

— Gardes, emmenez le condamné.

Dix minutes pour lui voler sa vie.

Lucio est sorti sans vouloir dire un mot et sans nous jeter un regard.

C'était fini.

J'avais oublié que la corrida se termine toujours par la mise à mort.

Nous errions, Emilio et moi dans l'appartement, comme deux ombres malades. La douleur, cette douleur-là, peut rendre fou. Félix avait gardé Nino, je ne pouvais pas m'en occuper. Je passais des jours dans un semi-coma.

Jour et nuit, la réalité effectuait un machiavélique va-et-vient délirant avec moi. Elle s'effaçait quelques secondes, me laissant incapable de concevoir ce drame dont nous étions les principaux acteurs. Tout m'échappait alors, tout me paraissait irréel, étranger, impossible à appréhender et puis, d'un seul coup, foudroyant ma conscience, la mort me tombait dessus comme un rapace sur sa proie.

Une image effroyable surgissait, celle d'une lame de forme trapézoïdale.

Emilio, lui, était comme statufié, un bloc silencieux de souffrance.

Les avocats faisaient leur métier, s'occupaient de tenter la cassation, sans y croire, mais avec dévouement.

Lucio ne voulait pas nous voir. Les avocats nous expliquaient que c'était trop dur, qu'il ne pouvait pas risquer de s'attendrir. Je lui écrivis pour le supplier.

Lucio ne répondait toujours pas à mes lettres. Je continuais quand même à lui écrire tous les jours.

Noël est passé. Il avait bien fallu récupérer Nino. Il nous forçait à survivre, même si nous étions incapables de réagir à ses sourires et à ses babillages. Nous nous terrions dans l'appartement. Nous ne sortions plus que par obligation. La vie, dehors, nous faisait atrocement mal.

L'année toute neuve est arrivée. Cela ne nous concernait plus.

Le monde n'était plus pour nous.

Journal de Julia
Une lettre de toi

Janvier 1977.

Enfin, j'ai reçu une lettre de Lucio, Emilio aussi a la sienne.

Mon amour,

Ne m'en veux pas, je fais ce que je peux.

« C'est dur de mourir au printemps, tu sais. »

Pardonne-moi. J'ai passé des jours très difficiles, tu l'imagines, terrassé par ma condamnation. J'étais harcelé par l'idée et par la vision de la guillotine. (Il faut avouer que c'est une sale bête de machine et d'idée). Elle s'était approprié mon esprit. Je ne pouvais plus réfléchir, ni penser à toi, à nous. Rien. Je ne parvenais pas à me débarrasser de cette obsession. Elle s'était même déjà emparée, avec anticipation, de mon corps en vie. Je la sentais, glaciale, circuler dans mes veines et faire se hérisser les poils de mes bras. Pire encore, j'avais dans ma bouche son relent pestilentiel qui m'empêchait d'avaler toute nourriture et son poison dans mon estomac. Elle ne me laissait aucun répit. Elle accaparait mes nuits et, le matin, me clouait aux murs. J'aurais voulu me fondre dans la pierre pour lui échapper. Disparaître. Me dissoudre. Je devais faire des efforts immenses pour retenir mes cris. Logés au fond de ma gorge, ils m'étranglaient. Je n'étais plus qu'un animal sauvage, une bête traquée qui respire la mise à mort. Je ne me sentais plus rien d'humain.

Dans cet état, mon amour, je ne pouvais pas t'écrire.

Ni accepter de te voir.

Pardonne-moi de te dire tout ça, de te faire ainsi partager mon calvaire, mais c'est en regardant la réalité en face qu'on la combat le mieux. Nous ne pouvons fuir ce qui est en face de nous.

La nuit dernière, j'ai compris qu'en cédant à la panique, j'étais déjà mort. Je prenais de l'avance sur la guillotine. Et l'idée de l'exécution me privait de mes derniers jours de vie. Alors, je l'ai regardée autrement. Parce qu'enfin, tous les hommes sont condamnés dès leur naissance. Comment s'accommodent-ils de cette idée ? Puisqu'elle ne les harcèle pas. Après tout, je devrais, moi aussi, y parvenir, car mon sort n'est aujourd'hui que très peu dissemblable. Si je connais approximativement le délai (certes, un peu trop court) qui m'est imparti, cela ne fait qu'une petite différence et ne change pas le fond du problème. Il suffit de prendre de la hauteur. Ce n'est, somme toute, qu'une affaire de temps, quelques années, une virgule au regard de l'humanité, alors...

Je pourrais aussi, en cette occasion, me rappeler les sages paroles d'Épicure : nous ne devons pas craindre la mort, car tant que nous sommes vivants, elle n'est pas là, et lorsqu'elle est présente, c'est nous qui ne sommes plus. On ne meurt pas de son vivant, *affirme-t-il !*

Je sais, tu vas m'objecter que j'use de mauvaise foi, que toute cette philosophie ne pourra jamais nous consoler du bonheur qu'on nous prend, c'est vrai, mais cela m'a donné la force de saisir cette idée à bras-le-corps. Puisqu'elle avait décidé de m'empoisonner l'existence, j'ai entrepris de lui tordre le cou, comme dirait mon ami Prévert. Le spectre de ma mort était devenu le garde-chiourme de ma pensée, j'ai essayé de retrouver ma liberté d'esprit, pour le temps qu'il me reste.

Ah ! J'aurais aimé mourir pour des idées, ou une passion, ou mon pays, comme ces jeunes Basques que Franco a fait exécuter en septembre dernier ! Il me semble que cela aurait été plus facile. Une mort héroïque. Et mon père aurait pu accepter sa souffrance. Non, ma mort ne serait pas héroïque, elle serait absurde, minable et sordide. Que me restait-il alors comme alternative, pour ne pas mourir dans l'infamie ? J'ai bien réfléchi et vite fait le tour, car les solutions ne sont pas nombreuses. Il ne me restait qu'à la regarder en face. Je pourrais ainsi essayer, humblement, de lui conférer un semblant de dignité, ce serait déjà ça, et je pense à mon père aussi, en cela. Je vais donc tâcher d'être courageux. Je ne vois pas d'autre issue.

Non, ne me surestime pas, ne me prends pas pour un modèle d'héroïsme. Je n'ai du courage que par défaut, par obligation, parce qu'il n'y a aucune autre option, ce n'est qu'une maigre consolation et une forme sublimée de lâcheté, en somme.

Mais je ne suis pas Meursault, l'homme absurde, c'est seulement parce que j'aime passionnément la vie que je raisonne ainsi. Je ne veux pas me laisser déposséder de ce qu'il me reste d'existence. Aussi brève soit-elle, je m'y accroche.

Et puis, le plus important de tout est que j'aie du temps pour te voir encore, ainsi que Nino et mon père, je peux espérer deux ou trois fois, peut-être ? Je ne veux pas leur abandonner ce bonheur-là.

Alors tu vois, dans ma cellule, depuis que j'ai réussi à cohabiter avec l'idée de la guillotine et à dompter ma panique comme on soumet un fauve, je suis parvenu au moins à m'évader par la pensée.

Et je me suis senti revivre. Oui, je suis encore vivant, Julia, pourquoi faudrait-il que je sois mort avant l'heure ?

Il faut bien vivre jusqu'au bout.

Tu vas pouvoir demander à me voir. Nous aurons des moments ensemble.

Nous ne devrons pas nous apitoyer, car nous serions perdus. Je suis arrivé à endiguer l'horreur, tu pourras le faire aussi.

Pense à tout cet amour que nous avons possédé, tu te souviens de ce que dit Prévert ?

« Cet amour tout entier
Si vivant encore

Et tout ensoleillé
C'est le tien
C'est le mien
Celui qui a été »

Je suis impatient maintenant de te voir, de te serrer dans mes bras.

Il faut à présent que je te parle d'autre chose. J'ai beaucoup réfléchi. Je veux que tu essaies, dans quelque temps, quand ce sera fini, d'oublier ce calvaire que nous aurons vécu. Ne reste pas fidèle au malheur. Ne vis pas confinée dans le souvenir d'un amour malheureux. C'était un bel amour, et songe que ce n'est pas lui qui se termine tragiquement, ce n'est que la vie. Nous ne sommes que de passage, alors, je t'en prie, ne gâche pas le reste de ta vie. Sois heureuse pour toi, pour moi, pour nous deux. Tu seras mon avenir.

Pour Nino, je ne veux pas qu'il vive en traînant ce boulet. Je ne peux lui léguer cette horreur. Je ne veux pas que mon enfant grandisse dans l'ombre de cette monstrueuse machine, qu'il rougisse de son père, qu'il en ait peur, ou honte.

Non, nous devons lui cacher le plus longtemps possible la vérité pour qu'il s'épanouisse normalement, comme tous les enfants. C'est pour cela que je n'ai pas souhaité lui donner mon nom.

Invente pour lui, je t'en prie, une belle histoire pour lui parler de son père. Je te fais confiance, tu sais bien faire ça. Une histoire qui ne serait pas tout à fait un mensonge. Raconte-lui combien nous nous sommes aimés et trouve une parade pour le reste, qui ne le plonge pas dans l'inquiétude ni dans la rancœur.

Je ne voudrais pas qu'il croie que j'aie pu l'abandonner. Quoique... après tout, ne serait-ce pas préférable ?

Je te fais confiance, mon amour, fais au mieux.

Je t'attends.

Lucio

Emilio est parti lire sa lettre dans sa chambre. Il veillait à ne jamais pleurer devant moi.

Après, il m'a seulement dit :

— On va pouvoir y aller. Il te l'a écrit ?

— Oui.

— Il est fort. Il va falloir l'aider, Julia, tu pourras ?

J'ai fait oui de la tête. Les mots m'étranglaient.

Je me suis précipitée aux Baumettes pour faire la demande de visite. Il faudrait attendre quelques jours et téléphoner. On ne visite pas un condamné à mort aussi facilement qu'un autre prisonnier. Je ne suis même pas certaine d'obtenir l'autorisation.

J'attends et je me forge une résolution. Je repasse mes paroles, toutes celles que je veux lui dire et aussi celles qu'il ne faudra pas prononcer. Mon Dieu, que c'est dur !

Pourtant un rayon traverse la couche épaisse de nuages. Surplombant la douleur, la peur et tout le reste, intact, survit le désir de voir Lucio et de le toucher. Sa lettre m'a tellement bouleversée, je crois bien qu'il m'a transfusé un peu de son courage.

Félix est venu nous manifester son amitié, il voudrait tant nous aider. Je lui ai dit que c'était impossible. Son affection est impuissante, il y a des limites dans la souffrance que l'empathie la plus sincère ne peut jamais franchir. Il me parle, mais nous ne vivons plus sur la même planète.

Une surprise qui est peut-être un bon signe pour nous : Marcellin Horneich et Joseph Keller, deux criminels d'autostoppeurs, coupables d'avoir sauvagement assassiné leurs victimes à coups de serpe, viennent d'être graciés.

Je ne comprends pas pourquoi eux et pas Ranucci, mais cela m'inspire quand même de l'espoir. Le président serait-il définitivement dégoûté de la guillotine ? Je repense à ses paroles, lors de son investiture, il avait décrété son « aversion profonde pour la peine de mort ». Ranucci n'était peut-être après tout qu'un « accident » dans l'exercice de cette « aversion » ?

Encore un procès qui se terminera comme on nous en donne l'habitude, ces temps-ci. Patrick Henry, l'assassin du petit Philippe Bertrand, sera condamné à mort comme les autres, cela ne fait aucun doute. Il a d'autant moins de chances d'y échapper que le crime est horrible et qu'il l'a reconnu. Nous aurions voulu ne rien entendre, ne rien savoir de cette affaire-là, malgré ça, nos oreilles sont traversées par les éclats de ces informations. Il faut dire qu'une fois de plus les médias ne cessent de répercuter les délires d'une opinion acharnée à réclamer la mort, les propos sont carrément divagants et obscènes. D'ailleurs, les journaux annoncent : « le procès d'un guillotiné », c'est prometteur ! Cette histoire achève notre écœurement.

Nous nous aimons, nous vivons

Je me rends aux Baumettes, je vais voir Lucio, j'y vais seule, je n'emmène pas Nino. Emilio s'est longuement entretenu avec moi, avant que je ne parte. Il a peur que ce ne soit trop dur pour nous deux et que je craque. Son amour pour Lucio s'est mué en une sorte de pitié déchirante.

J'avais l'habitude des parloirs et des fouilles, mais cette fois, c'est plus sérieux. Je suis pratiquement déshabillée par une surveillante zélée. Je n'aurais vraiment pas pu dissimuler une arme sur moi, ni quoi que ce soit d'autre. Un gardien me conduit dans un couloir, nous longeons des cellules. Mon cœur brinquebale. On m'arrête devant une porte que le cerbère déverrouille avec un gros trousseau. Lucio est là, debout face à moi. Je me jette dans ses bras. La porte restera ouverte et nous serons surveillés, on s'en fiche, ce n'est pas ça qui nous empêche de nous embrasser. D'ailleurs, le gardien nous laisse nous enlacer, il tourne la tête. Il veut se faire discret autant qu'il le peut, il est sorti, a tiré légèrement la porte derrière lui et se tient dans le couloir. Nous savons qu'une caméra nous observe.

Je scrute avidement le visage de Lucio pour lire sur ses traits quelque chose de sa souffrance, pour savoir comment il endure son calvaire. Il a décidé que nous ne parlerions ni de la cassation, ni de la grâce présidentielle, ni de rien, seulement de nous. Il faut faire comme si nous avions la vie devant nous, une petite éternité. Il a raison. Je dois m'obliger à endiguer une vague géante de colère qui se soulève en moi, je sens sa puissance déferler dans mon cœur, dans ma tête, prête à m'emporter et je me demande si je vais être capable de la contenir, de faire taire ma révolte.

Alors, je m'efforce d'exhorter tous mes sens, d'ameuter toutes mes cellules vivantes, de mobiliser tous les pores de mon épiderme pour capturer l'odeur, la chaleur de Lucio, son être tout entier, pour m'enivrer de sa présence. Je prends son visage dans mes mains, j'embrasse ses yeux, je me blottis contre lui, en lui. Lucio, lumière de ma vie. C'est plus fort que moi, mes yeux me trahissent, l'amour se met à couler, Lucio boit mes larmes et je bois les siennes.

Je dois tenir. Il faut que je dise quelque chose. De banal.

— La prochaine fois, j'emmènerai Nino.

Il acquiesce. Nous avons quarante-cinq minutes pour nous. Quarante-cinq minutes pour fabriquer de l'amour, pour nous lécher, pour nourrir nos cœurs de sensations et de souvenirs. Lucio me demande, entre deux baisers, comment va Emilio. Je ne sais que répondre.

— Il viendra lundi prochain.

— Je sais. Et Nino, parle-moi de lui, est-ce qu'il commence à parler ?

Je souris à travers mon rideau de larmes.

— Mais Lucio ! il n'a pas cinq mois, il parle, oui, tatatata, gagaga, reureureu…

On rit tous les deux.

— Il me tarde de le voir ! Je vais passer mon temps à compter les heures en vous attendant.

On reste noués ensemble, souls de désir, jusqu'à ce qu'on nous sépare. Le gardien me raccompagne, il a pitié de nous. Je lui demande si Lucio est bien traité. Il me dit que oui et ajoute que c'est un condamné exemplaire et cultivé, ils parlent quelquefois, de Prévert, de Camus et d'Aragon. Il y a beaucoup d'émotion dans sa voix. L'humanité s'infiltrerait-elle donc aussi dans les prisons, malgré les efforts qui sont faits pour l'en chasser ?

Quand je me retrouve dehors, sur le trottoir qui longe le mur, je dois me retenir de hurler. La douleur maîtresse reprend ses droits. Furieuse, revancharde, elle m'agrippe, prête à me faire payer cher ces instants d'amour arrachés de force à l'enfer, à me les faire rendre. Elle m'étreint comme une paire de tenailles, elle me broie et me tord le cœur. Elle me plie en deux. Je marche comme un zombie.

Je longe la forteresse avec des désirs de passe-muraille.

Le procès de Patrick Henry vient de se terminer, le verdict nous abasourdit, il échappe à la peine capitale, lui !

La justice n'est-elle donc qu'une loterie capricieuse ? Fantaisiste ?

Qui un jour, à Aix-en-Provence, condamne à mort un innocent, et gracie un coupable, à Troyes, un autre jour ?

Ce n'est pas que nous voulions une autre tête, pour nous consoler, non ! Mais nous ne pouvons nous empêcher de ressentir avec douleur l'absurdité de la condamnation à mort de Lucio, innocent, lui, au regard de ce jugement plus clément dont a bénéficié ce coupable avéré.

Nous sommes cruellement partagés. Écartelés entre d'un côté ce sentiment d'injustice engendré par l'incohérence des peines infligées et celui, malgré tout, d'approuver un tribunal qui a montré un signe d'humanité en refusant de donner la mort.

L'avocat de Patrick Henry, maître Badinter, a trouvé les mots qu'il fallait pour toucher les jurés. Des paroles crues, spontanées, criantes de simplicité et de vérité, qui les ont mis face à leur conscience et devant leur propre peur de la mort.

Le regret m'empoigne le cœur de ne pas avoir été le chercher, cet avocat brillant. Nous écoutons, les larmes aux yeux, ses paroles. Elles se graveront dans nos âmes, pour toujours, et au fer rouge : « Prendre un homme vivant et le couper en deux. »

Je tremble.

Moi aussi, j'ai peur, mes genoux s'entrechoquent.

Pourtant, ce discours me fait quelque part aussi du bien, en même temps qu'il me déchire. Il est porteur d'espoir. Il me semble que plus jamais en France on ne pourra prononcer une mise à mort après ce qui a été dit. Je suis certaine que cette plaidoirie restera dans l'histoire.

Il me semble même que la guillotine a fini de servir, qu'on va la ranger dans un musée, à côté des vieux ustensiles moyenâgeux de torture, afin que les générations prochaines n'oublient pas.

Même pour nous, j'y vois de l'espérance: le président ne peut plus désormais envoyer Lucio « se faire couper en deux » comme a proféré l'avocat, reléguant définitivement la barbarie au passé. Comment oserait-il à présent? Je le dis à Emilio, il m'écoute, mais je sens qu'il ne partage pas jusqu'au bout mon enthousiasme.

— Tu es jeune, Julia, ne te fais pas trop d'illusions. C'est vrai, cet homme, Badinter, marquera l'histoire de la guillotine, j'en suis sûr, mais on n'en a pas encore fini avec la peine de mort, il y aura d'autres exécutions.

Il s'est pris la tête dans les mains et l'a secouée.

Je suis allée voir maître Grangier, je voulais lui parler de ce dernier procès, qui s'était tenu à Troyes. Il était, comme nous, partagé, ne parvenant pas à se réjouir de cette avancée qu'augurait le verdict tant elle représentait une cruauté supplémentaire pour Lucio. Il semblait paradoxalement très affligé, alors qu'il était abolitionniste. Je pense qu'il devait culpabiliser de ne pas avoir réussi à sauver Lucio alors que Badinter avait pu sauver un criminel.

Je lui ai posé les mêmes questions qu'à Emilio, et j'ai obtenu les mêmes réponses:

— Mais vous ne croyez pas que ces paroles vont influer sur les décisions des jurés désormais ? Quel tribunal osera condamner à mort à présent ?

— Ne vous faites pas trop d'illusions, Julia, il y aura d'autres condamnés à mort.

— Et le président ? Il ne peut plus envoyer un homme à la guillotine après ce verdict ! Ce serait trop injuste !

— On ne peut pas savoir, c'est possible, cela peut aussi avoir l'effet inverse et renforcer sa fermeté. Un sondage sur la peine de mort vient de révéler que plus de soixante-dix pour cent des Français y sont favorables lorsqu'il s'agit de crimes d'enfant.

Il a ajouté, la tête baissée, d'une voix amère et coupable :

— Le président est à l'écoute de l'opinion, avant tout.

Mais la vie sépare ceux qui s'aiment

Hélas, j'ai bien peur que maître Grangier et Emilio n'aient raison. Une nouvelle condamnation à mort vient de tomber. Jérome Carrein, coupable d'avoir noyé un petit garçon de huit ans. C'est un être rustre, si j'ai bien compris, presque un simple d'esprit, et cela n'a pas arrêté les jurés de Douai. Décidément, l'espérance n'aura été que de courte durée. La guillotine a encore de beaux jours.

Que penser de cette justice inconstante ?

Emilio est revenu des Baumettes très éprouvé. J'ai mal pour lui. Nos souffrances s'additionnent. Il ne m'a rien dit, il s'est retiré dans sa chambre sans manger.

J'attends de revoir Lucio, je vais emmener Nino, la prochaine fois. Je compte aussi les heures. Je n'ai toujours pas pu reprendre mon travail, je suis trop déprimée. Je ne fais rien de mes journées, je berce Nino, je le serre contre moi, je m'occupe de le nourrir et de le changer et c'est tout. Emilio me force à manger un peu. On s'oblige parfois à faire la vaisselle ensemble et à ranger.

J'ai peur.

La cour d'Aix-en-Provence vient de prononcer une autre condamnation à mort, cela fait deux, en un mois, dans le pays. On ne veut pas aggraver le taux de chômage en licenciant les bourreaux. Je réalise la stupidité de mon optimisme du mois de janvier. Il n'y a rien de changé en France, on persiste à tuer pour démontrer qu'il ne faut pas le faire !

Les avocats avaient tenté un pourvoi en cassation sachant qu'il serait rejeté et il fut balayé. Il n'y aurait pas de nouveau procès pour Lucio. Nous nous en doutions. Nos avocats nous avaient prévenus. Il n'y avait pas de motif de cassation.

Ce fut néanmoins très dur à admettre. Nous pensions avoir atteint les limites du désespoir et il progressait encore d'un grand pas en avant et nous poussait vers l'abîme. Il ne nous restait plus que l'alternative de la grâce présidentielle.

Cette fois, je voyais nettement se profiler la silhouette de la guillotine.

Ranucci n'avait pas été gracié, cette idée ne me lâchait plus.

D'un autre côté, en janvier, ces deux criminels d'autostoppeurs, pourtant particulièrement cruels, l'avaient été. Alors, je m'accrochais à ça et à l'aversion déclarée du président pour la peine de mort. Cette grâce octroyée aux assassins n'était-elle pas le signe d'une repentance ? Le président n'était-il pas en proie au remords pour avoir sacrifié une vie de vingt ans ? Dans ce cas, il ne pourrait réitérer.

Cela laissait-il augurer une espérance ?

Parfois, je ne me levais pas de la journée, sauf pour m'occuper de Nino. Je n'ouvrais même pas les volets. Emilio venait me proposer à manger. Je ne pouvais pas.

Nino pleurait de temps en temps pour qu'on le prenne. À part lui, un silence terrifiant planait dans l'appartement. Nous ne parlions pas.

Les jours n'étaient plus que des fractions misérables de temps, des lambeaux d'hésitation suspendus par un fil au-dessus de l'enfer, oscillant comme un métronome qui rythmait l'incertitude et mon angoisse.

Quand je fermais les yeux, le couteau en forme de trapèze était toujours là, menaçant.

Le désir de mort, comme un venin, s'égouttait dans mes veines, insidieusement.

Je suis retournée voir maître Grangier. Je n'en pouvais plus de ressasser l'impondérable. Tourner jour et nuit dans ma tête, seule, ces supputations terrifiantes. J'attendais de l'avocat qu'il calme un peu ma tension. Il est resté sincère, il ne voulait pas me donner de faux espoirs.

Pour l'instant, nous ignorons encore quand nous serons reçus par le président. Nous en saurons un peu plus quand nous l'aurons vu, nous ferons tout notre possible, Julia, croyez-le bien, tout notre possible pour le sauver.

— Mais il a gracié ces deux tueurs en janvier, pourtant eux, ils avaient tué, et à coups de serpe, c'est horrible, non ? Alors, pourquoi pas Lucio ?

— Oui, bien sûr…

Il ne m'a pas semblé convaincu.

— Il est innocent ! on ne peut pas les laisser le tuer, ce serait un assassinat !

— Je sais, Julia, nous savons qu'il est innocent. Mais la justice l'a reconnu coupable. Le président se réfère à la justice et je vous ai expliqué qu'il est particulièrement sensible aux crimes d'enfant.

Je ne pouvais plus contenir ma colère, je l'ai agressé sans retenue :

— C'est ça, votre justice ? Deux assassins sont graciés, un tueur d'enfant échappe à la condamnation à mort et Lucio serait guillotiné, lui qui est innocent ? Pourquoi ? Est-ce qu'ils ont besoin d'un bouc émissaire ?

Il ne disait rien. J'allai plus loin.

— Qu'est-ce qu'on va faire, alors ? Ne me dites pas qu'on va les laisser lui couper la tête ! c'est facile pour vous, ce n'est qu'un client, après tout, vous en aurez d'autres ! vous vous rattraperez, n'est-ce pas ? Après cet échec ! parce que ce ne sera qu'un échec professionnel, pour vous, la mort de Lucio !

Il souffrait lui aussi. Je l'ai bien vu, mais je ne me maîtrisais plus.

— Je vais vous le dire, ce qu'il nous reste comme solution, le faire s'évader, c'est ça que je vais faire, puisque la justice en France n'est pas capable de reconnaître ses innocents, je vais le faire s'évader, moi, vous m'entendez ? Je vais le faire !

J'ai éclaté en sanglots.

Il a passé son bras autour de mes épaules, me prodiguant des paroles réconfortantes. Il a fait tout ce qu'il pouvait pour essayer de me calmer. Il est revenu sur la grâce.

— On va obtenir la grâce, Julia, on va y arriver, on va convaincre le président de l'innocence de Lucio. Vous avez raison, il ne peut pas y avoir deux justices, une qui tue et l'autre qui gracie. Il ne sera pas insensible à nos arguments, on va l'obtenir, Julia, on va y arriver, et ensuite, on pourra trouver des éléments qui permettront la révision de son procès et cette fois, nous prouverons qu'il n'est pas un criminel. Ne faites pas de bêtise, Julia.

Je ne le croyais plus.

Lucio avait voulu que sa défense se concentre sur la démonstration de son innocence. Je commençais à comprendre que c'était cela qu'il payait. Puisque les assassins s'en tiraient, eux !

Au fur et à mesure que nous approchions de la terrible échéance, j'avais de plus en plus de mal à contenir ma révolte.

L'évasion, je ne cessais d'y penser. C'était pure folie, bien sûr (quoique l'avenir nous montrerait que mon projet n'était pas aussi fou que ça). Il ne nous restait plus que cette alternative. J'en avais déjà parlé à Emilio.

D'abord, il s'était mis en colère.

— Ne va pas tracasser Lucio avec cette illusion, Julia, comment veux-tu qu'on y arrive ? C'est impossible. Tu passes à travers les murs de prison, toi ?

Et puis, je le savais, Emilio avait pris de l'avance sur moi dans l'acceptation du malheur. Il projetait de fournir à Lucio une capsule de cyanure pour abréger son calvaire et lui éviter l'exécution.

Mais je sentais bien qu'il était prêt lui aussi à envisager n'importe quoi pour le sauver, comme moi.

Nous avons commencé à nous interroger, chacun de notre côté, puis Emilio m'en a reparlé. Avec son passé contestataire, j'espérais bien qu'il finirait par me rejoindre. Mais nous n'avions pas la moindre piste pour démarrer et échafauder un plan. Ce n'était qu'un rêve.

Puis le rêve est devenu notre obsession. Nous avions peur que les avocats n'obtiennent pas la grâce. Le gouvernement avait rappelé la sévérité requise dans les cas d'assassinats d'enfants. Lucio n'avait plus que nous. Dès lors, nous en avons parlé sérieusement. Mais comment s'y prendre ?

J'ai tout envisagé, même de cacher une arme dans la couche de Nino, Emilio n'était pas d'accord, il prétendait qu'ils la trouveraient. C'était trop dangereux.

— Tu veux aller en prison, toi aussi ? Et ton fils, qu'est-ce que tu en fais ? m'a-t-il dit sévèrement.

Et puis, que faire d'une arme ? Menacer ? Prendre un otage ? Je ne voyais pas Lucio faire ça. Il était bien incapable de menacer quelqu'un, Lucio ! Et l'affaire Buffet, Bontemps, cette prise d'otages qui avait si mal tourné était encore dans nos esprits.

C'est alors que j'ai eu l'idée. J'ai pensé à la promenade. Lucio m'avait dit qu'il avait le droit de sortir une demi-heure par jour dans la cour, seul, depuis sa condamnation.

— Emilio, réfléchis, on ne peut pas passer à travers les murs, alors qu'est-ce qu'il nous reste ? Le ciel ! quand il est dehors, si on peut arriver en hélicoptère, on lui jette une corde et on s'échappe.

— Tu es folle, Julia, qu'est-ce que tu fais des gardiens postés sur le mur ? Ils tireront sur lui, et sur l'hélicoptère, et puis d'abord, où est-ce que tu le prends ton hélico ? Et qui le pilote ? Toi ?

— Oui, moi. Si on ne fait rien, il va mourir, il faut les empêcher, Emilio, je t'en prie !

— Et Nino ? Si tu te fais prendre ?

— Je ne les laisserai pas lui couper la tête !

Emilio a sursauté comme si je l'avais giflé.

— L'hélico, où est-ce que tu le trouves, ton hélico ?

— Je vais suivre des cours. Je m'inscris demain.

Emilio insistait, on ne le bernait pas facilement :

— Où as-tu été chercher cette idée, Julia ?

J'ai avoué : j'ai parlé à Emilio du film *Breakout*, avec Charles Bronson, qui relatait une évasion en hélicoptère justement.

— Tu vois bien, c'est du cinéma !

— Non, ce n'est pas que du cinéma, aux États-Unis, un prisonnier s'est évadé de la cour d'une prison, pendant la promenade, exactement comme ça, ils se sont inspirés du film et ça a marché !

Emilio m'a regardée comme si je lui venais de lui proposer de kidnapper la statue de la Liberté. Pour lui, ce qui pouvait se passer « en Amérique » comme il disait, était du domaine du rêve. Le cinéma et la réalité se confondaient un peu dans sa représentation du nouveau continent. Là-bas, tout était possible, sans doute, y compris une évasion rocambolesque, mais ici, en France ? L'aventure lui paraissait improbable. Cependant, je voyais bien qu'il réfléchissait.

Je ne lâchai pas le morceau.

Nous en avons parlé sérieusement, une grande partie de la nuit et je suis parvenue à le convaincre. Ce fut décidé. Dès lors, nous avons échafaudé un plan. J'allais apprendre à piloter un hélicoptère, toutes mes économies ne suffiraient pas, ni celles d'Emilio, tant pis ! J'emprunterais de l'argent à Félix, sans lui révéler pourquoi, il ne dirait pas non.

Ensuite, sous la menace, nous obligerions le pilote instructeur à voler au-dessus de la cour de la prison.

Emilio serait de la partie, bien entendu. Il saurait comment se comporter en pareille situation. Il fallait prévenir Lucio. Qu'il se tienne prêt.

Nous nous sommes couchés très excités par cette idée. Enfin, un fragment d'espoir auquel s'accrocher. J'imaginais notre fuite. Partir avec Lucio et Nino, à l'autre bout du monde. Pouvoir, ne serait-ce que l'espace d'un instant, remplacer dans nos têtes les pensées macabres par ces images-là fut un vrai soulagement.

Je me persuadai que nous avions des chances de réussir, et même si elles étaient minces, de toute manière, c'était mieux que d'attendre la mort sans broncher.

Je vais voir Lucio, et cette fois, j'emmène Nino. La fouille est très sévère, Emilio avait raison, même la couche de Nino est explorée. Lucio fond devant son fils, il ne peut retenir ses larmes, c'est trop d'émotion. J'entends ses pensées, comme s'il les exprimait à voix haute. Il se dit qu'il ne le verra pas grandir, il songe à son propre père, à sa mère qui lui a manqué, il doit se révulser de tant d'injustice et il sourit. Il fait tout pour tenir. Je sais bien que si nous nous laissons aller, ce sera encore plus terrible. Nous ne pourrons plus maîtriser notre désespoir et nous nous perdrons davantage encore. Et nous perdrons ces instants précieux qui sont tout notre trésor. Alors, je fais comme Lucio, je souris. Je le serre dans mes bras. Je me blottis contre lui et je lui glisse à l'oreille :

— C'est à quelle heure, ta promenade ?

Il me regarde, un peu ébahi par la question.

— Jamais à la même heure. Ils changent l'heure chaque jour.

La déception me coupe le souffle. Ils pensent à tout.

— Pourquoi tu me demandes ça ?

Je n'ai plus le cœur à lui dire que je sais presque piloter un hélicoptère. Nous avons un obstacle de plus à surmonter, l'heure. Je suis déjà en train de rechercher une solution. Le regard de Lucio fouille le mien. Il a décelé quelque chose. Je crois qu'il a compris, tant mieux, comme ça, il sera prêt. Alors, au moment de partir, je lui fais en catimini, dos à la caméra, un petit signe de l'index simulant la rotation des pales d'un hélicoptère. Il me jette un dernier coup d'œil avant qu'on l'emmène. C'est un orage que je vois dans son regard.

Ne nous laissez pas devenir froids

Le temps presse. Les avocats ont rendez-vous à l'Élysée pour requérir la grâce. Peut-être ramèneront-ils une bonne nouvelle qui nous dispensera de péripéties dangereuses, espère Emilio, peut-être que le président donnera un signe de clémence. Oui, l'espace d'un instant, je me dis que c'est possible, il va être sensible à la jeunesse de Lucio et les avocats sauront le convaincre de son innocence. Je rêve, je me projette déjà dans l'avenir, refaire le procès, tout recommencer…

Grangier a demandé à me parler avant de partir. Il a rencontré Lucio aussi et souhaite me voir à ce sujet. Se doute-t-il de quelque chose ?

Mais non, j'ai compris que s'il voulait nous consulter, avant de se rendre à l'Élysée, c'était pour s'inspirer de toute notre misère, pour emporter avec lui une part de notre malheur, qui l'aiderait à trouver les mots, les seuls capables de repousser l'horreur, comme ceux qui ont été miraculeusement soufflés à Badinter par une force inconnue.

Il a remarqué mon visage fermé, mes traits durcis par la haine et la peur, il a lu aussi la détermination dans mon regard. Il a deviné que j'étais prête à tout.

Il s'interrogeait, cherchant à imaginer quels pouvaient être mes projets.

— Ne faites pas de bêtises, Julia.

— De quoi parlez-vous ?

— Je ne sais pas.

Il semblait songeur. Je lui ai répondu vivement :

— Sauvez Lucio et ne vous occupez pas de moi. Sauvez-le !

Il m'a serrée dans ses bras.

Cela ne va pas nous être favorable, une autre condamnation à mort vient d'être prononcée. Cette fois, c'est en Vendée, un certain Michel Bodin, coupable d'assassinat et de torture d'un retraité. Combien sont-ils à présent, en France, à croupir dans leurs cellules, en attendant le bon vouloir du président ?

Il ne pourra pas gracier tout ce monde !

Ils sont revenus. Si l'on en croit les avocats qui l'ont rencontré hier matin dans son palais, il semble que le président n'ait rien laissé transparaître. Il est remarquablement maître de lui, cet homme-là, et de ses émotions, en pareille situation. Il s'agit de vie et de mort, et il ne manifeste que de la bienséance. Il s'est montré attentif, calme, courtois, bienveillant, mais distant. Comme on a l'habitude de le voir à la télé. Il n'a pas laissé échapper le moindre signe de compréhension, pas la plus petite expression d'une éventuelle approbation ou récusation des arguments qu'ils ont déployés, pas même la plus modeste parcelle d'humanité. Rien. Nous ne pouvons rien en déduire. Le président a enregistré, il faut l'espérer, les éléments du dossier que les avocats ont développés. Il va prendre le temps de mûrir sa décision. C'est le message que les avocats, défaits, nous ont transmis. Il faut attendre.

Je dois étouffer ma rage dans mon oreiller trempé.

Le président a fait un long discours à la télé pour s'adresser aux Français qui viennent de le désavouer par le récent scrutin. Emilio a tourné les talons. Je n'ai pu m'empêcher de scruter le visage de cet homme, comme si je pouvais lire sa décision sur ses traits, avide d'y voir un peu de compassion, une raison d'espérer. Mais il m'a seulement paru préoccupé par les résultats des élections municipales. Je l'ai trouvé encore plus raide que d'habitude. Je crains le pire.

Nous devons préparer l'évasion de Lucio.

Il faut agir à présent. Vite. La situation est urgente.

Mardi, je pilote l'hélicoptère. C'est décidé, nous tenterons de faire évader Lucio. Nous n'avons pas résolu complètement le problème de l'heure, tant pis, Lucio m'a dit que le plus souvent la promenade a lieu entre quatorze heures et seize heures. Nous devrons nous débrouiller. Espérons qu'elle aura lieu dans l'après-midi, et dans ce créneau horaire, à cause de la location de l'appareil. J'ai inventé tout un roman pour emmener Emilio avec nous (je le ferai passer pour mon père) et pour que nous survolions Marseille. J'ai tout mis en œuvre pour séduire mon instructeur, que ne ferait-il pour me plaire et puis, qui pourrait soupçonner ce que je manigance, avec mon allure sage et rassurante d'institutrice ? Emilio sera armé et contraindra le pilote à voler au-dessus de la cour de la prison, il s'est occupé de nous trouver une planque, en attendant de pouvoir nous faire évader vers l'étranger. Nous ferons plusieurs passages dans les parages de la prison, autant que ce sera nécessaire, pour repérer le bon moment. Il faut espérer que la chance soit enfin de notre bord. Depuis le temps qu'elle nous ignore, celle-là, ce serait légitime !

Cette nuit, je n'ai cessé de penser à Nino. S'il nous arrive quelque chose, il sera orphelin, comme moi. C'est ce qui me serre le cœur. Mais c'est plus fort que moi, je dois empêcher ça.

Même si c'est une folie, je préfère risquer le pire, plutôt que de ne rien tenter. L'amour a fait de moi une kamikaze.

12 avril 1977.

À cinq heures du matin, je suis réveillée en sursaut par la sonnette de l'entrée.

Je me lève d'un bond.

Emilio est déjà dans le vestibule et s'apprête à ouvrir la porte. Je croise son regard vacillant, au bord de la folie.

Je me refuse à comprendre.

Je me mords les lèvres jusqu'au sang.

Sur le palier, ils sont là, tous les deux, Grangier et Dufour. Silhouettes fantomatiques, blêmes, hagardes. Ils sont silencieux.

Emilio met la main sur sa bouche pour avaler son cri.

Moi, je me raidis. Je verrouille ma conscience.

Je ne veux pas laisser cette horreur entrer dans ma tête.

Ces deux hommes debout devant nous, devant cette porte ouverte, toujours muets, les mains tremblantes, les traits creusés, les yeux rougis, je les verrai toute ma vie durant, ils portaient la mort sur eux.

Ils ont baissé la tête, accablés par la honte et la souffrance qu'ils convoyaient.

Un râle de terreur s'est échappé tout seul de ma bouche, je ne l'ai pas reconnu.

Ils ont fait un pas en avant. Emilio s'est effacé.

Personne ne pouvait rompre le silence, comme si un morceau d'espoir insensé pouvait encore s'y suspendre.

Ils sont entrés et ils ont poussé la porte derrière eux.

Mon cri est monté de loin, du tréfonds. J'ai hurlé comme une bête sauvage. J'ai tapé ma tête contre le mur en continuant à me déchirer la gorge. Je me serais fracassé le crâne s'ils m'avaient laissée faire. Ils m'ont saisie par les bras, je me débattais.

— Lucio ! non !

Emilio me regardait sans me voir, tétanisé, replié sur sa propre épouvante, secoué par des sanglots silencieux et sans larmes, le corps tout entier agité de soubresauts nerveux.

Ils restaient là, les avocats, et ils attendaient. Je ne sais combien de temps. Le temps de nous permettre de puiser le courage nécessaire, la force de descendre en enfer. Ils savaient qu'ils allaient devoir tout nous raconter. Emilio ne voulait rien s'épargner du supplice de son fils, moi non plus.

Savoir, nous devions lui rendre ça. Nous voulions tout savoir. Nous voulions nous meurtrir davantage, nous écorcher vifs, nous dépecer l'âme, nous voulions en mourir.

Nous nous sommes assis pour tenter de supporter ces paroles et nous les avons écoutées en retenant nos larmes.

Il fallut accepter de descendre dans la fosse la plus profonde d'une horreur inhumaine, tenaillés par la nausée du cœur et de l'esprit, le vomissement de l'âme.

À dix-huit heures, le téléphone avait sonné, annonçant la nouvelle fatidique. Lucio n'était pas gracié, l'exécution était prévue à l'aube du lendemain.

Les avocats n'avaient pas eu le courage de nous infliger pareil calvaire. Pour nous épargner, ils ne nous avaient pas prévenus. Ils avaient compté les heures ensemble et pris le chemin de la prison, effarés, épouvantés par ce qui les attendait, dans une nuit grisâtre, couleur ardoise, une nuit sans étoiles.

Avant que le jour se lève, le cortège funeste s'était formé. Il avait emprunté les couloirs, avançant d'une marche appliquée, hâtive, lugubre. Des couvertures avaient été étendues sur le sol pour étouffer les pas de la mort. Quelle ironie macabre ! Quelle précaution de mauvais goût ! Était-ce pour tenter de racheter une part d'humanité à la dernière heure ? Mais laquelle ?

Puis la porte de la cellule qui s'ouvre brutalement pour prendre par surprise l'animal à abattre.

C'est Lucio qui les avait surpris. Il était debout, habillé, dos au mur, comme s'il les attendait, il les fixait de ses prunelles, plus noires que jamais. Il n'avait pas crié, pas bronché. Ils s'étaient quand même précipités sur lui, parce qu'on le leur avait commandé. Comme des bouchers. Lucio les avait repoussés en dégageant ses bras. Puis il leur avait adressé un signe dédaigneux, catégorique pour exiger qu'ils le laissent avancer seul, et il avait pris le chemin, devant les autres. C'étaient eux qui avaient paru coupables, à cet instant.

La tête baissée, ils brûlaient tous de honte. J'ai serré les poings à me faire rentrer les ongles dans la paume.

« On était bien loin du procès, du réquisitoire, des bons ou mauvais arguments, de la joute verbale et des effets d'éloquence », dit maître Grangier. Tout cela s'effaçait d'un coup. À l'approche de la mort, tout ce qui en avait motivé sa requête s'évanouissait comme chimères.

Au moment d'étancher la soif de vengeance, après avoir tant entendu la foule crier « à mort ! », que restait-il de l'excitation cruelle de l'opinion publique ?

Et après s'être rangé de son côté, au moment de voir couler le sang, que restait-il de l'acharnement d'un juge, de celui de l'avocat général, de l'obstination aveugle de la police ?

Rien, il ne restait rien, qu'un goût amer d'insatisfaction, d'infamie, d'abjection, une souillure qui retombait sur eux tous.

Grangier avait marché à ses côtés, lui parlant de nous, moi, Nino et Emilio. Lucio murmurait nos prénoms, comme une litanie, regardant droit devant lui comme si la lumière était au bout. Ce long couloir de la mort n'en finissait pas, il débouchait sur une petite salle affectée aux « préparatifs ». Lucio avait refusé le prêtre, refusé la cigarette, lui qui fumait beaucoup, et refusé le verre de rhum. Il s'était retourné vers Grangier et lui avait dédié le dernier éclair de son regard :

— La dernière fois que j'ai bu un verre avec des amis, vous avez vu où ça m'a mené ? Puis il a ajouté : allez, bourreau, dépêchez-vous !

Il n'avait accordé d'attention qu'à ses avocats, ignorant tous les autres comme s'ils n'étaient pas présents.

Grangier a répété qu'il y avait une immense dignité dans son regard et dans sa tenue. Jusqu'au bout, il était resté droit, il n'avait pas flanché. Il n'avait même pas éprouvé le besoin de clamer une nouvelle fois son innocence, à quoi bon ? Il n'était plus temps, il avait dit ce qu'il avait à dire au tribunal et il ne voulait pas avoir l'air de supplier, à l'ultime seconde. En plus, il voulait leur laisser l'entière responsabilité de leurs actes et son silence était bien plus éloquent que n'importe quelle déclaration. L'avocat a ajouté que tout le monde avait été impressionné par son courage au point de ne pouvoir se retenir de trembler. L'effroi rejaillissait sur eux.

Lucio s'était avancé vers la guillotine, installée au milieu de la cour, sous un dais noir, sans faiblir, sans se retourner.

Emilio laissa échapper un gémissement.

La terreur m'envahit.

Grangier a dit que Dufour et lui avaient fusillé du regard, autant qu'ils le pouvaient, à cet instant suprême, l'avocat général. Il était pâle, lui aussi, comme les autres, et ne flambait plus.

Ils ont tout dit. Ils nous regardaient fixement.

Et moi, je me suis mise à geindre à nouveau comme un animal. Ma douleur était bestiale. Je ne la retenais plus. Il n'y avait rien d'humain dans cette barbarie et dans ma souffrance non plus.

Je ne cessais d'imaginer le corps mutilé de mon amant, la tête tranchée.

Partie 4

Des bourreaux et des hommes

Juillet 2003

Joaquim se sentait de plus en plus proche de Nino.

Il le trouvait, de caractère, tellement semblable à son grand-père, volontaire et déterminé comme lui, et la ressemblance physique avec son père achevait de lui remuer les tripes.

Une question lui brûlait la langue, depuis le début de leur expédition. La pudeur l'avait empêché jusque-là d'interroger Nino sur son enfance, mais il voulait profiter de leur complicité et de ce dernier trajet pour satisfaire sa curiosité.

— Alors comme ça, tu n'étais pas au courant ?

— De quoi tu parles ?

— Pour ton père, on ne t'avait rien dit ?

— Non.

— Et tu n'as jamais eu de doutes ?

— Ben non.

— Qu'est-ce qu'elle t'avait raconté ta mère ?

— Rien du tout, je te dis.

— Ouais, mais il a bien fallu un jour ou l'autre qu'elle t'en parle, de ton père, quand tu étais môme, tu as bien dû poser des questions, non ?

— Tu sais, ma mère était douée pour inventer des histoires, elle m'a fait gober ce qu'elle a voulu. Je ne demandais qu'à la croire. Elle disait qu'elle avait rencontré mon père à Bayonne et qu'ils avaient eu un coup de foudre, qu'ils avaient passé la nuit ensemble. Il était Espagnol et ils devaient se revoir. Ils s'étaient donné rendez-vous dans un café, quelques jours après leur rencontre. Ma mère aurait manqué son bus et elle serait arrivée avec une heure de retard, il venait juste de partir, c'est ce qu'on lui aurait dit dans le bistrot. Elle l'avait manqué de cinq minutes. Ils n'avaient jamais pu se retrouver. Elle était certaine qu'il avait dû la chercher lui aussi, de son côté. Quel malheur ! Elle m'expliquait qu'à l'époque, il n'y avait pas de téléphone portable et elle affirmait que c'était une belle invention, car aujourd'hui, on ne pouvait plus perdre ses amoureux.

— Et tu l'as crue ?

— Pourquoi voulais-tu que je doute ? Elle me rajoutait des détails tellement réalistes sur mon père pour que je la croie ! Et après, plus grand, quand je me posais des questions, je n'osais plus lui en parler, ni insister. Je craignais de réveiller des souvenirs douloureux, et j'avais peur d'apprendre des choses tristes, ou moches, comme celle d'avoir été plaquée enceinte par un salaud, un truc de ce genre, et puis, tu sais, il y avait de la pudeur entre nous. C'était l'histoire de ma mère, celle qu'elle avait vécue avec mon père. Je sentais que je devais la laisser tranquille avec ses souvenirs, et je me contentais de la fable qu'elle m'avait servie. Si elle avait souhaité l'enjoliver pour moi, je devais respecter sa volonté, tu comprends ? Je ne me doutais pas que c'était aussi lourd.

— Et Emilio ? Tu ne savais pas qu'il était ton grand-père alors ?

— Non, enfin si, c'était la même chose, ma mère était seule au monde, elle était de l'assistance, elle ne connaissait pas ses parents, alors elle m'a raconté qu'Emilio s'était occupé d'elle et qu'il avait été comme un père pour elle, donc un vrai grand-père pour moi. Tous ces mensonges, c'était pour que je ne me doute jamais de rien, ils avaient juré à mon père de me protéger, ils ne voulaient pas que je grandisse avec ce fardeau.

— C'est sûr, je comprends.

— Oui, mais quand j'ai tout découvert, quel coup !

— Je m'en doute !

— Heureusement, il y avait ce cahier, dans lequel ma mère a tout raconté, heureusement ! Mon grand-père me l'a donné aussitôt. Elle était merveilleuse, ma mère. Avoir écrit ça ! et le conserver pour moi, pour le jour où je découvrirais tout, parce qu'elle savait bien qu'un jour ou l'autre cela finirait par arriver. Elle voulait que je tienne d'elle toute la vérité, elle voulait être là, à mes côtés, le jour où cette bombe éclaterait. Et elle a eu raison, parce que c'est ce cahier qui m'a permis de tenir le choc. Maintenant, tu vois, j'ai l'impression de les avoir connus, mes parents, et d'avoir toujours su la vérité.

— Joaquim avait les yeux mouillés. Nino ne pouvait plus s'arrêter de parler d'eux.

— Tu te souviens de mon père, Joaquim ? Tu t'en souviens ? Dis-moi comment il était. Parle-moi de lui.

— Ah ça oui ! je m'en souviens. Je n'ai passé qu'une soirée avec lui, et je ne l'ai pas oublié, lui. Il était simple, gentil, il aimait rigoler, tu sais, on avait le même âge, à peu près, alors on a vite sympathisé. Ton père, il était très beau, comme toi, tu lui ressembles comme deux gouttes. Les yeux surtout. Ouais, mais c'est pas seulement la couleur, ou la forme, non, c'est autre chose, je ne sais pas te dire quoi exactement, je sais pas l'expliquer avec des mots. C'est quelque chose au fond du regard, oui, c'est ça, au fond.

Il se mit à rire et ajouta :

— Eh ! dis donc, t'as vu comme tu leur as fichu la trouille, rien qu'à les regarder ? C'est pour ça qu'ils ont tous eu l'impression de voir un revenant.

Dans la montagne

La petite départementale serpentait dans la garrigue, la rocaille, s'élevait jusqu'à plus de mille mètres, au-dessus, il fallait la quitter, emprunter un chemin de terre qui montait en lacets serrés sur plusieurs kilomètres, puis traverser une hêtraie, avant d'accéder à un plateau qui dominait un paysage de gorges et de falaises. Au milieu d'une prairie, se trouvait la ferme de Joaquim, une ancienne bergerie en pierre.

— Les voilà ! j'ai entendu le fourgon, dit Manuel.

Emilio ouvrit violemment la porte.

Leurs silhouettes découpées par la lumière, Joaquim et Nino se tenaient dans l'encadrement, ils souriaient.

— C'est fini. Ça s'est bien passé. Comme les autres fois.

Emilio se jeta dans les bras de Nino, puis ceux de Manuel et de Joaquim.

Ensuite, il alla ouvrir le frigo et saisit une bouteille.

— Ça s'arrose ! Manuel, attrape les verres. Vingt-sept ans que j'attends ça ! putain de moine !

Tard dans la nuit, ils étaient encore tous les quatre autour de la table. Ils arrosaient le succès de leur entreprise. Le résultat d'une année de travail et de recherche. Au cours du voyage en Provence de Nino et Emilio en 2002, après le rejet de la demande de révision, ils avaient manigancé leur complot, tissé patiemment la toile de la vengeance.

Emilio, Manuel et Joaquim s'étaient activés pendant des mois pour retrouver la trace des bourreaux. Aucun n'ayant quitté la région, il avait été relativement facile de les localiser. Ils avaient occupé les mois suivants à espionner leurs futures victimes, relevant leurs habitudes, étudiant les lieux, calculant les opportunités pour mener à bien leurs desseins. Chaque détail noté scrupuleusement.

Ce travail avait duré jusqu'au printemps. Puis, dès le début des vacances scolaires d'été, date qu'ils avaient choisie pour passer à l'action, Nino les avait rejoints.

Emilio, naturellement qualifié pour diriger ce type d'opération, les avait formés et entraînés selon les méthodes qu'il n'avait pas oubliées : neutraliser, museler, immobiliser, garroter. Rien de plus facile que de maîtriser une personne qui ne s'y attend pas. Emilio le leur avait enseigné, il suffisait d'attendre le moment opportun. Ne rien brusquer par impatience.

Ils dressèrent leurs plans et tendirent leurs pièges.

Une part d'improvisation avait été envisagée, mais tout s'était déroulé comme prévu. Ils n'avaient commis aucune erreur et n'avaient pas été repérés.

Marcel Pastorelli, surpris à bord de son bateau, sans la moindre difficulté, par Nino et Emilio, avait été le premier. Il était l'un des six jurés sur les neuf qui avaient voté la mort de Lucio.

Les autres avaient suivi : six jurés, enlevés dans un supermarché, sur un parking, au cimetière, Cathy Caillol, Mathéo Bianchi, Guy Morel, Alain Lebrun ou à la maison comme Michel Camoin, ainsi que Luc Chastelas l'avocat général, le président du jury François Merle et son assesseur Patrick Escariot, kidnappés sur la plage, dans un café ou au bureau, tous avaient subi le même sort.

La plupart de ces disparitions ne faisaient même pas l'objet d'enquêtes judiciaires, certaines ayant été considérées comme des accidents, et d'autres comme des fugues.

La police ne produirait pas assez de zèle pour établir un lien entre elles, vingt-cinq ans après l'affaire.

Ils pouvaient donc en toute tranquillité envisager de passer à la deuxième étape.

JOURNAL DE JULIA
IL N'Y A PLUS D'APRÈS, NI ICI, NI AILLEURS.

Mai 1977.

Précipitée dans l'horreur, je suis entrée sans résistance dans la folie.

Des jours à ramper dans les ténèbres, la douleur battant comme un pouls. Je ne sais combien de temps, à imaginer le supplice de mon amant, à le vivre minute après minute et à recommencer sans cesse.

Des jours et des nuits à hurler en dedans, à me traîner comme une mendiante, à manger mes poings, mes draps, à boire mes larmes, à ne plus parler, à refuser de vivre.

Et décuplant ma souffrance, la rage s'acharnait sur moi comme une teigne.

Après, ce mot que nous avions chéri ensemble était devenu maudit. *Après*, c'était après Lucio. Une autre vie, en marge de la vie. Celle qui débutait par : plus jamais.

Le néant, le zéro infini.

Il n'était plus.

Pour l'éternité privée de lui, de ses lèvres, de sa chaleur, de son odeur, de sa voix. C'était un manque affreux, un vide qui se creusait en moi, un trou béant qui ne se refermerait jamais.

Séparés.

Lucio séparé de la vie, et moi séparée de lui.

Emilio, comme moi, avait perdu la raison. Nous étions face à face, tapis dans notre douleur comme des primitifs dans leur caverne.

Chacun de nous, hébété, regardait l'autre comme son double dans un miroir.

Jeanne, la mère de Félix, est venue prendre soin de Nino et veiller sur nous qui n'avions plus figure humaine. J'étais inatteignable, murée dans la souffrance, je n'essayais même pas d'en sortir.

Félix nous rendait visite, il tentait de me bercer de son amitié pour me ramener à la vie. Mais ses paroles de réconfort demeuraient impuissantes à me consoler. Au contraire, chaque mot articulé aiguisait mon chagrin comme un rasoir. J'éclatais brusquement en sanglots ou je me mettais à gémir. Je ne supportais plus rien, comme le grand brûlé que le simple frôlement d'une gaze fait hurler de douleur. Ce n'était pas Félix qui m'était intolérable, c'était la vie qui me révulsait.

Un jour, quand il a imaginé que j'étais capable de l'entendre, Félix a prononcé quelques vers, c'était pour m'apprendre que Prévert était mort le 11 avril. Presque le même jour que Lucio, quelques heures avant. Il m'a dit ça comme si c'était de nature à soulager quelque part ma souffrance, comme si Lucio n'était pas mort tout seul, ou comme pour donner un peu de sens à sa mort. Il n'y en avait aucun, elle demeurait absurde en dépit de tout. En dépit même de Prévert. Il était mort en même temps que Lucio, soit. Lucio aimait Prévert, la coïncidence me laissait indifférente. Je n'étais pas apte à m'émouvoir de la mort de Jacques Prévert. Il était vieux et malade, lui, et il était mort dans son lit. Je remballai Félix, injustement.

Je devenais mauvaise.

À une autre époque, j'aurais regretté le poète que nous avions aimé. Si Lucio s'était trouvé à mes côtés, j'aurais volontiers pleuré Prévert, avec lui. Je n'en étais plus capable. L'exécution de mon amant m'avait ôté toute humanité. Je haïssais les hommes et même la poésie.

Un mois a dû passer ainsi, sans que nous puissions relever la tête. J'avais perdu cinq kilos, squelette ambulant, je ne tenais plus debout et j'avais épuisé ma réserve de larmes. Pour l'éternité. Mes yeux étaient définitivement taris. Emilio était dans un état pitoyable lui aussi, il était devenu un vieillard, sec comme du bois mort.

Mais il a bien fallu ressusciter un jour.

Un matin, j'ai ouvert la fenêtre et j'ai laissé entrer la lumière. Je n'en pouvais plus du noir.

On croit qu'on va en mourir et puis on s'aperçoit qu'on est encore en vie.

Nino nous tirait vers la surface. Nous devions nous occuper de lui.

Cahin-caha, Emilio et moi avons recommencé à vivre, petitement, en boitillant, mais toujours appuyés l'un sur l'autre.

J'ai émergé progressivement de la démence, mais une question s'imposait. Qu'allions-nous devenir ? Même si je ne me sentais pas encore capable d'y répondre personnellement, c'était Nino qui me préoccupait.

Sans le vouloir, Félix me poussa dans la bonne direction. Il venait régulièrement nous voir et n'arrivait jamais les mains vides. Toujours un petit cadeau, pour Nino ou pour nous, des friandises ou de la cuisine que sa mère avait préparée à notre intention et que je dévorais parfois jusqu'à vomir, parce que j'étais restée trois jours sans manger et sans ressentir la faim.

Un soir, Félix se risqua à évoquer l'avenir. Emilio s'éclipsa discrètement.

— C'est peut-être un peu tôt pour toi, je le sais bien, mais je voudrais te parler de l'année scolaire prochaine. Il va bien falloir que tu reprennes ton travail, Julia, et c'est une décision que tu dois prendre maintenant, parce qu'ici, à Marseille, est-ce que tu crois que tu pourras travailler ? Et vivre ?

Je secouai la tête, je prenais conscience qu'il avait raison, je haïssais Marseille, à présent.

— J'ai réfléchi. Il faut que tu partes loin d'ici. Je voudrais te proposer de partir avec vous, Nino et toi, si tu le souhaites, bien sûr. On pourrait aller n'importe où, on pourrait changer de département, s'installer à l'autre bout de la France, pourquoi pas ? Je serais là avec toi et Nino, je m'occuperais de vous, vous ne seriez pas tout seuls. Et toi, Julia, toi, tu pourrais recommencer à vivre. Je t'aiderais.

— C'est gentil Félix, mais je suis morte, il ne faut rien espérer, je n'ai plus rien à donner, à personne, même pas à toi.

Je pensais que ce ne serait pas honnête d'accepter sa proposition.

J'ajoutai :

— Tu ne vas pas te sacrifier pour moi, mène ta vie, Félix, je serais toujours un boulet pour toi et je ne pourrais jamais te rendre heureux.

Félix rétorqua qu'il n'espérait rien en retour, que son amour pour moi était suffisant pour lui inspirer toute la patience du monde, et qu'il faudrait bien que je me remette à vivre un jour. Il se sentait capable d'attendre ce jour-là, et puis il voulait être un père pour Nino.

De guerre lasse, je finis par accepter d'y réfléchir.

J'aurais bien voulu d'un côté, consentir, en effet, à donner un père à Nino et j'étais persuadée que Félix avait toutes les qualités requises. La question était de savoir si moi, j'en étais capable. Comme je l'avais déjà dit à Félix, j'étais moribonde. J'étais froide, insensible, caparaçonnée dans une armure, que rien ne pouvait plus transpercer. De toute la gamme des émotions humaines, aucune ne saurait plus m'atteindre. Même la plus intense. Je ne sentirais plus jamais la peur, parce que j'avais connu la peur viscérale la plus terrifiante qui soit. Je savais que je ne pourrais plus aimer, parce que j'avais vécu dans une cellule de condamné à mort les instants les plus ardents qui soient. Mon âme était brûlée, cautérisée.

Mais Félix avait raison, je devais prendre une décision pour la rentrée prochaine. J'attendis Emilio. Pour la première fois depuis la mort de Lucio, j'apercevais une petite lueur balbutiante dans la nuit.

Dès qu'Emilio revint, je lui parlai de mon idée. Il avait un pli sur le front, il m'écoutait attentivement. Je lui racontai d'abord la proposition de Félix.

Il hochait la tête. Il se méprenait.

— C'est une bonne chose pour toi et le petit, je n'y vois aucun mal, Julia.

— Je ne vais pas accepter.

— Ah ?

— Je ne peux pas, c'est comme ça, je ne peux pas, peut-être que ce serait mieux pour Nino, seulement, pour moi, c'est impossible, et pourtant j'ai l'impression d'être égoïste en refusant.

Emilio restait silencieux, il avait compris que j'avais une autre idée derrière la tête.

— Par contre, Félix a raison, je ne peux plus demeurer à Marseille. Je voudrais partir loin d'ici. En fait, j'aimerais m'en aller avec toi au Pays basque, c'est là-bas que j'ai envie d'élever Nino. J'ai l'intention de demander ma mutation pour les Pyrénées-Atlantiques et comme ça, au moins, Nino ne sera pas privé de son grand-père.

Emilio restait coi. J'ai vu son regard briller. Dans ses yeux éteints depuis des jours et des jours, et délavés par le chagrin, une petite lumière s'était rallumée, comme dans les miens. J'ai compris que j'avais pris la bonne résolution et nous avons préparé notre départ.

Voilà Nino, j'en ai presque fini avec cette histoire, la suite, tu la connais. J'ai rafistolé pour toi, dans ce cahier, les passages que j'avais rédigés spontanément autrefois et je les ai complétés avec mes souvenirs. Tu auras remarqué que certains sont écrits sur le vif et d'autres, plus approximatifs, avec l'aide de ma mémoire. J'ai fait ce travail pour que tu saches tout, si un jour tu en as besoin.

J'ai obtenu facilement ma mutation et je me suis installée au Pays basque. J'ai eu un poste dans une école de Bayonne et j'y ai loué un appartement.

La vie a recommencé. Mais c'était une autre vie, ce n'était pas celle à laquelle nous avions droit. Cette idée de profonde injustice ne m'a jamais quittée. La révolte s'était enracinée en moi et je n'ai jamais cherché à l'en déloger.

Résister, ne rien concéder à l'oubli, entretenir le feu. Tel a été mon choix.

Par fidélité bien sûr, mais pas seulement.

C'est aussi, tu le sais, parce que la révolte constitue pour moi, une grande part de la dignité humaine.

Comme pour Emilio.

Tu n'as qu'à regarder ses sourcils en bataille, ses os saillants, ses muscles comme des tendons, sa peau tannée comme du cuir sauvage, de la tête aux pieds, il est pétri de révolte.

Et depuis bien plus longtemps que moi encore.

Mais le bonheur de t'avoir a rempli nos existences.

Nous allions passer tous nos week-ends chez Emilio, dans la montagne. Tu nous as sauvés, ton grand-père et moi. Tu étais un petit garçon tellement adorable. Tu nous as rendu le rire et le sourire, que nous croyions perdus à jamais. Et même la joie, que nous n'espérions pas. Plus tard, j'ai acheté la petite bergerie, près de chez lui, et nous avons eu notre chez-nous. C'est là que tu as grandi, près de ton grand-père.

Un jour, quelques années après, en 1981, nous avons appris qu'une évasion en hélicoptère de la prison de Fleury-Mérogis avait réussi, nous prouvant que c'était possible.

Tu peux imaginer le coup que cette nouvelle nous a porté. Nous aurions pu le faire ! Nous n'avons pas été assez rapides.

Puis, en 1986, une femme apprend à piloter un hélicoptère et elle parvient à faire évader son compagnon. Elle m'a rappelé quelqu'un !

Bien sûr, ces faits divers ont attisé notre souffrance, tu t'en doutes.

Et l'abolition ! Le discours de Badinter à l'assemblée nationale nous a fait pleurer.

Et Félix, me diras-tu ?

Il nous a rendu visite, régulièrement, à toutes les vacances, pendant deux ans. Il espérait toujours et puis il a fini par se décourager, il s'est marié, il me l'a écrit et il n'est plus venu.

Nous nous sommes perdus de vue. Je n'ai plus rien su de sa vie.

J'ai regretté son amitié, qui me laissait encore un grand vide, un de plus. Je n'avais pu lui donner plus que cette amitié.

J'ai compris qu'il essayait enfin de vivre sans moi.

DANS LA GRANGE, JUILLET 2003
JAMAIS PLUS VOUS NE PASSEREZ COMME CES PASSANTS

De l'autre côté de cette porte donnant dans la cuisine, dans la grange, moisissaient leurs pensionnaires.

Pendant l'hiver, Manuel et Joaquim avaient bâti des murs et cloisonné l'espace dans l'immense remise, attenante à l'habitation. Ils avaient construit neuf cellules identiques, de quatre mètres carrés environ chacune, bien fermées par de solides portes en bois, munies de serrures renforcées par les soins de Joaquim qui s'y connaissait.

La première étape de leur plan achevée, ils étaient passés à la suivante, les enlèvements.

Les victimes avaient été transportées ligotées et bâillonnées, à l'arrière du fourgon tôlé. Sans aucune vue sur l'extérieur, il leur était impossible de connaître leur destination. En arrivant ici, les locataires avaient été placés dans une cellule.

Dans chacune, un matelas et une couverture propres.

Pastorelli, arrivé le premier, croupissait dans sa chambre depuis dix jours. Il était correctement nourri et n'avait subi aucune maltraitance, mais on ne répondait pas à ses questions quand on lui apportait sa nourriture ou qu'on le conduisait satisfaire ses besoins. Emilio en avait décidé ainsi. Pastorelli devait savoir pourquoi il était là. Pour le reste, s'il mourait de trouille, c'était tant pis pour lui ! disait-il.

Les autres avaient suivi, atterrissant à l'arrière du fourgon, puis dans un petit réduit. Et traités de la même façon.

— Comment tu vois la suite ? demanda Manuel.

— Je veux prendre mon temps, dit Emilio. Je veux qu'ils sachent, je veux leur faire comprendre de quoi ils ont été capables, leur faire entrer dans le crâne leur saloperie, leur boucherie ! Je veux les voir chialer, se repentir, en baver, je veux les voir trembler de trouille ! Se faire dessus !

Sa voix se cassait, une grosse veine palpitait sur son cou.

— Calme-toi, lui dit Manuel, ne te mets pas dans un état pareil !

— Tu as raison. Ce serait bien dommage que je claque maintenant ! dit-il en riant.

— Tu dis rien, Nino ?

— Fatigué ! Ouais, moi aussi, il me tarde de les voir tous en face de moi, ces salopards qui ont fait guillotiner mon père. Vous avez vu leurs têtes ? C'est le plus terrible, des tronches de braves types ! Et de bons vivants. Moi, ce que je veux, c'est les voir à genoux, je veux qu'ils nous demandent pardon. Comme elle le souhaitait, ma mère.

— Et qu'ils payent pour ce qu'ils ont fait, ces salauds, renchérit Manuel en désignant du menton la porte qui donnait dans l'étable.

Emilio rêvait de ce moment depuis plus d'un quart de siècle. Mais cette nuit, c'était comme si ces vingt-sept années s'étaient évanouies, comme si ce temps, évaporé, n'avait pas existé, c'était hier, c'était l'instant d'avant : 1976.

Les savoir de l'autre côté du mur, à sa merci, le mettait dans un état de fièvre. Il remâchait des souvenirs, parlait à Lucio, à Julia. Les heures s'éternisaient, il ne cherchait même pas le sommeil, il se contentait de guetter les lueurs de l'aube à travers les persiennes.

Nino ne dormait pas non plus. Il avait été concentré pendant dix jours, conscient qu'il ne pouvait se permettre la moindre défaillance, respectant à la lettre les consignes de son grand-père – qui avait dû être un as des enlèvements et des guets-apens, en son temps. Il n'arrivait pas à se détendre, il restait contracté, les muscles raidis, les nerfs tendus comme un arc.

Dans l'autre partie des bâtiments, celle qui était, à l'origine, réservée aux animaux, les occupants des cellules, devaient eux aussi, avoir du mal à trouver le sommeil.

Seuls, sans doute, dans la maison, Manuel et Joaquim parvenaient à se reposer,

Emilio se leva à la pointe du jour. Une heure après, Nino rejoignit son grand-père dans la cuisine. Il se servit une tasse de café et se planta debout devant la fenêtre pour regarder dehors. Le soleil perçait déjà, un demi-disque écarlate se levait derrière les sommets.

— Il va encore faire chaud.

— Oui. Tu vas bien ? Tu as dormi ?

— Mmm, et toi ?

— Pareil ! Je vais courir, en attendant que les autres soient levés. Il faut que je me calme.

— Va, je me repose un peu.

Vers huit heures, Manuel descendit, le sourire aux lèvres. Nino revenait, en sueur.

— Je vais prendre une douche.

Joaquim prépara un copieux petit-déjeuner pour tous. Il fallait se caler l'estomac avant toute chose, prétendait-il. Il était comme Emilio, quelle que fût la situation, rien ne le dispensait jamais du devoir de se restaurer. Ils s'attablèrent en s'obligeant à calmer leur nervosité. Nino dévorait ses œufs brouillés. Joaquim avalait des tartines. Emilio buvait des cafés. Manuel fumait déjà sa deuxième cigarette. Ils ne parlaient pas beaucoup, les bouches encore pâteuses des paroles de la veille et des verres levés à leur réussite jusqu'à une heure avancée de la nuit.

Les gestes ralentis, ils ne se pressaient pas. Ils avaient le trac, comme des artistes avant une représentation. Ils avaient beaucoup répété, ils connaissaient parfaitement leur répertoire, mais ce matin, c'était la première.

— Je vais leur porter à bouffer d'abord ? dit Manuel.

Les trois autres acquiescèrent. Cela leur donnait une demi-heure de répit au moins, en comptant les allées et venues aux toilettes des prisonniers. Cela laissait le temps à Gérard d'arriver.

À neuf heures, prêts à inaugurer la première séance, ils ouvrirent la porte de l'écurie. Des odeurs de foin et de poussière mêlées assaillaient les narines. Ils installèrent neuf chaises en arc de cercle et cinq autres, disposées face aux premières, dans l'espace central.

La scène était ubuesque. Ces sièges, alignés sur le sol de terre battue, incongrus au milieu des outils, fourches, brouettes, antiquités diverses et objets hétéroclites, couverts de toiles d'araignées.

Emilio se plaça au milieu, il posa le fusil sur les genoux. Sa posture semblait naturelle, il avait l'air d'être né en portant un fusil. Il désigna la chaise de gauche à Nino et celle de droite à Gérard.

Joaquim, muni, lui aussi, d'un fusil de chasse, alla ouvrir les portes des cellules et fit sortir leurs hôtes un par un.

Respectant les consignes d'Emilio, Manuel et Nino s'occupaient, au fur et à mesure qu'ils avançaient, de leur lier les mains dans le dos et d'entraver leurs chevilles avec une corde.

— Asseyez-vous, ordonna Emilio.

Ils s'exécutèrent comme des impotents, la démarche empêtrée par les liens. On n'entendait que le bruit des chaises et des pieds raclant le sol.

— Vous avez compris pourquoi vous êtes là ?

Un murmure de protestation s'éleva comme un embryon de réponse. Emilio ne fut pas surpris – il s'était glissé plusieurs fois dans la grange, au cours des derniers jours, il les avait entendus se concerter à travers les cloisons et s'interroger sur leur sort. Il coupa court aux contestations :

— Si vous avez la mémoire défaillante, ça tombe bien, nous avons prévu de vous la rafraîchir. D'abord, vos noms. Vous, levez-vous !

Il accompagna son injonction d'un mouvement de son arme.

— Votre nom, j'ai dit ! hurla Emilio à l'homme qui restait muet.

— Luc Chastelas, mais… mais qu'est-ce qui vous autorise ?

L'indignation aux joues, l'homme se leva. Il avait l'air d'un clodo – enlevé sur la plage, en peignoir de bain, il avait fallu l'habiller, ils lui avaient donné ce qu'ils avaient trouvé dans les placards, des vêtements de pauvre. La liste des récriminations qu'il voulait énoncer était longue. Joaquim se dressa et ne lui laissa pas le temps de fourbir son discours, il lui enfonça le canon de son fusil sur l'abdomen, lui coupant la parole.

— Tu réponds aux questions, un point c'est tout, tu as compris, monsieur l'avocat général ?

Il s'accordait une minute de récompense personnelle. Il n'avait rien oublié du mépris exprimé par le procureur, le jour où il avait été appelé à la barre pour rendre compte de leur emploi du temps de la nuit du 20 novembre 1975. Il se souvenait encore de l'humiliation que l'homme lui avait fait subir et de la façon dont son témoignage avait été bafoué. Il serrait les dents, aujourd'hui, pour se retenir de lui cracher au visage.

— Joaquim, pas de familiarité, s'il te plaît, il faut vouvoyer monsieur l'avocat général, dit Emilio, caustique, sans quitter l'autre des yeux. La baignade matinale ne vous fait pas trop défaut, monsieur ? ajouta-t-il, poussant le sarcasme dans le but de prolonger la satisfaction de Joaquim. Asseyez-vous, à vous, votre nom ?

Après l'avocat général, Luc Chastelas, Emilio interpella de la même manière le président de la cour, François Merle, Patrick Escariot, qui avait été son assesseur, et les jurés : Cathy Caillol, Mathéo Bianchi, Marcel Pastorelli, Michel Camoin, Guy Morel et enfin Alain Lebrun.

— Bien ! le jury est au complet, ceux qui manquent à l'appel sont morts : trois jurés, un assesseur et le juge d'instruction qui ne répondront pas de leurs actes. Mais vous, ici, messieurs dames, vous aviez bien compris que vous étiez là pour en répondre, n'est-ce pas ?

Il n'y eut aucune réaction.

— Bon, alors, je vous explique : vous êtes ici pour vous souvenir. Il y a vingt-sept ans, vous étiez réunis autour d'une table. Ah ! pas dans une grange, comme ici aujourd'hui, non, dans un palais, alors, ma première question : vous souvenez-vous de ce soir de décembre 1976 ?

Aucun ne consentit à le reconnaître.

— Vous en souvenez-vous ?

Rien.

— Si vous avez un trou de mémoire, on va y remédier ! Lucio Aguirre, ça ne vous dit toujours rien ? La cour d'assises d'Aix-en-Provence ! Alors ?

La femme se leva, maladroitement, à cause de ses chevilles attachées.

— Oui, Lucio Aguirre a été condamné à mort en 1976 par la cour d'Aix-en-Provence. Nous faisions partie du jury qui l'a condamné.

— Ah ! quand même ! quel courage madame ! et les autres ? Ça vous revient ? Vous, monsieur l'avocat général, vous qui aviez prononcé un si brillant réquisitoire, allons ! vous avez obtenu sa tête ! ça ne s'oublie pas, bon sang ! vous étiez tellement satisfait de votre travail ! Vous êtes-vous, au moins, régalé du spectacle, quand on l'a poussé sous la guillotine ? Vous étiez là, non ? Ah ! C'est vrai, on m'a raconté que vous aviez perdu vos belles couleurs ! Vous voyez, je sais tout, et je n'ai rien oublié. Et vous (il se tourna vers François Merle) monsieur le président, étiez-vous présent ce jour-là ? Non ? Ah ! quelle omission ! Vous ne finissiez pas votre boulot, alors ? Quel laxisme ! Ah ! oui, vous étiez « excusé » d'après ce qu'on m'en a dit ! Peut-être aviez-vous l'estomac fragile ? Ou peut-être n'aimiez-vous pas vous lever de si bonne heure ?

Emilio s'arrêta pour respirer, son cou était cramoisi. Nino lui jeta un regard inquiet. Il n'avait jamais entendu son grand-père faire preuve d'autant de virulence, même lorsqu'il évoquait la guerre, il se dit que s'il démarrait aussi fort, il ne tiendrait pas.

Nino se leva et s'approcha de Cathy Caillol, présentant le cahier de Julia, ouvert au milieu, il lui indiqua la page.

— Lisez, madame.

Elle regardait le cahier, Nino, les autres, autour d'elle, cherchant une approbation, l'air de ne pas comprendre ce qu'on attendait d'elle.

— Lisez, je vous dis !

Il tenait le cahier à hauteur de ses yeux. Elle commença sa lecture, en haut de la page, d'une voix hésitante. « La terre qui tourne avec tous ses mariages… » C'était la description de la disparition d'Amélie. Au fur et à mesure, sa diction s'affermissait, elle saisissait et semblait lire avec davantage d'intérêt. Elle s'arrêta à la fin du chapitre, questionnant Nino du regard, il l'incita à continuer. Elle s'appliquait, lisait bien. L'arrestation de Lucio, son inculpation, elle en venait au procès, ses yeux se mirent à couler, les larmes voilaient les lignes du cahier, elle devait s'efforcer de reprendre. L'émotion fatiguait de plus en plus son élocution. Il lui fit grâce et, se déplaçant latéralement, il présenta le cahier à la personne située à sa droite.

C'était Luc Chastelas, il tenta d'éclaircir sa voix, mais ne parvint pas à lui donner l'assurance qu'il aurait souhaitée, elle était blanche et faiblit carrément lorsqu'il arriva au chapitre qui relatait le réquisitoire de l'avocat général, c'est-à-dire son propre discours. Il s'arrêta de lire, espérant qu'on passerait le cahier à une troisième personne. Nino restait planté devant lui, le fixant froidement et l'obligeant à poursuivre. Il continua, mais la diction était presque inaudible.

— Vous étiez autrement plus éloquent autrefois, monsieur l'avocat général, dit Emilio, vous n'y mettez guère du vôtre aujourd'hui ! Faites un effort, je vous prie ! Que diable, ce sont vos propres paroles !

Chastelas reprit sa lecture sur un ton monocorde. Il arrivait au passage qui évoquait le verdict. Nino l'interrompit. Il saisit le cahier, le referma et retourna s'asseoir.

— Est-ce que vous vous souvenez, à présent ? questionna Emilio.

Certains hochèrent la tête pour le confirmer. Les autres ne bronchaient pas, paralysés par l'effroi et la stupéfaction. Ils devaient tous se demander quel sort les attendait.

— Bon, nous allons revoir toute cette affaire. Nous sommes là pour tout réexaminer. Prenons cette histoire au début : la petite Amélie a été enlevée avant une heure et demie, parce que c'est à cette heure-ci qu'on a découvert son absence et que les recherches ont commencé. Or, vous avez ici, présents devant vous, deux hommes qui avaient juré avoir quitté Lucio Aguirre à deux heures et demie du matin. Quand vous les aurez entendus, je vous demanderai si vous croyez encore, aujourd'hui, que ces hommes avaient menti. Et vous devrez répondre.

Luc Chastelas se leva, offusqué.

— Qu'est-ce que c'est que cette mascarade ? Si vous voulez que ce procès soit révisé, il y a des procédures pour ça ! Enlever des personnes, les séquestrer, pour une simagrée de procès ! Cela va vous coûter cher !

Emilio se leva brusquement et tonna :

— Vous n'avez donc pas encore compris, monsieur ? Il n'y aura pas de séquestration ! vous ne sortirez pas vivants d'ici ! aucun d'entre vous !

Ils venaient ainsi de recevoir, en prime, la réponse à leur principale interrogation. Leur sort était bouclé.

Manuel jugea opportun de clore la matinée sur ces paroles qui le réjouissaient. Il fit un signe à Emilio et à Joaquim. Ils reconduisirent les prisonniers dans leurs cellules et retournèrent dans la cuisine.

— On va les laisser mijoter, conclut Emilio.

— Oui, là, à mon avis, ça doit bouillonner dans les cervelles, maintenant.

— On leur porte à bouffer ?

— Oui, bien sûr, je viens avec toi, dit Nino.

À quatorze heures, ils retournèrent dans la grange assiégée par la chaleur. Les prisonniers étaient plus pâles que le matin. Certains n'avaient pas touché à leur repas. Il fallut encore s'astreindre à leur lier les mains et les chevilles. Emilio était intransigeant là-dessus.

Ils s'installèrent sur les chaises sans protester, en silence. La pénombre dans la pièce, contrastant avec la lumière aveuglante du dehors, dont une étroite lucarne dans le mur laissait fuser un rayon oblique, rendait une impression de torpeur. L'heure paraissait plus propice à la sieste, mais la séance reprit. Avec quelque chose de solennel. Malgré l'odeur de bouse de vache, incrustée dans les murs, malgré la paille, les échelles, l'outillage, le matériel agricole, comme décorum, cette fois, on se serait bien cru dans un vrai tribunal. Cette fois, l'ambiance y était. Mais les rôles étaient inversés.

Emilio songea qu'il ne manquait que le timbre de la sonnerie pour ouvrir la séance. Il sourit, car la pensée le traversa, qu'il devait y avoir, dans le fourbi entassé le long du mur de la grange, d'anciennes cloches de vaches ou de chèvres qui auraient pu convenir, mais c'eût été grotesque. Il n'y avait pas de place ici pour ce genre d'ironie.

François Merle se leva presque aussitôt.

— Dites-nous ce que vous voulez et finissons-en ! qu'on s'explique ! au cours de cette vieille histoire, nous n'avons fait que notre devoir ! Lucio Aguirre était un assassin !

Emilio bondit de sa chaise.

— Ne vous avisez pas de répéter ce mot, ou vous êtes un homme mort ! Vous allez écouter ces hommes, cette fois, vous allez écouter réellement leurs témoignages. Ensuite, en votre âme et conscience, vous nous direz si vous croyez toujours en la culpabilité de Lucio Aguirre. Manuel, à toi.

Manuel prit la parole et raconta longuement la soirée du 20 novembre 1975, il n'omit aucun détail. Forcément, expliqua-t-il, les conséquences dramatiques de cette nuit-là les avaient imprimés dans sa mémoire. L'auditoire était troublé. Le silence se creusait, dans la grange, autour de ses phrases. Aujourd'hui, elles avaient un accent de sincérité bouleversant qui s'emparait des consciences. Manuel prenait son temps, c'était sa revanche.

Joaquim décrivit à son tour, à sa manière, ce qui s'était passé, avec d'autres mots, aussi persuasifs. Lui aussi, que l'on avait refusé d'entendre autrefois, se délectait de son discours.

Leur éloquence diffusait l'émotion, chacun se demandant comment on avait pu ne pas croire ces hommes, au cours de cette malheureuse affaire. Pourquoi leur témoignage avait-il été dénié aussi facilement ? C'était comme si, maintenant, on leur racontait une autre histoire, qui n'avait rien à voir avec la première. Le sentiment se faisait jour que l'on avait pu jadis s'emparer de leur lucidité.

Ici, dans cette grange, ils percevaient une vérité que l'on avait peut-être détournée de leurs esprits. Tous les regards se portèrent vers l'avocat général, Luc Chastelas. C'était lui le responsable, lui qui leur avait dérobé leur libre arbitre. Lui qui avait tourné en dérision les déclarations de ces hommes, les menaçant en outre de les poursuivre pour faux témoignage.

Le ressentiment commençait à diviser l'ex-jury. Le doute s'inscrivait sur les visages. Emilio s'en réjouissait.

François Merle fut le premier à réagir.

— Tout ceci ne rime à rien, ce n'est qu'une pantomime, vous prétendez refaire dans cet endroit (il balaya dédaigneusement la grange des yeux pour appuyer ses mots) le procès d'une affaire jugée voilà plus de vingt-cinq ans? Et vous nous présentez des témoins? (il ricana), mais ce ne sont que les vôtres, c'est un peu facile! ils ne peuvent pas, ici, maintenant, être contredits, ceci n'est qu'une mauvaise parodie, qui n'a aucune valeur juridique, et que pensez-vous tirer de tout ceci? Que voulez-vous enfin?

Chastelas se leva à son tour, son front perlait, il était pitoyable dans ses habits de fortune.

— Je suis de cet avis, ça suffit! c'est grotesque!

— Asseyez-vous! hurla Emilio en se dressant brusquement, sinon je vous tue, là, tout de suite!

Il pointait le fusil sur eux, rouge de colère. La main sur la crosse tremblait, il avait le doigt posé sur la gâchette. Le ton et la menace imposèrent le silence.

Emilio se rassit. La tête rentrée, il sembla faire un effort infini pour se dominer. Il se concentra, puis il reprit la parole, d'une voix sourde, qui remontait du profond de sa gorge et qui s'amplifia au fur et à mesure :

— Vous voulez savoir, ce que je veux? Eh bien! Je vais vous le dire. Je veux savoir pourquoi mon fils est mort! Pendant toutes ces années, chaque nuit, je me suis demandé ce qui s'était passé pendant ces quatre heures de délibération. J'aurais voulu comprendre. Et savoir. Oui, tout savoir. Parce qu'il était impossible de ne pas avoir de doute, et j'ai toujours pensé que vous en aviez des doutes, n'est-ce pas? Oh! oui, j'en suis sûr! pourtant vous n'avez pas hésité! vous l'avez fait quand même! vous avez saisi ce bulletin de mort et vous l'avez mis dans l'urne. Pourquoi? Ah! vous voulez savoir ce que je veux? Eh bien, je veux savoir comment des hommes peuvent en arriver là. C'est cette question qui me harcèle depuis bientôt trente années. Parce que tuer dans le feu de la guerre, je sais comment ça se passe, j'aurais pu comprendre, tuer pour sauver sa peau, ou celle des camarades, ça oui, j'aurais pu, mais tuer comme ça, à froid, tranquillement !

Il retint sa respiration, avant de jeter, en martelant les syllabes comme des coups de poing :

— Tu-er a-ssis ! À l'abri, dans une salle, autour d'une table, au chaud, peut-être même qu'on vous aura servi le thé ? Tuer en palabrant, comme on négocie ! Ça non ! je ne peux pas arriver à le comprendre ! Mais est-ce que vous étiez conscients de ce que vous étiez en train de faire ? Qu'est-ce qui vous est passé par la tête ? Condamner un homme à mort ! envoyer à la guillotine un jeune homme de vingt ans ! Mettre de côté vos doutes, votre humanité ! Et par-dessus tout, ah ! oui, par-dessus tout, je me demande comment vous avez pu être aussi sûrs de votre jugement. Vous croire infaillibles ! Au point de vous octroyer le droit de prendre une vie ! Comme des souverains, des seigneurs d'autrefois ! des princes ! Alors vous allez tout me raconter ! Tout ce qui s'est dit dans cette salle. Chaque mot. Je veux essayer de comprendre comment vous avez pu en arriver là, vous prendre carrément pour Dieu le père ! quand on vous a posé la question, en décembre 1976.

Cathy Caillol se leva spontanément.

— Monsieur, j'ai défendu votre fils, j'étais persuadée de son innocence, et je n'étais pas seule, nous étions trois, Michel Camoin (elle se tourna vers lui, il acquiesça silencieusement), Robert Voisin, juré comme nous, qui n'est plus là aujourd'hui, et moi-même. Nous nous sommes battus pour le sauver, je vous l'assure, mais nous avions le président contre nous. Il faisait pression sur les autres jurés pour les dissuader de nous écouter.

Michel Camoin se manifesta à son tour.

— C'est la stricte vérité, nous étions trois, nous réclamions l'acquittement de Lucio Aguirre tous les trois et quand nous avons voté, il y avait neuf voix contre trois, ce n'était pas difficile de savoir qui avait voté contre.

François Merle se leva brusquement, l'ancien président de jury cherchait à manifester une assurance qui sonnait faux :

— Chacun ici peut évidemment revendiquer aujourd'hui avoir voté pour ou contre, c'est facile puisque le vote est secret ! et puis, je dirais que cela n'a aucune valeur, ni aucune importance. Pour ma part, je n'ai pas essayé d'influencer les jurés, comme il vient d'être prétendu. Je réfute intégralement ce qui vient d'être dit. J'ajoute que nous devons garder, même encore ici, le secret de notre vote, c'est le garant de notre dignité et c'est ce que dicte la loi. Ne commençons pas à nous accuser les uns les autres (il regardait successivement chaque juré). Ou sinon, vous verriez que d'ici peu, nous prétendrions tous avoir voté contre ! nous en viendrions à nous rejeter la faute. Je vous incite à ne pas suivre l'exemple minable de lâcheté qui vient de nous être donné en spectacle.

Il se rassit sur ces paroles sèches. Cathy Caillol se releva brusquement et se planta devant lui :

— Monsieur ! Cela n'a rien à voir avec la lâcheté ! C'est votre attitude qui est indigne, de ne pas reconnaître la vérité ! Vous, qui êtes le principal instigateur de ce crime, vous, monsieur le président avec monsieur l'avocat général. Parce que oui, je pense moi aussi que c'est un crime que vous avez tous commis, et un crime dont vous nous avez fait partager malgré nous la responsabilité. J'étais jeune au moment de ce procès, mais toute ma vie, j'ai porté ce poids comme une honte épouvantable. Quand je me suis mariée, j'ai caché à mon mari, et ensuite à mes enfants, que j'avais, un jour, fait partie d'un jury qui avait envoyé un homme à la guillotine. Parce que j'étais restée terrorisée par ce verdict ! et parce que j'avais trop peur de leur regard, j'avais peur qu'ils pensent que je n'avais pas été capable d'empêcher ça, vous comprenez ? Et je me disais qu'ils auraient honte, eux aussi, comme moi. C'est pour ça que je me suis tue. Alors, vous, aujourd'hui, soyez un peu courageux, reconnaissez les faits, comme vous n'avez cessé de le demander à Lucio Aguirre, lui qui était innocent et que vous vouliez forcer à avouer un crime qu'il n'avait pas commis !

Sa voix s'était cassée vers la fin, elle ne maîtrisait plus son trop-plein d'émotion.

Michel Camoin, enhardi par ces paroles vibrantes, enchaîna :

— Moi aussi, j'ai traîné ce poids toute ma vie, ça ne s'oublie jamais, même si nous avions voté contre cette décision, nous faisions partie de ce jury et nous ressentions une part de responsabilité, dont nous n'avons jamais pu nous défaire. Personnellement, je ne savais pas si Lucio Aguirre était réellement innocent, je pensais seulement qu'il y avait beaucoup trop de doutes, et qu'ils devaient donc lui être profitables et puis, de toute façon, j'étais un fervent abolitionniste, alors ce verdict a été la honte de ma vie. Oui, la honte de ma vie.

Il se rassit, épuisé par son discours.

— Je vous remercie, madame et monsieur, de ces paroles, mais, voyez-vous, la nuit, lorsque j'imagine les derniers jours de mon fils, ou ses derniers instants sous la guillotine, lui qui n'avait que vingt-deux ans, ce n'est pas de la honte qui m'étouffe, qui me lève le cœur, qui me fait vomir encore aujourd'hui, c'est autre chose ! de bien pire ! Alors, pour ce qui est de la honte, je dirais que ce n'était qu'un détail, c'était peut-être quelque chose en plus, c'est tout.

L'émotion s'accrut. L'air cuisait les visages. Ils ruisselaient. Les nerfs étaient à vif.

Emilio interrogea les quatre autres jurés et Patrick Escariot, l'assesseur, qui ne disait mot. Ils affirmèrent, assez mollement, qu'ils avaient été certains, eux, autrefois, que Lucio était coupable, ils soutenaient avoir agi selon leur conviction. Mais on ressentait qu'ils répondaient sans être persuadés du bien-fondé de leurs paroles.

— Aujourd'hui, persisteriez-vous dans ce jugement ? Quels sont ceux qui ont changé d'avis ?

Marcel Pastorelli se leva spontanément. Il reconnaissait avoir réfléchi et pensait maintenant qu'il s'était laissé impressionner à l'époque, il dit qu'il ne se sentait plus sûr du tout de la culpabilité de l'accusé.

Mathéo Bianchi tenant les mêmes propos, il était troublé, il regrettait. Ils se donnaient du mal pour qu'on les croie, mais il était difficile d'évaluer leur sincérité. Emilio songea que ces hommes n'avaient pas de trempe, il devait être aussi facile aujourd'hui de les influencer dans un sens que cela avait dû l'être la première fois, au cours des délibérés. Avaient-ils seulement eu leur propre opinion ?

Quand la justice se trouvait par mégarde entre les mains de personnes de cet acabit, il ne fallait pas s'étonner qu'elle déraille ! se dit-il amèrement.

Les deux autres jurés, Guy Morel et Alain Lebrun, restaient campés sur leur position, espérant se justifier peut-être, ils persistaient à croire en la culpabilité de Lucio. Hésitant encore aujourd'hui à s'affranchir de l'autorité des magistrats, ils n'osaient se désavouer, mais l'on sentait qu'au fond, ils ne savaient plus trop de quel côté ils devaient se ranger.

L'avocat général, le président et l'assesseur s'accrochaient à leur mauvaise foi. Ils maintenaient leur opinion, par principe. Ils étaient suffisamment finauds pour comprendre que toute cette mise en scène avait un autre but.

Ils s'attendaient à une surprise.

Effectivement, toutes ces palabres n'étaient qu'un préambule. Emilio préparait un coup de théâtre.

— Bon, et maintenant, si je vous apprenais aujourd'hui que je connais le nom du véritable assassin ? Hein ? si je vous disais que je sais qui l'a vraiment tuée, cette gosse.

Une nouvelle fois, Emilio se ramassa sur sa chaise, la tête rentrée dans les épaules, on aurait dit le taureau dans l'arène qui s'apprête à charger. Ses mains tremblaient. Il cherchait visiblement à contenir sa colère afin de pouvoir aller jusqu'au bout de son discours.

Et si je vous en donnais la preuve ? Si je vous donnais son nom ? Là, maintenant ? Hein ? que diriez-vous ? Merde, on s'est trompé ? C'est ça que vous diriez ? Et le type qu'on a envoyé à la guillotine, qu'est-ce qu'on fait ? On le ressuscite ?

Nul n'osait répondre, ni le provoquer davantage. L'air était électrique. Un vague murmure, presque une plainte, parcourut comme un frisson glacé la rangée de chaises.

Emilio semblait brisé. Il était dix-sept heures. Observant le visage décomposé de son grand-père, ses épaules voûtées, Nino lui glissa à l'oreille : « Il faut aller se reposer maintenant. »

De retour dans la cuisine, ils se demandaient comment gérer le problème de ces jurés qui prétendaient ne pas avoir participé au verdict. Les avis étaient partagés. Pour Joaquim, ils étaient tous à mettre dans le même sac, il ne voulait faire aucune différence. Les autres hésitaient.

— Te fais pas chier, Emilio, ils sont coupables eux aussi, merde ! ils n'ont pas été foutus d'empêcher ça, et qui nous dit qu'ils se sont vraiment bagarrés, hein? vous y croyez, vous?

Emilio l'interrompit d'un geste de la main, tout en vidant son verre, puis il sortit une lettre de sa poche et en commença la lecture :

Marseille le 30 juillet 1977

Monsieur,

Je vous écris, bien que cela soit interdit par la loi. Je sais que je m'expose à des sanctions, mais ma conscience me dicte de le faire. Je faisais partie du jury qui a condamné votre fils. Permettez-moi, quand même, de vous adresser mes sincères condoléances. Je vous prie humblement de les accepter, car si je me permets cette démarche, c'est que je me suis battu au cours de la délibération pour obtenir l'acquittement de votre fils. J'étais intimement persuadé de son innocence. Nous étions trois dans ce cas, deux hommes et une femme. Je tenais à ce que vous sachiez que pour nous, il n'était pas un assassin. Je vous assure que nous avons mis toutes nos forces pour essayer de ramener à la raison les autres jurés et pour les convaincre de ne pas commettre ce crime. Mais nous avions contre nous le président lui-même et ses assesseurs. Nous avons échoué, hélas, et nous étions profondément bouleversés et horrifiés de participer, même involontairement, à une telle atrocité.

Je compatis de tout mon cœur à votre douleur. Je vous demande pardon, car je me sens malgré tout coupable. Nous n'avons pas su trouver les mots, les bons arguments pour les convaincre. Je me sens coupable, de ce fait, de ne pas avoir réussi à sauver votre fils, et coupable d'avoir fait partie de ce jury inhumain. Sachez que je n'oublierai jamais moi non plus, même si je ne vous fais pas l'affront de comparer ma douleur à la vôtre.

Respectueusement.

Robert Voisin

La lecture de cette lettre, vieille de vingt-cinq ans, raviva l'émotion autour de la table.

— Tu vois, Joaquim, on ne peut pas les traiter comme les autres, dit Nino.

— Qui nous dit que c'est vrai, ce qu'ils racontent, ces deux-là ? Du menton, il désignait la grange.

— Ben, ils étaient bien trois à avoir voté non !

— Oui, mais qu'est-ce qui nous prouve que c'étaient eux ?

— Bon, décide, Emilio, c'est à toi de décider.

— Moi, je les crois. Ils ont dit la vérité, ils n'étaient pas d'accord, mais ils n'ont pas pu empêcher. C'est pas une chose sur laquelle on peut mentir. Et y a sûrement aussi de quoi être marqué pour le restant de sa vie, par un moment pareil. Va les chercher, Manu, amène-les ici.

— Dans la maison ?

— Oui, je vais leur parler. Qu'est-ce que tu aurais fait toi, Joaquim, si tu t'étais trouvé juré, comme eux, dans cette situation, hein ? Réfléchis ! ils n'étaient que trois contre neuf, qu'est-ce qu'ils pouvaient faire ? Rien ! seulement ce qu'ils ont essayé de faire. Allez, va les chercher, Manu.

— Je les ligote ?

Emilio haussa les épaules pour marquer son indifférence.

— Non, ce n'est pas la peine, ils ne bougeront pas, va, et puis on est cinq…

Manu décrocha quand même le fusil au passage et se dirigea vers la grange. Il en ramena les deux jurés : Cathy Caillol et Michel Camoin.

— Asseyez-vous, leur dit Emilio, sers-leur à boire, Manu.

Il remarqua que les doigts de la femme tremblaient tellement qu'elle ne parvenait pas à saisir son verre. Il inspira profondément avant de se lancer dans ses explications.

— Bon, je sais que vous avez dit la vérité. Mais pour le moment, je ne peux pas vous relâcher, vous allez rester ici tant que je n'en aurai pas fini avec les autres. Sachez seulement qu'on ne vous fera pas de mal, enfin, à vous deux. Mais ne vous occupez pas de ce qui va arriver aux autres, ce n'est pas votre affaire. Ne vous en mêlez pas. Estimez-vous heureux d'être épargnés, c'est tout et gardez-le pour vous. Comptez sur ma parole, vous n'avez pas d'autre choix. Allez, finissez vos verres. Manu, ramène-les.

Une fois les deux prisonniers sortis, la tension retomba.

— C'est bien comme ça, dit Nino.

Ils étaient tous d'accord, la décision leur semblait juste et ils trinquèrent à l'amitié.

Journal de Julia
Je suis là, planté debout, avec le triste fouet de la réalité

Juin 2002.

Je suis bouleversée par ce que je viens d'apprendre.

Emilio est arrivé chez moi, rouge et essoufflé. Il m'a fait peur. Il s'est assis sur une chaise, il avait du mal à s'exprimer tant il était secoué.

Enfin, j'ai compris que Gérard lui avait téléphoné pour lui annoncer une nouvelle qui nous abasourdit tous les deux. Il va nous rendre visite prochainement pour nous en parler de vive voix tellement il est retourné, lui aussi, par ce qu'il a découvert. Il dit qu'il nous apporte la preuve qui nous a toujours manqué pour innocenter Lucio.

Gérard connaît le coupable à présent, celui qui a tué Amélie. Il a tout dernièrement reçu ses aveux, une nuit, chez lui, à Gemenos. Il arrive demain pour nous raconter ça en détail.

J'en saurai plus.

Pour le moment, je préfère attendre, pour écrire ici, sur ce cahier, le nom de ce criminel, car cela me fait trop mal. Je l'ai tant aimé, lui aussi ! Comment pourrais-je le haïr désormais ? Cette vérité-là me crucifie.

Je ne sais si mon cœur fatigué va supporter tout ça.

DANS LA GRANGE
ILS M'ONT TIRÉ AU MAUVAIS SORT, PAR LES PIEDS, ET ILS M'ONT JETÉ DANS LA CHARRETTE DES MORTS

Chacun reprit sa place sans broncher. La mise en scène ressemblait à celle de la veille, dans la vieille écurie. Les traits étaient tirés, les corps résignés.

— Est-ce que la nuit vous a porté conseil ? demanda Emilio, je l'espère, car ce que je vais vous révéler maintenant va vous envoyer en enfer.

Il laissa passer un peu de temps. Sous les broussailles de ses sourcils, son regard froncé épiait l'assemblée. L'instant devenait crucial.

— Je sais qui l'a étranglée, la petite, vous comprenez ? Je le sais depuis un an.

Il se tourna vers son voisin, changeant de ton.

— Allez, Gérard, à toi maintenant.

Puis il jeta :

— Écoutez bien, vous autres.

Gérard se gratta la gorge, sachant qu'il aurait à parler longuement.

— L'année dernière, Joseph est venu me trouver chez moi, à Gemenos. Il est arrivé un soir vers neuf heures et il avait l'air assez mal en point.

Emilio l'interrompit pour expliquer qui était Joseph et qui était Moa.

Gérard reprit la parole.

— Bref, Joseph, c'était son oncle. Moa, il l'élevait quoi. Bon, Joseph s'amène chez moi un soir de janvier, l'année dernière, je vois très vite qu'il ne va pas bien. Je le fais entrer, on boit un coup et le voilà qui se met à parler : « Je suis foutu, qu'il me dit, j'ai un cancer, phase terminale, j'en ai pour trois mois, peut-être moins même. Faut que je te parle mon vieux, parce que j'ai quelque chose sur le cœur depuis bientôt trente ans et je peux plus me le garder à présent, il faut que je le dise à quelqu'un avant de crever. Tu te souviens de mon petit Moa ? Tu sais qu'il est mort, lui aussi, il y a six ans ? Tu t'en souviens, hein ? Comment je m'en suis occupé ? Tant que j'ai pu, je l'ai fait, après, c'est devenu trop difficile, ils me l'ont pris et ils l'ont mis à l'hôpital psychiatrique, pauvre ! c'est triste là-dedans, tu sais, ça me fendait le cœur quand j'allais le voir ! » « Bon, tout ça, je le sais déjà, Joseph. Viens-en au fait. Tu n'es pas venu là rien que pour me parler de ça ! »

Il avait l'air gêné, il n'osait pas franchir le pas. J'ai servi un deuxième godet pour lui délier la langue. Il a soupiré et il a repris son récit.

« Un jour, Moa, il a fait une grosse connerie. »

Il se frottait le crâne.

« Allez, vas-y, je t'écoute, continue. »

« Tu te rappelles du mariage de Mariette ? »

« C'est à moi que tu poses une question pareille ? »

« Bon, tu sais, on y était au mariage, Moa et moi. Seulement Moa, il n'aimait pas trop les festivités. C'était une erreur de l'avoir emmené, je m'en suis bien repenti. La musique, les gens qui dansaient, l'agitation, tout ça le rendait très nerveux. Il ne tenait pas en place. Dommage, parce que moi, je m'amusais bien. J'avais trouvé une cavalière, pour une fois, et Moa m'emmerdait. Il voulait rentrer à la maison. Il ne cessait d'aller et venir, dedans, dehors. Vers une heure, ça faisait un moment que je ne le voyais plus dans la salle, je le cherchais et je suis allé voir dans la cour. Mon Dieu, quel malheur ! »

Il cachait son visage dans ses mains, il revivait la scène. J'ai posé ma main sur son dos.

« Joseph, je crois que j'ai compris. »

« Oui, je m'en doute, mais laisse-moi aller au bout, maintenant, il faut que je te dise tout. Moa tenait Amélie dans ses bras et la secouait. J'ai couru vers lui. Il lui tenait le cou. Il m'a dit : “Amélie méchante, Moa est pas zinzin”. Je lui ai arraché la petite des mains, j'ai vu qu'il lui avait serré le cou, mais je ne me doutais pas encore du pire. J'allais appeler des secours quand j'ai vu quelqu'un sortir de la salle. Je ne sais pas ce qui m'a pris, je me suis caché derrière un tas de bois, avec la petite dans les bras et Moa que je tirais par la manche comme je pouvais. Ensuite, j'ai regardé la petite qui ne bougeait plus du tout et ne répondait pas, j'ai écouté son cœur, sa respiration, et j'ai compris qu'elle était morte. J'ai vu les marques sur son cou. J'étais horrifié, tu penses ! étranglée ! il l'avait étranglée sans s'en apercevoir ! J'ai fait signe à Moa de me suivre. J'ai laissé le corps derrière le tas de bois, j'ai emmené Moa jusqu'à la voiture, je lui ai ordonné de ne pas bouger. Ensuite, je suis revenu chercher le corps de la petite et je l'ai chargé dans le coffre de ma voiture. Moa était assoupi. Il ne savait même pas ce qu'il avait fait, il ne s'était rendu compte de rien. Je l'ai ramené à la maison, je l'ai couché et j'ai attendu une heure avant de repartir, pour être sûr qu'il dorme profondément. Je ne savais pas quoi faire de la petite, mais je me disais qu'il ne fallait pas traîner pour s'en débarrasser parce qu'on devait la chercher partout, à cette heure. J'ai pris la route sans trop savoir où aller, et d'un coup, j'ai eu l'idée de la carrière, je ne voyais pas d'autre endroit pour me débarrasser du corps. J'y suis allé, j'ai pris le chemin de terre, j'ai roulé jusqu'au bout. Je me suis garé. J'ai sorti le corps de la gamine de la voiture, j'ai attaché une pierre avec une corde autour de sa taille. Je l'ai descendu et je l'ai jeté dans l'eau, à l'endroit où c'est le plus profond. Là, je me suis assis par terre et je me suis mis à trembler de tous mes membres et à chialer. J'étais conscient que je venais de faire une grosse connerie, mais j'avais pas pu m'en empêcher. Je te jure, Gérard, je ne pouvais pas, c'est comme ça, je ne me l'explique pas, et c'est pas pour me défendre que je te dis ça. Je ne pouvais pas décoller de là, non plus, mais bon, il a bien fallu repartir. J'ai repris la route et c'est là que la voiture de Lucio m'a doublé. Merde, je me suis dit, pourvu qu'il ne m'ait pas reconnu, heureusement il roulait vite, il m'avait dépassé comme une fusée, mais dix kilomètres plus loin, l'Alfa était arrêtée, il avait crevé et j'ai vu qu'il était en train de changer la roue. J'ai filé sans m'arrêter, en espérant encore qu'il ne m'ait pas reconnu, mais il était couché sous sa voiture. Plus tard, quand Lucio a parlé d'une 4L aux gendarmes, j'ai eu peur que certains pensent à moi, au village, surtout que les traces de pneus c'étaient bien celles de ma voiture, mais non, et les gendarmes avaient déjà leur idée, ils ne s'en sont pas occupés de cette piste. De toute façon, les 4L, ce n'était pas ce qui manquait à l'époque, alors, ça pouvait être n'importe qui. Chercher, ça faisait beaucoup de travail. Ils ont eu la flemme. La suite, tu la connais, Gérard. »

« Non, Joseph, je ne sais pas tout, et je veux que tu me dises le reste. Comment as-tu pu laisser condamner Lucio ? Comment as-tu pu faire ça ? Et les lunettes, c'était toi alors ? Quand ? Quand est-ce que tu les as foutues dans sa bagnole ? »

« Je n'avais pas prémédité ça, je te jure. D'abord, j'avais agi sans réfléchir, la nuit où j'ai ramassé la petite. J'avais seulement eu peur pour Moa, je ne voulais pas qu'on me le prenne et qu'on le mette à l'asile. Il ne se doutait de rien, il ne se souvenait même pas de ce qui s'était passé cette nuit-là. Je me suis vite rendu compte de ma connerie. Tu comprends, la plus grosse bêtise, c'était d'avoir caché le corps, de ne pas avoir appelé les secours tout de suite, après c'était trop tard, j'avais peur qu'on m'accuse. Oui, après tout, j'étais devenu complice, et j'avais même peur qu'on me mette le meurtre sur le dos. Je ne savais plus comment m'en sortir. Après, quand j'ai su que Lucio était interrogé, c'était plus pareil, c'était comme une perche qu'on me tendait. Je suis passé devant ton garage, un soir, et c'était encore un coup de chance pour moi. J'ai vu que la voiture de Lucio était là, rappelle-toi, on a discuté un moment. Tu es parti répondre au téléphone cinq minutes et je suis resté seul pendant ce temps. C'est là que j'ai caché les lunettes d'Amélie sous le siège, je les avais trouvées le matin même dans le coffre de ma voiture, elles étaient dans ma poche, et je ne savais pas où les jeter. J'ai fait ça sans réfléchir, pour m'en débarrasser, comme sur un coup de tête. Je te jure, c'est l'occasion qui s'est présentée, je n'avais rien prévu. »

« C'est chez moi que tu as fait ça, en plus ? Et tu appelles ça un coup de tête ? Mais alors, si c'était un coup de tête, comme tu le dis, tu aurais dû avoir le temps de te rattraper, après, pendant un an qu'il est resté en prison, Lucio. Tu n'as pas eu de remords ? Et au procès, pourquoi tu n'es pas venu ? Tu avais eu le temps d'y réfléchir, à ton coup de tête, mais non, tu n'as rien dit et tu les as laissés lui couper la sienne ! putain, tu sais ce que tu es ? Un beau salaud ! ton Moa, il ne risquait pas sa tête, lui, il était dingo, on l'aurait enfermé, c'est tout, et on l'aurait soigné même, et puis qu'est-ce que ça a changé, hein ? Tu n'as pas empêché qu'on l'enferme après. En plus, ça n'a servi à rien ! tu es un criminel ! Un fumier d'assassin ! »

J'étais fou de colère, j'ai dû me contenir pour ne pas lui coller mon poing sur la gueule. Mais j'ai commis une grave erreur, je l'ai laissé partir, peut-être pour éviter de lui casser la figure, parce que ça me démangeait trop ! J'ai été bien imprudent. J'aurais dû emmener Joseph, sur le champ, à la gendarmerie d'Aubagne, ou au moins lui faire écrire tout ce qu'il venait de me dire. J'ai remis au lendemain. Je ne pouvais pas prévoir. Cette nuit-là, il s'est pendu. J'étais le seul à savoir la vérité.

Gérard, vidé par l'épreuve, était en nage.

Il avait entraîné l'auditoire dans des bas-fonds dont il ne parvenait plus lui-même à s'extirper. Tous les yeux stupéfaits restaient braqués sur lui. Comme un boulet, la vérité les terrassait. Le remords perforait les esprits.

La culpabilité fauchait leurs consciences avec la force écrasante d'un raz de marée.

Emilio laissait s'écouler des minutes comme des gouttes.

Il sondait les regards pour y voir s'insinuer le poison.

Journal de Julia
Les feuilles mortes se ramassent à la pelle...

Juin 2002.

Nous allons tenter la révision.

J'ai peur de ne pouvoir endurer cette dernière épreuve et de me confronter une nouvelle fois à ces vieux démons que j'ai combattus en vain autrefois.

En aurai-je la force ? Je me sens si fatiguée.

La visite de Gérard nous a tellement ébranlés, nous forçant à déterrer le passé. Nous avons exhumé avec lui nos plus cruels souvenirs. Et la souffrance.

Toute cette souffrance que nous avions d'abord été obligés de dompter pour qu'elle nous laisse respirer, que nous avons dû porter pendant toutes ces années, comme un bagage pesant, devenu familier. Cette souffrance que nous avons dû bercer, pour qu'elle consente à nous laisser vivre, a été, hier soir, attisée comme les braises d'un incendie tout juste éteint dans la garrigue, sur lesquelles le mistral vient de se relever.

Autrefois, je me suis battue par amour, pour que Lucio vive, mais aujourd'hui, pourquoi remuer toute cette douleur ?

Pour la réhabilitation ? Lucio s'en fichait d'être réhabilité après sa mort, il n'a rien demandé pour cela avant de mourir, il ne croyait qu'en la vie, qu'on lui ôtait. *L'après* ne l'intéressait pas. La réhabilitation non plus.

Pour l'honneur ? Je ne me soucie pas non plus de cet honneur-là. Je me souviens que même lorsque la foule criait « à mort ! » devant le tribunal, je n'ai ressenti que de la peur, la peur qu'on nous le prenne, et de la haine pour ceux qui hurlaient. Je n'ai jamais songé au déshonneur, seule la vie nous intéressait.

La rage, la colère, la révolte, le sentiment d'injustice, tout ça, oui. Le déshonneur non.

D'ailleurs, j'ai toujours considéré qu'il était du côté des bourreaux, le déshonneur.

La vengeance ? Quelle vengeance ? L'assassin est mort et de toute manière, c'est un comble, je ne parviendrai jamais à le détester. Le plus coupable des deux, c'était Joseph. C'est à lui que j'en veux le plus, mais il est mort lui aussi.

Moa, lui, n'était pas responsable, et il n'était pas méchant, il ne s'est pas rendu compte de ce qu'il faisait. Ce fut un accident. J'en suis certaine. Il a serré le cou d'Amélie sans comprendre qu'il serrait trop fort et qu'il la tuait. Il voulait seulement la faire taire. Elle pouvait être tellement agaçante parfois, notre petite Amélie ! Elle avait dû le pousser à bout. Et lui ne savait pas se maîtriser et ne se rendait pas compte de sa force. Il avait de telles grandes mains ! En plus, l'idée sordide m'est venue qu'il avait peut-être fait ça pour faire plaisir à Lucio. Je me suis souvenue, « zinzin », cette parole l'avait tuée. Mon Dieu, quelle tragédie ! Moa n'aurait jamais fait de mal à Lucio, lui, il l'aimait tant ! Cette nuit, j'ai pleuré sur eux, Moa, Lucio. Je me suis souvenue de cette magnifique journée au bord de la mer avec eux. « Amis pour toujours ! » avait clamé Moa et nous avions juré et craché avec lui. Ah ! Si seulement Joseph n'avait pas été aussi lâche ! Et puis, je suis dévorée de remords, comment n'ai-je pas songé à Moa ? J'aurais pu en avoir l'idée et soupçonner ce qui était arrivé. J'ai fouillé ma mémoire, je me suis repassé tout le mariage et je me suis rappelé que lorsqu'on a commencé à chercher Amélie, Joseph et Moa avaient déjà déserté la fête depuis un certain temps, c'est pour ça que personne n'a songé à les mettre en cause. Le lendemain, Joseph a fait semblant de découvrir la nouvelle. Il a quand même été questionné par les gendarmes, comme les autres invités, mais superficiellement sans doute, à cause de leur départ précoce. En plus, Joseph a été malin, il a dû donner une bonne marge horaire, qui le plaçait à l'abri des soupçons et nul ne l'a démenti, car personne n'avait fait attention à l'heure à laquelle ils avaient quitté la salle. Pour tout le monde, ils avaient abandonné la fête bien avant le drame. Ensuite, il a carrément séquestré Moa, par peur qu'il ne les trahisse, en laissant échapper quelques paroles édifiantes. C'est pour ça qu'il l'a empêché de me voir. Il l'a même envoyé quelque temps chez sa mère. Et personne ne s'est douté de rien ! Si Lucio avait connu la vérité, il aurait protégé Moa. N'ont-ils donc pas compris que c'était d'avoir perdu son ami, Lucio, qui a achevé par la suite de le rendre fou ? Alors, pour moi, les véritables fautifs, ce sont eux, les juges, l'avocat général, les jurés, oui, eux, que je voudrais voir à genoux, ceux-là, oh oui ! Je voudrais les voir assumer leur crime. Mais ce ne sera pas le cas. Ce sont eux pourtant qui ont envoyé Lucio à la guillotine avec des preuves insuffisantes, pour préserver la tranquillité de l'opinion, eux qui ont bâclé leur travail, sans se soucier de la vérité.

Avant de rendre le verdict, ont-ils réellement examiné leur conscience ? Ont-ils obéi, avant de prononcer la mort, au devoir moral et civique de chercher à atteindre une certitude ? Non. Mais ils sont protégés par les lois. On ne vient jamais demander des comptes aux juges ni aux bourreaux. D'ailleurs, certains sont morts, probablement dans leur lit ! Et les autres sont vieux. Même si notre démarche aboutit à la révision, ceux qui ont voté la mort autrefois se sentiront-ils seulement concernés ? Viendra-t-on leur révéler qu'ils ont accompli une erreur épouvantable ? Leur en faire le reproche ? J'ai bien peur que non. Les bonnes consciences sont à l'abri. La réparation, si elle a lieu, sera, au mieux, théorique, anonyme. Les coupables d'hier ne seront pas mis en cause. Il est trop tard. Et ce qui a été commis est irréparable.

Alors pourquoi ?

Emilio dit que c'est pour toi, Nino. Oui, c'est vrai, il a raison, si nous aboutissons, nous pourrons te dire plus facilement la vérité, Nino. Pour moi, ce n'est pas la seule raison, car je me demande s'il ne serait pas préférable que tu ignores tout jusqu'au bout, de cette dramatique histoire. La perspective de bouleverser ta vie me fait tellement mal au cœur. Et puis, je m'interroge aussi : cela a-t-il un sens ? Si longtemps après ?

Pourtant, je sais que je ne laisserai pas Emilio entreprendre ça tout seul. Quelque chose me pousse en avant, moi aussi. Alors quoi ?

J'ai trouvé cette nuit l'explication. Si je veux me battre encore, aux côtés d'Emilio, c'est pour la justice ; enfin, pour cet idéal qu'elle représente pour moi et pour l'idée que je m'en faisais, avant. Autrefois. Quand j'étais jeune.

La question essentielle, pour moi, reste, après toutes ces années, de savoir si la justice est à la hauteur de la dignité de sa tâche, c'est la réponse que j'ai toujours cherchée.

La justice est-elle capable de s'élever au-dessus de ses erreurs ? Et de les réparer ? Si elle ne les reconnaît pas, si elle ne les répare pas, comment pourrions-nous croire en sa valeur humaine, sociale et démocratique ?

DANS LA GRANGE
POUR SAVOIR SE VENGER, IL FAUT SAVOIR SOUFFRIR

Emilio apparut dans la cuisine et Nino s'inquiéta des signes visibles de fatigue de son grand-père, les épaules avachies, les cernes bleus autour des yeux et la tristesse gravée sur les traits. Manuel lui servit un café. Emilio s'assit en silence. Même ses gestes, indolents, traduisaient la lassitude, il semblait revenu de tout. Il ne pouvait rien avaler. Le fiel lui emplissait la bouche.

De l'autre côté du mur, les prisonniers attendaient.

Vers huit heures, ils reprirent leurs places dans la grange.

— On ne va pas s'éterniser, dit Emilio, allez les chercher.

La situation lui rappela les tribunaux improvisés d'après-guerre. Il en avait vu des règlements de compte impitoyables, parfois expéditifs, et pas toujours très légitimés, à cette période. Il chassa ces souvenirs, Nino dirait : « Tu ramènes toujours tout à la guerre ! »

Tous les regards étaient tournés vers lui. Il laissa passer quelques minutes, avant de prendre la parole. Il n'avait pas besoin de chercher ses mots, ils les avaient tellement repassés, ils viendraient tout seuls, mais il prenait le temps de dévisager les prisonniers afin d'évaluer leur état de conscience et de mesurer le degré de peur dans leurs regards.

— Bon ! maintenant vous savez toute la vérité et vous avez eu la nuit pour méditer.

Il reprit d'une voix plus sombre :

— L'application de la loi du talion, c'est bien ce que vous vouliez, n'est-ce pas ? Le sang pour le sang, c'est bien ça ? C'est bien ce que vous avez décidé ? Alors, puisque c'est vous qui avez dicté cette règle, il ne vous reste plus qu'à vous l'appliquer à vous-mêmes aujourd'hui, vous qui n'avez pas hésité à couper la tête d'un innocent.

Luc Chastelas se leva pour protester :

— Nous n'avons fait que respecter la loi. Ce témoignage, de seconde main, que vous nous rapportez aujourd'hui, vingt-sept ans après les faits, ne vaut pas grand-chose, vous le savez très bien. Alors, que voulez-vous à la fin ?

— Vous tuer, dit Emilio froidement, je vous l'ai déjà dit, auriez-vous la mémoire courte ? Je veux vous faire ce que vous avez fait à mon fils. Il avait vingt-deux ans et il était innocent. Il n'aurait jamais fait de mal à personne, lui. Il était heureux. Il était beau. Il était aimé. Il allait être père. Il avait droit à la vie, il avait la vie devant lui et vous la lui avez prise ! sans remords, sans hésitation. Vous avez agi comme des sauvages, des brutes sanguinaires, des bouchers. Et je veux vous faire payer aussi, tout le chagrin que vous nous avez fait endurer, à Julia qui en est morte, et à moi. Avec les agios en plus, vingt-sept années d'intérêts ! Et payer, aussi, pour avoir privé un enfant de son père ! Pouvez-vous réparer tout ça ? Tout ce mal que vous nous avez fait ? Non. Bien sûr. Alors, pour tout ça, je vais vous tuer. Un par un. Un, chaque jour. On commence demain. Manuel, donne-leur les papiers.

Manuel se précipita pour distribuer des feuilles de papier à chacun, il fit circuler un crayon.

— Inscrivez votre nom. Chaque jour, à l'aube, je tirerai au sort un nom et cette personne sera exécutée. À demain.

Il se leva et se dirigea vers la porte de la cuisine en ajoutant :

— Manuel ramasse les papiers, vérifie les noms et toi, Joaquim, ramène-les dans leurs cellules.

Au passage, il céda son fusil à Joaquim et quitta la grange.

Le soir, au dîner, Emilio expliqua aux autres que le tirage au sort ne serait qu'un simulacre, en réalité, il voulait décider de l'ordre dans lequel ils sortiraient les noms de la boîte et les condamnés de leurs cellules.

Il avait bien l'intention de faire moisir l'avocat général, Chastelas, le plus longtemps possible. Il aspirait à le voir dépérir de trouille chaque matin et à s'en délecter. C'était à celui-là qu'il en voulait le plus.

Ils commenceraient par un pauvre type.

Mais ils voulaient les laisser tous mariner vingt-quatre heures de plus.

Ils avaient décidé de procéder comme au temps de la peine de mort, quand les bourreaux venaient surprendre les condamnés à l'aube pour les conduire à la guillotine.

Emilio était le premier levé. À cinq heures du matin, les autres le rejoignirent dans la cuisine. Manuel s'approcha de lui et lui tapa sur l'épaule.

— Ça va Emilio ?

Nino regardait intensément son grand-père, le voyant ruminer. Ils attendaient tous ses instructions. Emilio avait des choses à leur dire, en ce moment solennel. Il prit son temps, buvant à petites lampées son café brûlant. Reposant la tasse vide, il expliqua simplement :

— Bon, il faut se méfier. Vous savez, c'est quand ils savent qu'ils n'ont plus rien à perdre que les hommes deviennent dangereux.

Ils acquiescèrent. Emilio pensait à tout.

Ils ouvrirent brusquement chaque porte de cellule, respectant ses consignes, maîtrisant les prisonniers au fur et à mesure. Joaquim s'occupait de les ligoter et s'assurait de la solidité des liens avant de les expulser de leur réduit, en les prenant par le bras, sans brutalité, mais sans ménagement. Ils avaient fait disparaître les chaises de la grange, pour signifier aux prisonniers que le temps des débats était terminé et que la cérémonie serait, cette fois, de courte durée. Les prisonniers se tenaient debout, devant leurs cellules, les silhouettes désemparées. Ils se resserrèrent instinctivement. La nuit avait dû être difficile, ils faisaient penser à des chemineaux en errance. Cathy Caillol se dégagea brusquement du groupe et s'avança. Elle regarda Emilio dans les yeux.

— Vous ne pouvez pas faire ça, monsieur, je sais que vous ne le ferez pas.

— Vous vous trompez, madame.

Elle était agaçante à vouloir le contrecarrer. Il hocha la tête, puis se détourna. Les autres se taisaient. Emilio songea qu'ils avaient dû se concerter, à travers les minces cloisons de leurs réduits, pendant la nuit. L'un d'entre eux avait peut-être essayé d'exhorter les autres à se défendre, à élaborer une stratégie désespérée, lequel ? Il les scruta un par un, de gauche à droite. Ils avaient dû tout envisager. Négocier avait dû leur apparaître comme la dernière chance de s'en tirer, leurs poignets attachés et chevilles entravées rendaient toute tentative de rébellion impossible.

Marcel Pastorelli semblait avoir rétréci. Plissé, ratatiné sur lui-même, il avait pris dix ans.

Cathy Caillol soutenait encore son regard, cette femme était touchante.

Emilio jeta un coup d'œil vers Chastelas. Négligé dans ses vêtements d'emprunt, la chemise mal boutonnée, il avait perdu son aplomb. Le visage cireux, il avait capitulé. Déjà vaincu. Emilio l'aurait cru plus résistant, il était un peu déçu.

François Merle conservait une certaine tenue, la silhouette inflexible, les yeux vifs, celui-là n'avait pas renoncé. Il avait dû s'imposer, prendre l'ascendant sur le groupe, comme il l'avait si bien fait autrefois. Il ne croyait pas encore au scénario de mise à mort. Il ne perdait rien pour attendre.

Alain Lebrun lui faisait penser à une serpillière, il ne savait pourquoi. Son regard suppliant, affolé, tourbillonnait comme pour implorer une esquive. La lâcheté personnifiée, se dit Emilio qui reconnaissait bien ses traits. Il songea avec rancœur, qu'au cours de la délibération, le président, Merle, n'avait pas dû rencontrer beaucoup de difficultés pour convaincre cet homme-là de voter la mort.

Camoin demeurait très calme, celui-là le surprenait vraiment, quelque chose l'émouvait dans sa stature, une certaine droiture. Ce pouvait être lui, aussi, le *leader*.

Guy Morel, décomposé, était agité de tics, ses épaules se soulevaient alternativement, un grand nerveux.

Mathéo Bianchi semblait parti sur un autre continent. Emilio le fixa durement, un bref instant, il aperçut le reflet de la mort dans ses yeux, brillant comme un éclair d'acier. Il eut la satisfaction de lui voir baisser la tête.

Patrick Escariot cherchait une contenance, donnant l'impression de réfléchir encore, il s'apprêtait à prendre la parole. Lui aussi, avait pu prendre l'initiative de prodiguer des conseils à ses condisciples, pendant les dernières heures. Emilio ne lui laissa pas le temps de composer son discours.

— Manuel, tire un papier.

Manuel s'exécuta et sortit un papier de la boîte à chaussures qu'il avait apportée.

— Marcel Pastorelli.

— Je le savais, dit l'homme.

Ses mots avaient surgi de l'inconscient et ne ressemblaient à rien. Ils indiquaient seulement son accablement. Pastorelli, résigné, avait anticipé son sort. Emilio en avait déjà vu de ceux-là, autrefois, ils étaient morts avant l'heure.

Pendant ce temps, les autres s'abandonnaient égoïstement au bref soulagement de ne pas être l'élu du jour. Réaction instinctive, viscérale, comme si le nouveau délai de vingt-quatre heures pouvait changer leur destin. « Encore un moment, s'il vous plaît, monsieur le bourreau, un petit moment. »

Une odeur de merde couvrit celle, pourtant déjà forte, des lieux. L'un d'eux s'était fait dessus. Joaquim sourit. Cela lui plaisait. C'était le premier, peut-être y en aurait-il d'autres, comme ils l'avaient envisagé.

En tout cas, ce n'était pas Marcel Pastorelli. C'était Alain Lebrun. Cet homme n'avait pas prononcé un seul mot jusqu'ici, sa peur, rentrée depuis huit jours, le trahissait de manière humiliante, avec ses excréments.

Michel Camoin hochait la tête et dit tout haut, mais comme si c'était à lui-même qu'il s'adressait, que c'était une folie.

Marcel Pastorelli se montrait las, presque consentant, comme s'il voulait en finir, ou peut-être manquait-il seulement d'imagination. Il avait l'air résigné, échoué, comme le bateau jeté trop loin sur le rivage par le ressac, et ne pouvant reprendre la mer. Ce séjour dans la grange lui avait ôté toute velléité. De tous, il était visiblement le plus mal en point.

Nino le remarqua et songea que son grand-père était un malin, il avait choisi sciemment sa première victime, celui-là avait atteint ses limites, il ne servait à rien de le faire mariner davantage.

Manuel s'approcha de Pastorelli et lui banda les yeux. On perçut un gémissement étouffé.

À ce moment-là, François Merle fit un pas en avant :

— Vous ne pouvez pas nous tuer. Reprenons les débats, nous sommes prêts à reconnaître que nous nous sommes trompés.

Manuel cracha par terre, aux pieds de l'ancien président de jury.

Emilio ricana.

— Vous irez tous en prison ! jeta le magistrat.

— C'est possible, mais vous ne le verrez pas ! vous serez mort ! rétorqua Nino

— Ne faites pas ça ! cria encore Cathy.

— Vous êtes fou ! dit Chastelas en sourdine.

Emilio avait son fusil dans les mains, il guida Pastorelli du bout du canon vers la double porte qui donnait sur la cour. Il avançait docilement. Manuel suivait.

— Arrêtez ! cria Escariot, arrêtez avant qu'il soit trop tard, qu'est-ce que ça vous apportera de nous tuer ? vous serez tous condamnés ! nous ne dirons rien si vous nous relâchez. Nous avons compris ce que vous nous reprochez.

Il tentait de s'interposer, Nino le repoussa fermement.

— C'est vrai, renchérit Camoin, qu'est-ce que nos morts vous apporteraient ? rien ! Vous voulez devenir des criminels, vous aussi ? Et vous voyez bien que nous regrettons tous, à présent, ce qui s'est passé, hélas, nous ne pouvons pas revenir en arrière ! Que pouvons-nous faire pour réparer ? Dites-le-nous. Nous sommes d'accord pour vous dédommager, pour vous donner de l'argent, si vous voulez. Mais ne commettez pas cette sauvagerie.

Nino se planta devant lui, l'air mauvais, pour lui dire, sur un ton dur et ironique :

— Ah, oui ? Vous nous proposeriez de l'argent ? Et quelle somme ? à combien estimez-vous votre dette ? Combien me donneriez-vous pour la mort de mon père ? Et combien à mon père, pour celle de son fils unique ?

Camoin baissa les yeux. Il n'osait plus parler d'argent.

Inébranlable, comme s'il n'avait rien entendu, Emilio sortit de la remise en poussant Pastorelli devant lui.

Manuel ferma la porte derrière eux. Il s'écoula cinq minutes. Le coup de fusil tonna. Tiré tout près du mur, il fit trembler la porte en bois et sursauter tout le monde. La tension grimpa au summum. L'impression de souricière se refermant sur eux. Les prisonniers se regardaient, incrédules et terrorisés.

Ils allaient donc tous mourir, ici, abattus dans cette cour de ferme.

Leurs cris et protestations se heurtèrent à un bloc d'indifférence. La porte s'ouvrit, Emilio et Manuel réapparurent, leur visage exprimait toute la gravité du moment. Ils semblaient secoués par ce qu'ils venaient d'accomplir. Le soleil pénétra avec eux dans la grange, par les battants qui bâillaient, un rectangle de lumière se répandit sur le sol, on entendit les cigales, une bouffée d'été se mêla à la mort.

— Il est mort, dit Emilio froidement, mais sans exagérer sa superbe. Il n'y avait aucun triomphalisme dans ces mots, c'était juste comme pour marquer une étape.

— C'est tout pour aujourd'hui, dit Joaquim, exprimant simplement la satisfaction ordinaire de celui qui a accompli sa tâche.

Dans un silence lugubre, les prisonniers furent reconduits dans leur cellule par Joaquim et Nino. Pendant qu'ils se laissaient enfermer, ils entendirent le fourgon démarrer et s'éloigner. Ils en déduisirent que les deux autres hommes étaient partis enterrer le corps quelque part. Cathy Caillol pleurait. Personne ne s'en souciait, chacun gérait comme il pouvait sa propre épouvante.

Les prisonniers sortirent docilement des cellules.

Les visages diaphanes, masqués par la peur, se ressemblaient étrangement ce matin. Les regards allaient vers la boîte à chaussures que portait Manuel. Les mines décomposées semblaient soupeser la fatalité.

Escariot s'avança et la manière dont il prit la parole montra qu'il avait dû y réfléchir toute la nuit. Il voulait encore tenter de négocier. Il reconnut l'erreur de jugement de la cour, en 1976, et tenta d'exprimer des regrets, au nom de tous, ajouta-t-il en désignant des yeux ses compagnons d'infortune. Il demandait que l'on reprenne la discussion afin de trouver une issue. Ils proposeraient un dédommagement à la hauteur.

Bref, il ne se résignait pas à mourir.

Emilio le remballa de façon à signifier clairement à tous que rien ne le détournerait plus de ses intentions.

— Trop tard ! Il y a déjà un mort, on ne reviendra plus en arrière maintenant, question d'égalité.

Il fit un geste du menton à l'intention de Manuel, pour mettre fin à la contestation. Celui-ci souleva le couvercle de la boîte et tira un papier.

— Alain Lebrun.

Les regards convergèrent vers l'homme. Le pauvre diable tremblait comme une feuillée d'automne par grand jour de mistral, on entendait sa peur. Il voulait parler, implorer, il ouvrait sa bouche et ne sortait pas un son. Seules, ses mâchoires s'entrechoquant faisaient un bruit de castagnettes. Ses jambes fléchirent. Manuel dut le soutenir pour passer la porte.

— Non, non, s'il vous plaît, suppliait le condamné, qui avait retrouvé *in extremis* un filet de voix.

Emilio suivait avec le fusil. Comme la veille, les autres ressentirent un très bref soulagement viscéral. La détonation du fusil les fit sursauter.

— Allez-y ! tuez-nous tous sur-le-champ et qu'on n'en parle plus ! hurla Luc Chastelas, mais arrêtez cette mise en scène macabre !

— Vous attendrez votre tour, monsieur, répliqua Nino.

Comme la veille, Emilio, suivi de Manuel, fit une incursion dans le local, pour marquer cette deuxième étape, et soutenir leurs regards, laissant de nouveau, par la porte ouverte, entrapercevoir la cour de la ferme écrasée de lumière. Il ne dit rien cette fois. Il écarta d'un geste fatigué les attaques verbales et les récriminations.

Les prisonniers retournèrent tristement dans leurs cellules, Nino et Joaquim refermèrent les portes. La cérémonie n'avait duré que dix minutes. Dehors, le fourgon démarrait.

En revenant dans la cuisine, Nino réfléchissait :

— J'ai du mal à comprendre qu'ils n'essaient pas de se rebeller, et toi, Joaquim, tu ne trouves pas ça étonnant ?

— Oui et non, ça fait huit jours qu'ils croupissent dans cette grange, ils sont pas mal amochés, et comment veux-tu qu'ils fassent, qu'ils nous foncent dessus, pieds et mains liés ?

— Je sais pas, moi, au moment où on entre dans la cellule. Moi, c'est ce que je ferais, à leur place, je me tiendrais prêt, derrière la porte par exemple, et je sauterais sur ton dos, Joaquim !

— Oui, mais eux ne sont pas des durs à cuire comme toi ou comme ton grand-père ! ajouta Joaquim en rigolant.

— Bon, on va faire à bouffer ?

— Oui, on va faire du ragoût de mouton, c'est ma spécialité, mais c'est pas la peine d'en faire trop, hier on en a jeté, nos invités ne bectent plus beaucoup, on dirait qu'ils ont perdu l'appétit !

Nino rit en lui donnant une tape amicale sur l'épaule.

Le troisième jour, les prisonniers refusèrent de se lever. Couchés sur leur matelas, ils adoptaient cette attitude comme une ultime tentative de résistance. Il fallut les traîner à l'extérieur des cellules pour leur imposer le rituel des jours précédents.

Manuel tira le nom de Mathéo Bianchi. À l'appel de son nom, l'homme esquissa un sourire fatigué. Celui-là s'en fichait. Il s'était déjà donné rendez-vous avec la mort. Nino devina pourquoi. Il se souvenait du cimetière, des larmes et du bouquet de fleurs.

Mathéo Bianchi se laissa emmener sans protester. François Merle se jeta brusquement en travers et se mit à invectiver Emilio. Une suite incohérente de mots lui venait. On comprenait seulement :

— Vieux fou, vieux cinglé !

Il tenta de bousculer Emilio qui tenait bien sur ses jambes et qui lui donna une pichenette de l'épaule. Merle perdit l'équilibre et s'étala à plat ventre dans la poussière de la grange. Il était grotesque, mais personne n'avait le cœur à rire. Manuel et Nino le hissèrent par les avant-bras pour le remettre sur ses pieds.

— Fichez-le-moi dans sa piaule ! lança Emilio.

Michel Camoin s'approcha jusqu'à lui faire face.

— Monsieur, ce que vous faites ne vous ressemble pas, non, cela ne vous ressemble pas, répétait-il avec gravité, en hochant la tête.

Impassible, le visage fermé, Emilio le fixa longuement sans répondre.

— Vous ne pouvez plus reculer maintenant, n'est-ce pas ? continua Camoin, vous êtes obligés de nous tuer tous, alors, allez jusqu'au bout, mais dépêchez-vous de finir votre travail, vous avez assez fait durer le suspense, non ? que vous faut-il de plus ? vous l'avez votre vengeance ! non ?

— Ça suffit ! allez, rentrez-les tous ! gronda Emilio.

Mathéo Bianchi attendait toujours sans broncher. Emilio le poussa hors de la grange, accompagné de Manuel.

Le coup de fusil retentit. Le fourgon démarra quelques minutes après, pendant que les prisonniers regagnaient leurs pénates.

Le soir au dîner, la discussion tournait autour des propos de Michel Camoin.

— Il a raison, dit Nino, ça devient lourd.

— Il fallait s'y attendre, rétorqua Emilio.

— Oui, mais c'est trop répétitif, ça devient pénible.

— C'est vrai, dit le grand-père, qu'est-ce que tu proposes ?

— D'abréger. On a eu ce qu'on voulait, pépé, maintenant il faut finir le boulot rapidement.

— Qu'est-ce que tu veux dire ?

— C'est plus vraiment utile de les sortir tous des piaules. On n'a qu'à en sortir un, celui que tu voudras, ça nous simplifiera la tâche, ce sera plus rapide, et on évitera les scènes comme celle de ce matin. C'est peut-être moins théâtral, mais aussi efficace, non ?

— Pourquoi pas ? dit Emilio en haussant les épaules.

— Bon, c'est dit, on fait comme ça. Ça va être vite plié. On en fait deux par jour si vous voulez, un le matin et un l'après-midi.

— D'accord ! dit Emilio en se resservant, il est bon ton ragoût Joaquim, Nino, tu l'as aidé, j'espère ! t'as pris la recette au moins ? Bon, qu'est-ce que je disais ? Ah ! oui, alors demain, on choisit qui ?

— Morel. Pour la femme et Camoin, on leur a dit qu'on les gardait jusqu'au bout, je me demande si c'était une bonne idée.

— On n'avait pas le choix, je leur ai promis qu'on ne leur ferait pas de mal, ils savent que c'est vrai. Demain matin, Morel et après ?

— Escariot ?

— Oui, tu as raison, Escariot, je veux me garder les deux autres pour la fin. Surtout Chastelas, le meilleur en dernier ! Celui-là, il y était lui, le 11 avril dans la cellule de Lucio pour l'emmener à l'échafaud ! le salaud !

Après manger, Emilio restait pensif, le front barré d'un pli, il dit gravement :

— J'espère qu'ils ne nous pinceront pas. J'espère que je ne me suis pas trompé et que vous ne serez pas emmerdés.

— Ne te bile pas, Emilio, on savait ce qu'on risquait, on assumera, si on se fait piquer, dit Joaquim.

— Pareil pour moi, dit Manuel, j'assumerai, Emilio, quoi qu'il arrive. Ils avaient qu'à pas nous faire passer pour des cons.

— Mmmm.

Emilio hocha la tête en signe de remerciement, il gardait son air soucieux. La peur était de son côté à présent. Nino le comprenait, il se demanda si ce n'était pas l'intervention de cet homme, Michel Camoin, qui lui avait inspiré des remords.

— Je ne regrette rien, pépé, on se sera payé ! C'était le seul moyen, puisqu'ils ne voulaient pas reconnaître ce qu'ils nous devaient, et s'il faut rendre des comptes, on les rendra, et moi j'espère que ce sera le moyen de mettre la vérité au grand jour.

Emilio restait silencieux, Nino poursuivit :

— Il ne faudrait pas que ça te gâche le plaisir ! autant en profiter jusqu'au bout, si on doit aller en taule après ! Allez pépé, ne t'en fais pas, on était tous partants, et en plus, tu sais bien, c'est moi qui ai eu l'idée le premier.

Le lendemain matin, ils extirpèrent Morel de sa cellule. Quand ils ouvrirent la porte, l'homme était plaqué au mur comme s'il avait voulu s'y amarrer. Il devait songer à cette retraite, qu'il avait tant attendue pour se la couler douce, et qu'il ne connaîtrait pas.

— Allez allez, plus vite on ira, plus vite ce sera fini pour vous ! lui dit aimablement Emilio, c'est qu'un mauvais moment à passer.

— Non ! non ! suppliait l'homme.

Manuel et Nino le traînèrent rapidement jusqu'à l'extérieur. Le coup de fusil résonna à travers les murs de la grange, laissée grande ouverte cette fois.

L'après-midi, ce fut le tour d'Escariot. Pris au dépourvu, il ne fut pas plus courageux que les autres. Jusqu'au dernier moment, il voulut se débattre, lutter, prier, pleurer. Ils durent se mettre à trois pour maîtriser sa crise de nerfs. Du fond de leurs cellules, le beau Merle et le fringant Chastelas devaient profiter de ces éclats.

Il ne leur restait plus qu'à mesurer le temps.

Peser leur existence.

Ou s'en remettre à Dieu.

Si celui-ci se trouvait à leur portée.

Car il n'y avait plus la moindre miette d'espoir à gratter.

Le dernier jour, François Merle, eut droit en premier, dès le matin, à son billet de sortie. Lui aussi, au moment ultime, laissa tomber sa superbe, comme un costume inutile, taillé trop grand pour lui. Il n'était plus qu'un petit garçon face à sa peur du noir et du loup, un enfant qui aurait voulu appeler sa mère.

Emilio n'eut aucun mal à le faire mettre à genoux, à l'obliger à demander pardon.

Il exigea de l'entendre retracer les étapes cruciales du procès.

Ensuite, il voulut lui faire répéter ce qui s'était dit dans la salle des délibérés. Il l'obligeait à se souvenir de chaque mot. Il le reprenait sans cesse. Il exigeait tous les détails, minute par minute, comme s'ils y étaient.

Le président du jury suppliait au-delà de toutes les espérances du vieil homme.

L'après-midi, Emilio souhaitait prendre son temps pour s'occuper de Chastelas de la même façon.

Il ne pouvait oublier les propos virulents que cet homme avait proférés, au cours de son réquisitoire. Chaque mot vibrait encore dans son esprit. Il attendait ce face-à-face depuis si longtemps !

Mais il devait convenir que l'homme qu'il avait devant lui n'était plus le même. Qu'avait-il en commun avec celui qui s'était montré si féroce, autrefois ? Il n'était plus qu'un vieillard brisé. Emilio aurait souhaité voir au moins de la repentance dans ses yeux, mais il n'y avait que de l'effroi, une peur animale.

Il abrégea le cérémonial et le conduisit dehors en silence, de la pointe du canon.

Pays basque, année 2003
et suivantes...
Le bonheur avec les yeux cernés
Le bonheur avec des aiguilles de pin dans le dos

Emilio s'occupait de son potager, il faisait des virées dans la montagne, autour de chez lui, et le soir, il reprisait ses souvenirs.

Il perfectionna – il s'était mis en tête d'en faire de l'art – la recette de ragoût de mouton de Joaquim, qu'il faisait tester par ses amis. Le secret de la réussite, disait-il, tenait dans le hachis ; il le préparait soigneusement sur une planche avec un grand couteau, le façonnait pendant de longues minutes, avant de le faire revenir dans sa vieille cocotte en fonte, d'où il exhalait son parfum, puis se mêlait aux sucs de la viande.

Une fois par semaine, il briquait l'Alfa et il comptait les jours en attendant le samedi, pour voir Nino ouvrir les volets de la maison de Julia. Il en profitait pour sortir la belle Italienne de son garage et ils s'en allaient faire un tour tous les deux, parfois ils passaient la frontière et roulaient vers où leur inspiration les poussait.

Nino avait retrouvé ses élèves. Ces adolescents devaient être loin d'imaginer que leur gentil professeur avait été capable d'enlever, de séquestrer neuf personnes, et de les menacer de mort, disait Emilio, car s'ils l'avaient su, ils ne se seraient pas risqués à le chahuter, et ça les faisait bien rigoler.

Pendant deux ou trois mois, Emilio resta à l'affût, épiant le facteur avec un peu d'anxiété, dans l'attente de l'arrivée d'un courrier recommandé du procureur de Marseille, ou de la venue des gendarmes pour les arrêter. Rien de tel ne se produisit. Ils avaient vu juste.

Au bout de quelque temps, ils cessèrent de se faire du souci.

Manuel et Joaquim téléphonaient de temps en temps. Manuel était grand-père. Ils avaient l'intention de leur rendre visite, l'été prochain, Lucie et lui.

Au printemps suivant, Nino fit la connaissance de Clara. Deux mois plus tard, il l'emmena dans la montagne, dans la petite maison, héritée de Julia, où il voulait faire leur nid, lui dit-il.

— Déjà ? fit Clara.

— Oui, on est comme ça de père en fils dans la famille ! on ne gaspille pas le temps, ni le bonheur, il ajouta à voix basse : c'est plus prudent !

Elle rencontra Emilio qui dit en plissant les yeux :

— Elle est bien jolie cette Clara !

Mais ce n'était qu'une espièglerie. Un clin d'œil au passé, et à Julia.

Le soir, il testa, jusqu'à une heure avancée de la nuit, la capacité d'attention et l'intérêt de Clara pour ses récits de la révolution et de la guerre civile.

Le lendemain, ayant eu l'impression d'avoir passé un examen avec succès, Clara dit à Nino :

— Je crois qu'il m'aime bien ton grand-père, non ?

AUBAGNE, TROIS ANS PLUS TARD
LA MER EFFACE SUR LE SABLE...

Allongée sur un transat, Cathy Caillol épluchait distraitement les petites annonces dans le journal, à la recherche d'antiquités. Elle survola la page nécrologique et revint brusquement en arrière. Un nom avait arrêté son regard.

Marcel Pastorelli venait de mourir à l'hôpital de Marseille, des suites d'une longue maladie. Ses enfants et ses amis faisaient part de leur douleur et de la date des obsèques.

Trois ans étaient passés. Il n'était pas mort dans cette cour de ferme, Marcel Pastorelli, mais ça, elle le savait déjà. Et les autres se demanda-t-elle ? Étaient-ils toujours en vie ?

Elle se remémora la fin de cette histoire. Elle n'oublierait jamais ces moments.

Après que l'avocat général eut été amené dehors, il ne restait plus qu'elle et Michel Camoin dans la remise.

Nino était venu les libérer aussitôt et les avait conduits dans la cuisine pour leur dévoiler leur stratagème.

Il leur révéla que personne n'avait été tué.

Les exécutions dans la cour n'avaient été que des simulacres.

Chacun d'entre eux, une fois sorti de la grange, avait été embarqué à l'arrière du fourgon, pendant qu'un coup de fusil était tiré en l'air. Un par un, ils avaient tous été ramenés chez eux. Ils étaient partis comme ils étaient venus.

Ils ne voulaient pas de leurs vies ! avait dit Nino.

Ils ne voulaient pas se salir les mains avec du sang d'assassins ! avait renchéri Emilio.

Juste les voir péter de trouille, avait dit Joaquim.

Ils s'étaient donc contentés de les regarder trembler.

Nino dit qu'ils avaient eu le sentiment de régler ainsi leurs comptes avec les meurtriers de son père.

Il esquissa un petit sourire, en se souvenant des coups de gueule de son grand-père qui prônait, au départ, une méthode expéditive pour assouvir son besoin de vengeance, une méthode qui aurait rendu la séquestration superflue.

Il avait le sang chaud, le grand-père et le parler virulent, mais Nino savait bien qu'il n'aurait pas versé une goutte de sang.

Ils avaient l'impression d'avoir accompli le rêve de justice de Julia, mettre les jurés à genoux, devant leur responsabilité, face à leur conscience.

Contraindre ces hommes à se remémorer le passé et à mesurer leur culpabilité était une forme de réparation.

Leur avoir enfoncé dans le crâne l'idée que ce qu'ils avaient commis en toute légalité, sous l'autorité de la République, était un crime.

Les avoir obligés à admettre que s'abriter derrière la loi comme sous un parapluie ne peut exempter les consciences.

C'était comme après une guerre, disait Emilio, lorsque l'on découvre que les atrocités perpétrées ne peuvent plus être justifiées. Il faut alors faire la part douloureuse, entre les meurtres et les actes de guerre, entre la violence impardonnable, celle qu'on va étouffer dans l'oubli et celle qui est légitimée par l'Histoire.

« Mais en attendant, dit Joaquim en conclusion, c'est toujours des morts pour rien. »

Camoin avait prétendu qu'il avait vaguement suspecté le subterfuge, il avait pensé que les exécutions hors de la grange pouvaient être factices, mais il ne pouvait pas en être certain. Cette idée aurait pu effleurer l'esprit des autres s'ils n'avaient cédé à la panique. Mais ils s'étaient laissé manipuler, impressionnés par la mise en scène habilement menée.

Cathy n'avait pas soupçonné la vérité. Elle avait manqué crever de peur et ne parvenait pas encore à sentir de soulagement, comme si ces huit jours d'enfermement avaient figé ses émotions.

— Comment comptez-vous vous en sortir à présent ? Ils vont vous dénoncer, vous allez être arrêtés !

Nino sourit.

— Vous, madame, que ferez-vous ? allez-vous nous dénoncer ?

Elle réfléchissait. Ces hommes semblaient tranquilles… Elle prenait conscience que ce n'était pas aussi simple et constatait qu'ils avaient dû mûrir les conséquences de leurs actes.

Elle secoua la tête.

— Et vous, monsieur? demanda Manuel en se tournant vers Michel Camouin

— Moi? Non, je ne vous dénoncerai pas, mais les autres?

— C'est possible, répliqua Nino, nous avons fait ce pari. Nous pensons qu'aucun d'entre eux ne souhaitera exhumer cette histoire. Ils savent que les médias s'en empareraient aussitôt. Ils ont tous de bonnes raisons pour vouloir éviter le déballage de cette vieille affaire. Et puis, pour quoi faire? Qu'est-ce que ça leur apporterait?

— Je vous trouve bien optimiste! Vous croyez réellement qu'ils vont tous renoncer?

— Oui! nous le pensons, ils vont renoncer, pourquoi voulez-vous qu'ils remuent toute cette honte? Vous croyez qu'ils sont fiers? S'obliger à revivre ça une nouvelle fois? C'est trop lourd. Et puis, vous ne trouvez pas qu'on leur en a fait passer l'envie? Pour les magistrats, on n'en est pas certain, bien sûr. Merle, à mon avis, ne voudra pas, lui non plus, qu'on remette ce procès sur la table. Il est conscient qu'il a influencé les jurés, et que cela se saura. Il sait très bien que mon père était innocent. L'avait-il compris autrefois? C'est la question, et moi, c'est ce que j'aurais voulu déceler, mais il doit au moins admettre que le procès a été bâclé.

Enfin, en tout cas, je crois qu'il préférera passer toute cette vieille affaire sous silence. Il n'aura sans doute pas envie de salir sa réputation. Je parie qu'il va reprendre sa vie de dandy dans sa belle villa et ses voyages de millionnaire. Il préférera oublier. Chastelas, lui, on ne peut pas trop savoir ce qu'il fera, il avait l'air bien diminué, mais il a repris du poil de la bête quand on l'a laissé chez lui. Dès qu'il a pigé qu'on ne lui ferait pas de mal, il a retrouvé sa morgue, celui-là ! dès qu'il n'a plus eu la pétoche, il nous a menacés, il a promis qu'il allait porter plainte auprès du procureur de Marseille. On verra bien. Moi, je crois que c'est du bluff. Il doit en crever de rage, mais je pense qu'il ne le fera pas, même s'il en a envie, parce qu'au fond, il ne voudra pas, lui non plus, risquer de salir sa carrière. C'est un orgueilleux !

Après cet entretien, les deux derniers témoins avaient été raccompagnés chez eux.

Cathy s'était retrouvée au pied du mur, obligée cette fois de tout avouer à Pierre. Confessant un secret retenu depuis plus de vingt ans, elle révélait un manque de confiance.

D'un autre côté, elle était vivante, c'était son meilleur atout pour se faire pardonner.

Contrairement à ce que pensait Nino, Chastelas se croyant encore en position de force, avait bel et bien tenté de déposer une plainte auprès du procureur de Marseille.

En réponse, le procureur l'avait convoqué pour lui signifier de peser toutes les conséquences de cette décision.

Ne serait-on pas conduit, sous la pression médiatique, à rouvrir cette malheureuse affaire ?

Il lui fit savoir sans ménagement qu'un innocent avait été guillotiné.

Quelle part de responsabilité dans la sentence l'avocat général était-il prêt à assumer ?

Il conclut, en l'incitant à réfléchir, rappelant d'abord qu'au cours de cet enlèvement, il n'avait été victime, après tout, que de séquestration et tout au plus de violence psychologique.

Il n'y avait eu aucune maltraitance physique.

Chastelas s'insurgea. Ils avaient été kidnappés, harcelés, menacés de mort, malmenés !

Bien sûr, bien sûr, reconnaissait le procureur, certes, la loi punissait sévèrement ces délits.

Mais dans le cas présent, il soupçonnait les auteurs des faits de s'être préparés aux sanctions.

Et, qui sait ? Ne désiraient-ils pas être arrêtés ?

N'était-ce pas le but qu'ils avaient poursuivi, en fin de compte ?

Pourquoi ?

Mais afin que cette vieille affaire soit déballée sur la place publique.

Dans l'espoir de provoquer un scandale et, *in fine,* d'obliger peut-être même la justice à procéder à la révision, sous la pression de l'opinion.

Ce qui n'était pas vraiment souhaitable, n'est-ce pas ?

Il lui conseilla vivement de retirer sa plainte.

À moins qu'il ne soit prêt à en assumer toutes les conséquences.

Et à essuyer invectives et vilipendes – n'avait-il pas joué un rôle prédominant dans la condamnation à mort de Lucio Aguirre ?

Allons ! Qu'il retourne dans sa villa de bord mer, pour y reprendre son existence de riche retraité !

Le procureur ne dissimulait pas son mépris, s'exprimant du bout des lèvres, comme s'il était contraint de goûter un mets avarié, et furieux contre Chastelas de le lui avoir servi.

La peine de mort lui faisait horreur.

Elle était aujourd'hui démodée et malodorante.

Et elle collait à la peau de cet homme, d'une autre époque.

François Merle, lui, ne voulut plus entendre parler de cette histoire – Chastelas le sollicita même plusieurs fois, sans succès.

L'ancien juge comptait sur son goût pour les belles femmes et son appétit de la vie pour lui faire oublier cette affaire et pour estomper, à la longue, les migraines qui s'obstinaient depuis à le réveiller au milieu de la nuit.

Comme prévu, il s'évada vers les tropiques. Il pensait s'arranger mieux là-bas avec sa conscience et se défaire de son mal de tête. Hélas, l'une et l'autre le suivirent avec le même zèle, à l'autre bout du monde.

Mathéo Bianchi avait tout caché à ses enfants. Pour justifier sa disparition, il avait inventé une histoire farfelue, assez peu crédible, car il manquait d'imagination. Son entourage s'était fortement inquiété de sa santé mentale. Par la suite, quand ils l'avaient vu reprendre son existence tranquille, tout semblait être rentré dans l'ordre.

Pourtant, secrètement refermé sur ses remords, il ne parlait plus guère, sauf à lui-même, et encore, à voix basse. Jusqu'à l'hiver suivant, où il était décédé des complications d'une mauvaise grippe qu'il avait négligée.

Marcel Pastorelli avait connu à peu près le même parcours. Il avait repris sa vie, comme avant, la pêche, les copains sur le port. Ils le regardaient différemment. On se demandait toujours s'il allait revenir, Marcel. Sa disparition n'avait jamais été explicitée, elle restait mystérieuse et lui conférait une certaine aura. Mais en réalité, il ne vivait plus comme avant, il manquait d'entrain, il ne faisait plus que se conformer aux habitudes. Cela aurait pu continuer ainsi durant quelques années, regrettèrent ses proches, malheureusement, le cancer mit fin à cette existence paisible – en apparence.

Guy Morel avait dû tout expliquer à sa femme, qui menaçait de le quitter, s'il ne lui révélait pas où il était passé, pendant qu'elle se morfondait sur son sort et le croyait mort. Elle soupçonnait une fugue amoureuse.

Lorsqu'elle avait su la vérité, elle l'avait quitté quand même, écœurée par ce qu'il lui apprenait. Elle aurait préféré découvrir qu'il était parti avec une femme, disait-elle. Il avait rétorqué qu'elle était de mauvaise foi, puisque c'était justement pour éviter cette suspicion qu'il lui avait tout dévoilé. Rien n'y avait fait, la logique féminine est implacable, quelquefois. Elle était partie. À l'heure de prendre sa retraite, le chauffeur de taxi se trouva solitaire. Son existence tomba dans la grisaille.

Alain Lebrun ne put s'offrir le luxe d'interroger sa conscience ou d'éprouver des remords. Il fut accablé par ses créanciers, qui l'accusaient d'avoir tenté de fuir ses engagements. Il se retrouva rapidement à la rue, complètement démuni. Lui qui avait, pendant quarante ans, servi la clientèle sans boire une goutte d'alcool, finit en compagnie d'ivrognes, sur les quais de Marseille, et sombra dans l'éthylisme.

Patrick Escariot glissa dans la dépression. Sa femme l'avait quitté sans soupçonner ce qui s'était passé pendant cette semaine, fatiguée de ses frasques. Au fil des mois, son état psychologique s'aggrava et il dut abandonner ses activités au sein de son association. Il sortait peu souvent de chez lui, d'autant moins d'ailleurs qu'il avait des difficultés croissantes à se rappeler sa propre adresse. À deux reprises, il avait été récupéré dans la rue, hagard, par une personne compatissante, et avait atterri au poste de police. Sa mémoire se délitait. Petit à petit, il perdait le fil du temps en même temps que ses cheveux. Il dut se résigner à terminer son existence dans une maison qui recevait des patients souffrant de la maladie d'Alzheimer.

Michel Camoin réapparut à la civilisation comme s'il était parti acheter du pain et s'était absenté plus longtemps que prévu. Il ne dit mot à personne et demanda à sa famille qu'on le laissât avec son secret.

Deux heures après son retour chez lui, il frappa chez Suzon.

— C'est toi ? (elle était estomaquée), mais où t'étais parti ?

— Écoute, Suzie, ne commence pas, s'il te plaît, tu avais laissé un mot sur la table : *préviens-moi quand tu rentres*, je viens à peine d'arriver et je suis déjà chez toi, qu'est-ce que tu veux de plus ?

— Ça alors !

Elle le serra de toutes ses forces dans ses bras.

— Tu m'as manqué !

JUIN 2011
DE DEUX CHOSES LUNE, L'AUTRE C'EST LE SOLEIL

Ils étaient presque arrivés au sommet.

Emilio se demandait chaque fois si ce n'était pas la dernière, mais la mort semblait s'être découragée et ne plus vouloir de lui. Trop coriace. À quatre-vingt-onze ans, il se sentait en pleine forme. Il était parti pour faire un centenaire.

— Pilar ! attends-moi !

La petite fille courait devant, sur le sentier. Elle revint vers lui en sautillant.

— C'est tout là-bas loin, l'Espagne ?

— Mais non, c'est là, de ce côté de la montagne, et de ce côté, ici, c'est la France. Tu vois ? Regarde, tu mets un pied ici, à cheval sur la frontière, il est en Espagne et l'autre, là, est encore en France. Un peu comme moi, durant toute ma vie…

— Non, je vois rien, c'est tout pareil.

— Oui, tu as raison, c'est pareil !

— C'est vrai qu'avant t'étais un Espagnol, quand t'étais pas vieux ?

— Oui, c'est vrai.

— Moi quand je *sera* grande, je *sera* chanteuse !

— Bien sûr ! une grande chanteuse.

Références à : Robert Badinter, Victor Hugo, André Malraux, Louis Aragon, Voltaire, Jacques Prévert, Jacques Brel, Nino Ferrer, Nicole Croisille, Guy Béart, Nicolas Peyrac et… Madame du Barry.

Citations tirées de :
Paroles, *Fatras*, *Soleil de nuit*, de Jacques Prévert,
Les prénoms de Paris et *Une lettre de toi,* de Jacques Brel
On dirait le Sud, Nino Ferrer
Il n'y a plus d'après, Guy Béart
On the road again, Alan Wilson (Canned Heat)

Dans la collection

1-Alarme en Béarn, Thomas Aden, 2013
2-Trou noir à Chantaco, Jacques Garay, 2013
3-Coup tordu à Sokoburu, Jacques Garay, 2013
4-Estocade sanglante, Jacques Garay, 2014
5-Ultime dédicace, Thomas Aden, 2014
6-Gaz in Marciac, G.D. Noguès, 2014
7-Notre père qui êtes odieux, Violaine Bérot, 2014
8-De la blanche sur le Somport, Claude Casteran, 2014
9-Les gens bons bâillonnés, Jean-Christophe Pinpin, 2014
10-Ville rose sang, Stéphane Furlan, 2014
11-Le 9 bordelais était chargé, Éric Becquet, 2015
12-Mourir à la San Fermín, Alejandro Pedregosa, 2015
13-L'assassin était en rouge et blanc, Poms, 2014
14-Requiem à Donibane, Jacques Garay, 2015
15-Abattez les grands arbres, Christophe Guillaumot, 2015
16-De chair et d'oubli, Karline Nivet & Pascal Suhard, 2015
17-Sans jeu ni maître, Stéphane Furlan, 2015
18-J'aurai ta Pau, Cesare Battisti, 2015
19-Balles perdues à Moliets, Maxbarteam, 2015
20-Un, deux, trois, sommeil !, Gilles Vincent, 2016
21-Pas d'orchidées pour Miss Armagnac, G.D. Noguès, 2016
22-Du pin et des larmes, Philippe Mediavilla, 2016
23-Estouffade à Guéthary, Jacques Garay, 2016
24-Coup de piolet, Juliette Manet, 2016

25-Palombes, tursan et sale ami, Maxbarteam, 2016
26-Nous n'irons plus au bois, Philippe Lescarret, 2016
27-Toutes taxes comprises, Patrick Nieto, 2016
28-Jeux de dames, Philippe Beutin, 2016
29-Le sang de la forêt, Serge Tachon, 2017
30-Mandrake ne peut pas mourir, Daniel Contel, 2017
31-Ras la coquille en Amikuze, Jacques Garay, 2017
32-Riquet m'a tuer, Yves Carchon, 2017
33-Galeux, Bruno Jacquin, 2017
34-Ça flingue sur la Grande Boucle, Maxbarteam, 2017
35-Chemin de croix, Poms, 2017
36-Y a plus d'enfants !, Jean-Jacques Cripia, 2017
37-Blanc sec et série noire, Philippe Lescarret, 2017
38-Sans homicides fixes, Thierry Benoît, 2017
39-Euskal barbecue, Aitor Behro, 2017
40-Implantés, Stéphane Furlan, 2017
41-Mauvaise passe pour le 10, Éric Becquet, 2017
42-Quand passent les chocards, Michel Brome-Tonne, 2017
43-Croix blanche sur fond blanc, Antoine Léger et G.D. Noguès, 2017
44-Éthique de l'assassin, Maxime Sanous, 2018
45-Sous les pavés la jungle, Simone Gélin, 2018
46-L'œuf de la haine et de la vengeance, Pierre Olhagaray, 2018
47-Les douze sales polars, Collectif, 2018
48-Les vieux démons, Yves Carchon, 2018
49-Ils vont tous mourir, Raphaël Grangier, 2018
50-Noir Vézère, Gilles Vincent, 2018
51-Musique de chambre close, Serge Tachon, 2018
52-Superman ne volera plus, G.D. Noguès, 2018
53-Le cocu sort du nid, Maxbarteam, 2018
54-Le mort est dans le pré, Patrick Caujolle, 2018
55-Erreurs d'aiguillage, Philippe Beutin, 2018
56-L'affaire Jane de Boy, Simone Gélin, 2018
57-Léon et les jambons, Jacques Garay, 2018
58-Flic de papier, Guy Rechenmann, 2018
59-L'ombre des derniers Cathares, Alain Roumagnac, 2018

60-Funestes randonnées, Patrick Nieto, 2018
61-Retour de lame, Philippe Mediavilla, 2018
62-L'heure de notre mort, Philippe Lescarret, 2018
63-La fille du port de la Lune, Simone Gélin, 2018
64-Les pêcheurs de sable, Serge Nicolo, 2018
65-Fausse Note, Guy Rechenmann, 2019
66-Otage en réanimation, Pierre Sagnet, 2019
67-Truc Vert, Simone Gélin, 2019
68-Peine maximum, Gilles Vincent, 2019
69-Le Dali noir, Yves Carchon, 2019
70-Vies et morts de Marco Mariotti, Régis Tomàs, 2019
71-Le syndrome de Louhossoa, Jacques Garay, 2019
72-Amères pilules, Pierre Olhagaray, 2019
73-Fallait pas enterrer un épouvantail, Renaud Talavera, 2019
74-Barcelone aller simple, Jacques Lavergne, 2019
75-Quand disparaît la Dame, Maxbarteam, 2019
76-Nuit tragique à la feria, Philippe Lauga, 2019
77-L'envol de la chauve-souris albinos, Michel Brome-Tonne, 2019
78-Le dernier dinosaure, Pierre Willi, 2019
79-Nuit bleu marine, Philippe Lescarret, 2019
80-Corrompu, Patrick Nieto, 2019
81-Le chat du Marcadieu, Jean-Luc Cochet, 2019
82-La femme parfaite, Patrick Caujolle, 2019
83-Des larmes d'or et de sang, Éric Dupuis, 2019
84-Adieu Lola, Simone Gélin, 2020
85-Le sanctuaire des destins oubliés, Yves Carchon, 2020
86-La victime raisonnable, Serge Nicolo, 2020
87-Une étoile en enfer, Guy Rechenmann, 2020
88-Violence, Philippe Charrac, 2020
89-Dieu, le diable et le boucher, Alain Roumagnac, 2020
90-Le venin d'Hippocrate, Éric Dumont, 2020
91-Camargue blanche et série noire. Jacques Lavergne, 2020
92-Tambour tuant à Donostia, Jacques Garay, 2020
93-Le silence des abîmes, Philippe Lauga, 2020
94-Quand hurlent les hyènes, Bruno Jacquin, 2020

95-Olagarro, Ludovic Bouquin, 2020
96-La cure arrive à terme, MaxBarteam, 2020
97-Guet-apens, Jean-Louis Farvacque, 2020
98-Moktar, Jérémy Bouquin, 2020
99-Neige écarlate, Anne Waddington, 2020
100-Sang pour cent dans le noir, Collectif, 2020
101-Brive-la-Galère, Marie Wilhelm, 2020
102-Le phare des âmes perdues, Rose Penn, 2020
103-Le journal de Julia, Simone Gélin, 2020

ABONNEZ-VOUS À LA NEWSLETTER

Vous souhaitez être averti(e)
des parutions en exclusivité,
bénéficier d'offres spéciales, etc. ?

Abonnez-vous, gratuitement
et sans engagement, à notre newsletter
en nous retournant le coupon ci-après.

Rejoignez-nous vite et n'hésitez pas
à inviter vote entourage.

Vous pouvez également suivre notre
actualité sur Facebook et Instagram :
#Du noir au sud